L’épouse rebelle

HELEN DICKSON

L'épouse rebelle

LES HISTORIQUES

éditions Harlequin

Titre original : SCANDALOUS SECRET, DEFIANT BRIDE

Traduction française de JACQUES CEZANNE

Photo de couverture

Sceau : © ROYALTY FREE / FOTOLIA
Couple : © V. DE ANGELICO / THOMAS SCHLUCK
Oiseaux : © ROYALTY FREE / GETTY IMAGES

Réalisation graphique couverture : G. CHILOSI

83/85 boulevard Vincent-Auriol 75646 PARIS CEDEX 13.

Service Lectrices — Tél. : 01 45 82 47 47

www.harlequin.fr

ISBN 978-2-2808-1302-0 —ISSN 1159-5981

Prologue

Dans la chaleur de l'après-midi, hommes et bêtes se tenaient cois. Dans les murs du château Marchesi, blotti au sein des collines toscanes, le silence régnait. Le garçon monta furtivement l'escalier incurvé qui menait à la nurserie, puis, poussant la porte de celle-ci, jeta à l'intérieur un coup d'œil intrigué. Une douce pénombre baignait la pièce, les rideaux étant tirés ; une brise légère provenant d'une fenêtre ouverte les faisait onduler doucement.

Rosa, la nurse, semblait s'être absentée. De toute manière, elle ne lui tiendrait pas rigueur de s'être aventuré en ce lieu…

Une fois accoutumé à l'obscurité, il distingua le berceau qu'un voilage diaphane protégeait.

Malgré le somptueux tapis qui étouffait le bruit de ses pas, il avança sur la pointe des pieds vers la nacelle et risqua timidement un œil sur la chose étrange qui y reposait : une petite fille d'à peine six semaines.

Une joie vive comme la douleur d'un coup de poignard lui transperça le cœur à la vue du nourrisson. Rien, jamais, ne l'avait ému autant que ce nouveau-né. Avec une lenteur et une douceur infinies, il avança la main pour effleurer du bout des doigts le poing minuscule du bébé, posé sur l'oreiller tout contre sa joue. Le tressaillement de l'enfant endormi le bouleversa jusqu'au tréfonds de son être.

— Que tu es belle, dit-il à voix haute, avant d'ajouter sur le ton de la confidence, tu es la plus jolie petite fille que j'aie jamais vue.

Le bébé battit des paupières, révélant des yeux d'un vert étincelant, aux reflets d'émeraude — magnifiques. Et très peu communs, pensa le garçon ; il avait souvent entendu dire que tous les bébés les avaient bleus à la naissance.

Oui, elle était vraiment superbe. Songeant, le cœur meurtri, à sa propre solitude, il lui caressa la joue, imaginant tout ce qu'il pourrait lui apprendre. Car elle allait grandir à ses côtés ! Déjà, il sentait croître en lui le désir impérieux de la protéger… Il saurait la consoler de l'absence de sa mère, Lydia, morte depuis peu — il savait ce que c'était, lui dont la mère était morte en le mettant au monde. Cette disparition avait été une telle tragédie que le veuf éploré, Roberto, avait préféré confier l'enfant à sa grand-mère. Le garçon se souvenait encore de ce jour où il lisait tranquillement sur le balcon de sa chambre, quand il avait vu Roberto arriver. Ce dernier venait supplier la maîtresse des lieux, sa mère, de recueillir le bébé.

Il revoyait encore la scène : comment la comtesse Marchesi, qui était aussi sa grand-mère — ou plutôt la belle-mère de son père —, invectivait son fils de sa voix impérieuse et cassante. Grande et mince, l'échine plus raide qu'un piquet, elle avait l'air d'un dragon. Il n'avait pas entendu grand-chose de leur conversation mais, à l'attitude de Roberto, qui gardait la tête basse, la mine abattue, trop anéanti pour se défendre, on devinait que leur échange n'était pas des plus plaisants…

Pauvre Lydia… Il l'avait somme toute peu connue, mais se souvenait d'elle comme d'une jeune femme pleine d'énergie et de fougue, au contraire de son époux, entièrement soumis, lui, à la volonté de sa gorgone de mère. C'était à lui maintenant de veiller sur la petite, résolut-il intérieurement en quittant la pièce pour la laisser dormir tranquille.

Le lendemain, il revint avec un petit ours en peluche en guise de présent. Poussant la porte avec d'infinies précautions, il trouva Rosa occupée à plier et à ranger dans une grande panière d'osier du linge fraîchement lavé. Un seul regard lui suffit pour s'aviser qu'elle pleurait en silence, et, lorsqu'il tourna les yeux vers le berceau, il le trouva vide.

— Où est-elle, Rosa ? Où est le bébé ? s'enquit-il aussitôt, une note d'inquiétude perçant dans la voix.

— Elle n'est plus ici, répondit la nurse. Partie, envolée !

— Partie ? Mais où ?

— Les… les Anglais, tu te souviens d'eux ? Ils sont venus hier… La dame est la tante de la petite, la sœur de Lydia. Ils… ils l'ont emmenée avec eux en Angleterre.

— Alors grand-maman la leur a donnée ? demanda-t-il, abasourdi que sa grand-mère soit capable d'une telle vilenie. Mais… Roberto peut prendre soin d'elle. Il est son père et…

— Il est parti, lui aussi, répondit la domestique ravagée par le chagrin, en secouant la tête. Il a dit qu'il ne reviendrait plus.

— Mais pourquoi l'envoyer au loin ? s'exclama le garçon, contenant ses larmes. Je croyais que nous allions vivre comme une vraie famille à présent. Oh, Rosa ! C'est trop cruel.

Elle interrompit sa tâche et leva sur lui des yeux embués de larmes.

— Désormais, ces Anglais seront ses parents, reprit-elle d'un ton qu'elle voulait plus assuré. Elle va avoir une vraie famille maintenant ; un père, et une mère qui l'aimera tout autant que Lydia… C'est mieux pour elle ainsi, crois-moi …

Rosa se mordit la lèvre, incapable de poursuivre. Lorsqu'elle releva la tête, le garçon avait disparu. Elle espérait ne pas avoir été trop brutale avec lui. Il avait déjà tellement souffert… Ne t'inquiète pas mon petit, tu la reverras bientôt, murmura-t-elle pour elle-même. Car ce que le garçon ne savait pas et que la bonne Rosa ne pouvait lui dire, c'est que la comtesse Marchesi avait conclu un arrangement avec ce couple anglais. L'enfant devrait être informée de sa véritable identité quand elle serait en âge de comprendre et, à dix-huit ans, renvoyée en Italie pour y épouser son promis, autrement dit ce même jeune garçon dont sans le savoir elle avait ravi le cœur…

Le garçon retenait à grand-peine ses larmes, comme il le faisait toujours, contemplant depuis le balcon de sa chambre les champs d'oliviers et l'impeccable alignement des vignes qui dessinaient son horizon. Parfois, cette vision l'apaisait. Mais, cette fois, son chagrin était trop grand. Dire qu'il avait rêvé de former enfin une famille !

Amer, il considéra l'ironie de la situation. Un jour, ce riche domaine serait à lui. Il jouirait alors de tout ce que l'argent pouvait acheter, et entre autres d'une éducation excellente dans une institution prestigieuse d'Angleterre. Mais il lui manquait le plus important : une vraie famille. Car il ne connaissait ni la douceur des caresses et des soins prodigués par une mère, ni la fierté de s'entendre appeler « mon fils » par un père attentif et protecteur. Sa grand-mère — c'est ainsi qu'il l'appelait, bien qu'elle ne le fût qu'à moitié — était une femme froide qui n'acceptait sa présence qu'à contrecœur et ne semblait s'occuper de lui que par devoir. Son père se montrait gentil, malgré sa brusquerie, parfois ; finalement, c'était auprès de Rosa qu'il trouvait l'amour et l'affection qui lui manquaient tant. Et la nurse, encore célibataire à cinquante ans passés, les lui donnait volontiers.

Un tourbillon d'émotions lui brouillait l'esprit à présent. D'avoir perdu ce bébé dont il se sentait si proche — plus, en fait, que de quiconque — lui causait une douleur affreuse. Fallait-il que son père et sa grand-mère n'aient jamais éprouvé le moindre sentiment pour cette petite fille ! Ils ne l'auraient point livrée à ces Anglais s'ils l'avaient aimée.

Une colère noire monta en lui, et des larmes brûlantes lui piquèrent les yeux. Les premières de sa vie. Et les dernières.

— Un jour, je le jure, je la retrouverai ! s'exclama-t-il, levant son visage comme pour défier le ciel.

1

1895

Ce fut d'abord un rire sonore, cristallin, qui attira l'attention de Maxwell Lloyd, comme il chevauchait lentement le long du sentier obscurci par les frondaisons. Jusque-là, seuls le pépiement des oiseaux, le bruit de sa propre respiration et le bourdonnement paresseux d'une abeille vagabonde étaient venus troubler le silence de la forêt. A présent, il entendait des rires et des cris au son desquels il se laissa guider. Enfin, émergeant des bois, il se retrouva au bord de l'étang privé de sir Gerald Thornton, tout baigné de la chaleur bienfaisante du soleil ; les feuilles tendres d'un saule en frôlaient la surface.

Sur l'herbe, il aperçut tout de suite deux paires de bottes d'homme et des chaussettes longues rangées dans celles-ci, ainsi que, tout à côté, deux piles de vêtements, pantalons, chemises et vestes, soigneusement pliés.

Ce qu'il vit ensuite fit naître un sourire sur ses lèvres : une paire de chaussures en chevreau et une autre de bas couleur crème, qui semblaient avoir été jetées là avec bien moins de soin et de précautions que les autres, de même que la robe rouge, accrochée à un buisson, dont la qualité du tissu disait assez qu'elle n'appartenait pas à une servante. Voilà qui lui livrait d'intéressantes indications sur la propriétaire de cet attirail…

Immobile, il contempla la scène qui s'offrait à ses yeux avec étonnement. Il faisait terriblement chaud au soleil ; l'eau fraîche donnait envie de s'y baigner. Il se serait débarrassé de ses vêtements pour y plonger sans hésiter si l'endroit avait été désert.

Las, deux jeunes hommes y batifolaient avec une jeune femme vêtue de ce qui semblait être un jupon et un simple corsage, visiblement trop absorbés par leurs jeux pour remarquer sa présence, ce qui lui permit de les observer tout son soûl.

En fait, il n'avait d'yeux que pour la demoiselle. En ces premiers instants, il se comporta comme tout jeune mâle au sang chaud l'aurait fait à sa place, c'est-à-dire qu'il resta à la regarder sans rien dire, en proie à une excitation inouïe, le sang battant à ses tempes.

De taille moyenne, fine mais sans maigreur, l'inconnue offrait au regard des seins parfaitement ronds, qui pigeonnaient adorablement au-dessus de son corsage lacé. Le tissu mouillé lui collait à la peau, soulignant ses formes splendides, ses hanches rebondies, le galbe de ses jambes sublimes. Sa beauté stupéfiante excitait le cœur et l'âme du jeune homme, le laissant imaginer quels trésors se cachaient encore sous la mince étoffe. Sa chevelure semblait un feu d'artifice de boucles d'un brun riche et profond qui cascadaient en une masse sombre jusqu'à une délicieuse chute de reins. Pour couronner le tout, son visage avait la forme d'un cœur, et sa bouche était semblable à une framboise mûre. Maxwell ne se lassait pas de l'admirer ; il se força cependant à la quitter des yeux, espérant ainsi recouvrer ses esprits.

Les deux jeunes gens, l'un brun et l'autre blond, la

taquinaient en l'aspergeant d'eau sans merci et s'esclaffèrent lorsque, reculant pour leur échapper, elle tomba dans l'eau à la renverse, disparaissant sous la surface pour en sortir l'instant d'après toute dégoulinante de gouttelettes argentées et riant aux éclats. L'homme aux cheveux clairs lui tendit la main pour l'aider à se remettre debout, à quoi elle répondit en les menaçant, lui et son complice, de leur faire subir le même sort s'ils insistaient, d'évidence peu affectée par sa mésaventure. Feignant de s'effrayer de cette menace, ils plongèrent sous l'eau, pour réapparaître au centre de l'étang.

La jeune femme les regarda faire sans tenter de les suivre, rejetant la tête en arrière en riant d'une manière parfaitement naturelle, autrement dit, sans l'affectation habituelle des demoiselles que connaissait Max.

— Couards ! lança-t-elle à l'adresse des nageurs en agitant le poing vers eux. Vous ne perdez rien pour attendre.

Max l'admirait encore bouche bée, fasciné par sa vitalité, sa fraîcheur et sa simplicité.

Soudain, il la vit se raidir comme un jeune animal flairant le danger, puis se retourner d'un coup, les yeux rivés sur l'endroit précis où il se trouvait. Le menton fièrement levé, elle sortit de l'eau et marcha sur lui, sans se montrer le moins du monde gênée d'apparaître devant un inconnu simplement vêtue d'un jupon et d'un corsage trempés. Une indignation sincère se lisait dans son regard et, quand elle s'arrêta à quelques pas du cheval de l'intrus, celui-ci remarqua, contrastant avec le vert sombre de l'herbe qui tapissait la berge, la blancheur de ses pieds nus.

Ils étaient menus, fins comme ceux d'un enfant. Subjugué, le cœur et l'âme chavirés par une émotion enfouie depuis des années, il remarqua aussi les cils interminables qui donnaient aux yeux d'émeraude de la belle un air sauvage.

Il y avait quelque chose chez cette fille, dans l'audace de son regard et l'effronterie de son port de tête, qui l'attirait irrésistiblement. Elle lui faisait penser à un chaton apprenant à cracher et à montrer les griffes. Une nouvelle fois, son regard glissa presque malgré lui de sa bouche charnue et humide jusqu'aux deux globes affolants qui pointaient sous l'étoffe serrée de son corsage. Ils palpitaient, indécents, se soulevant au rythme de son souffle, et, à les voir ainsi exposés, on ne pouvait plus douter de ce que la belle venait de quitter l'enfance et commençait à devenir une femme terriblement attirante.

— Bonjour, lança-t-elle avec assurance, ignorant totalement à qui elle avait affaire. Nous ne savions pas que l'on nous espionnait.

Avec hauteur, elle affronta le regard insistant de l'inconnu, si insistant en fait qu'il lui donnait l'impression d'être presque nue. Cette impudeur la scandalisa. Jamais personne n'avait osé la regarder de la sorte, et surtout pas un homme !

Elle décida qu'elle se trouvait en présence d'un goujat, quand bien même, avec son visage bien rasé et ses cheveux d'un noir de jais, il pouvait sembler séduisant. Mais sa mâchoire carrée et cette façon qu'il avait de pencher la tête de côté d'un air méprisant la rebutaient. Il montait un cheval rouan superbe. Sa peau hâlée comme s'il arrivait tout droit des pays chauds évoquait en elle le souvenir des frères de sa meilleure amie à leur retour des Indes.

Piqué dans son orgueil, Christina Thornton se sentait peu d'humeur à pardonner à cet inconnu d'avoir surgi de nulle part alors qu'elle se trouvait en tenue légère.

— J'imagine, monsieur, dit-elle en cachant à grand-peine sa colère, que vous vous êtes bien rincé l'œil. Vous vous donnez des airs de gentleman, sur votre beau cheval, mais en fait il semble que vous ne vous promeniez à travers la campagne que pour épier de pauvres jeunes femmes sans défense !

L'inconnu esquissa un sourire moqueur qui découvrit ses dents blanches.

— Vous, sans défense ? Vraiment, vous exagérez. Quelque chose me dit que vous ne craignez rien ni personne, mademoiselle.

Il parlait avec un léger accent, mais avec courtoisie, ce qui ne fit qu'exacerber la colère de Christina. Les poings serrés, elle sentit le rouge lui monter aux joues.

— N'avez-vous rien de mieux à faire que de venir nous importuner, monsieur ?

— Je suppose que je pourrais trouver de quoi m'occuper, en effet, répondit-il calmement, mais, pour l'heure, rien ne saurait m'être plus agréable que de vous regarder. Me reprocherez-vous de me promener ? Il fait trop beau pour rester enfermé.

— En ce cas, vous devez être étranger à cette contrée, répliqua-t-elle. Sans quoi vous sauriez que vous vous trouvez sur une propriété privée.

Un sourire admiratif fleurit sur les lèvres du promeneur qui, une fois encore, laissa traîner ses yeux sur les formes de la jeune femme avant de chercher son regard.

— Mille excuses, répondit-il avec ce chantonnement étrange qu'elle commençait à remarquer. Je ne m'en suis pas rendu compte. Cela dit, mon… crime en valait la peine.

— Nous poursuivons les contrevenants, d'ordinaire.

— Vraiment ? se moqua-t-il en fronçant comiquement le sourcil, les yeux pleins d'une ironie qui la rendait de plus en plus furieuse.

— Il y a des panneaux partout.

— J'ai bien peur qu'ils m'aient échappé.

— Ce ne serait pas arrivé si vous étiez resté sur la route.

Cette repartie acerbe manqua de le faire éclater de rire.

— Si j'ai empiété sur cette propriété et vous non, j'en déduis que vous devez être apparentée à la famille Thornton.

— Monsieur Gerald Thornton est mon père.

Cette affirmation simple raviva en lui la blessure infligée bien des années plus tôt et qui, en dépit du temps, lui déchirait encore le cœur.

— Je vois, dit-il sans rien laisser paraître. Pardonnez-moi si je vous semble surpris.

— Surpris, répéta-t-elle. Mais pourquoi donc ?

— On ne rencontre pas tous les jours une jeune femme qui batifole à moitié nue en compagnie de deux messieurs également court vêtus.

Christina redressa les épaules, signifiant ainsi que sa conduite ne lui inspirait aucune honte. Or, ce geste soulignait violemment le galbe de sa poitrine arrogante, attisant chez Maxwell l'exquise douleur qu'il éprouvait au bas du ventre.

— Il se trouve que l'un d'eux est mon frère.

— Et l'autre ?

Elle tourna la tête vers l'étang sans pouvoir dissimuler l'adoration que lui inspirait la vue de la tête blonde de James, qui continuait de nager vers la rive opposée, sans se douter de rien.

— Je… oh Seigneur ! C'est… c'est…

— Un ami très proche ? suggéra Max.

A ces mots, elle se tourna vers lui. Elle avait visiblement compris l'allusion, car ses joues s'empourprèrent sous l'œil inquisiteur de Max. Il en déduisit que les deux jeunes gens devaient être amoureux l'un de l'autre, et que donc il n'y avait rien de répréhensible dans la conduite de l'ingénue.

— Tout à fait, rétorqua-t-elle. Et aussi un gentleman, ce que, manifestement, vous n'êtes pas, monsieur.

Max fronça le sourcil et contempla les yeux verts qui le défiaient obstinément.

— Diable ! Vous avez un fichu caractère, mademoiselle.

— En effet. Et je peux devenir féroce, si l'on me provoque… Allez-vous-en, je vous prie. Nous profitions du beau temps sans embêter personne avant votre arrivée. Je vous conseille d'en faire autant.

— Dieu me damne, quel toupet ! s'exclama-t-il en riant doucement.

— Vous pouvez dire et penser ce qui vous chante, monsieur, cela m'est égal. Disparaissez, c'est tout ce que je vous demande.

— Et vindicative, avec ça ! Je n'ai pas l'habitude d'essuyer tant d'hostilité lors d'une première rencontre, affirma-t-il en la regardant de nouveau, un peu intrigué cette fois. En tout cas, je ne pense pas qu'il soit d'un vrai gentleman de folâtrer de la sorte avec une jeune fille de bonne famille et je doute fort que votre père approuve ce genre de dévergondage.

Christina repoussa la masse de ses cheveux en arrière d'un geste vif.

— Il ne sait rien de tout cela, répondit-elle sèchement. De toute façon, cela ne vous concerne nullement, monsieur… qui que vous soyez.

Elle disait cela avec un mépris sincère, se moquant à l'évidence comme d'une guigne de l'identité de l'intrus.

— Maxwell Lloyd, répondit-il finalement, incapable de détacher son regard du visage furieux de la jeune baigneuse.

D'après son expérience, les jolies femmes avaient toujours conscience de leur beauté, et le fait que celle-ci ne se rende pas compte de l'intérêt qu'elle suscitait en lui ou qu'elle s'en moque tout simplement la rendait encore plus attirante à ses yeux. Qu'elle soit rétive en plus d'être belle ne faisait qu'ajouter à son charme.

Sapristi ! Quelle mouche le piquait ? On n'était pourtant pas au printemps ! Après un long hiver, on pouvait s'attendre à ce qu'un homme ait les sens affolés à la vue de la moindre rondeur dénudée, certes, mais en plein été ?

D'un coup, le soleil lui parut trop chaud, trop aveuglant, et une envie soudaine de faire volte-face et de s'enfuir monta en lui. Qu'avait-il à faire, après tout, de ces jeunes gens ? Mais il ne pouvait s'empêcher de souhaiter prolonger ces instants, faire parler encore et encore cette fille extraordinaire, se remplir les yeux et les oreilles de sa beauté et du son de sa voix.

— Peu importe votre nom de toute manière, reprit-elle avec un hochement de tête dédaigneux. A présent, partez. Vous êtes entré sur cette propriété sans permission, et y demeurer serait une insulte, conclut-elle avant de lui tourner le dos.

— Je suis navré que vous voyiez les choses de la sorte, mademoiselle Thornton. Vous êtes la jeune femme la plus impudente et la plus mal élevée que j'aie jamais rencontrée, et je plains vos parents de tout mon cœur, répliqua doucement Max. J'avoue avoir du mal à comprendre pourquoi ils ne vous tiennent pas mieux en main. En tout cas, à leur place, mon père vous aurait depuis longtemps fait fustiger et consignée dans votre chambre au pain sec et à l'eau pour une semaine au moins.

Christina demeura sans voix un instant, incrédule devant cette diatribe, puis, oubliant son intention première de retourner vers l'étang, lança un regard furieux à l'inconnu aux yeux de glace et à la beauté presque gênante. Son visage autoritaire et arrogant la fascinait autant qu'il la repoussait ; elle décida qu'elle détestait cet homme.

— Je remercie le ciel qu'il ne soit pas le mien, rétorqua-t-elle d'une voix sifflante. Papa est civilisé, lui ! Et je me fiche parfaitement de savoir qui vous êtes et d'où vous venez.

— Non contente de vous exposer à moitié nue, vous parlez comme une poissarde, mademoiselle Thornton, la tança-t-il avec une ironie mordante.

Christina se sentit rougir de nouveau alors même qu'elle le fusillait du regard.

— Je parle comme je veux, monsieur. Mon seul souci est de vous voir repartir au plus tôt vers l'endroit d'où vous venez et que vous me laissiez en paix.

Il sourit, tout en se préparant à tourner bride.

— Il me semble que je prends plaisir à vous déplaire, mademoiselle Thornton. M'est avis que je vais en avoir beaucoup, des soucis, avant d'en avoir fini avec vous, annonça-t-il, énigmatique, en inclinant poliment la tête pour prendre congé, non sans caresser d'un dernier regard la silhouette adorable de la jeune femme.

Puis, après avoir talonné le flanc de sa monture, il partit en sens inverse et lança un « au revoir ! » par-dessus son épaule, avant de disparaître dans les bois.

Au bout d'un moment, Christina parvint, non sans mal, à tourner les talons et à revenir au bord de l'étang. Mais le soleil lui semblait plus pâle à présent, et la brise naguère exquise la faisait frissonner... Quand elle entra dans l'eau, le froid la saisit aux chevilles, et elle dut se forcer à respirer profondément pour calmer le tremblement qui s'emparait d'elle. Quel homme détestable, vraiment ! Sans doute le pire goujat qui ait jamais croisé son chemin. Elle le haïssait.

Brusquement, James émergea de l'eau juste devant elle dans une grande gerbe d'eau scintillante, un grand sourire sur son visage juvénile, les yeux pétillant de jeunesse. Du coup, elle sentit de nouveau sur sa peau la caresse du soleil, et s'effacer le souvenir de l'odieux Maxwell Lloyd.

Les Thornton pouvaient se targuer d'appartenir à l'une des plus anciennes familles nobles de Cambridge. Durant le règne de la reine Anne, William Thornton, qui n'aimait rien tant que la chasse et la campagne, avait acheté des milliers d'arpents de bois, de landes et de terres arables et, pour y installer sa famille, construit au cœur de son domaine le manoir de Tanglewood.

Celui-ci tirait son nom de l'enchevêtrement d'arbres et de broussailles qu'il avait fallu arracher pour pouvoir le bâtir et se dressait au bout d'une allée bordée de bouleaux et de chênes. Ses vieux murs de pierre douce semblaient surveiller le passage du temps comme un ancêtre chenu et silencieux.

Après avoir abandonné James et Peter, Christina se dirigea vers l'arrière de la maison — car, si sa mère la voyait dans cette tenue, les choses risquaient de mal se passer ! Heureusement, dans quelques minutes, elle serait dans sa chambre, et personne ne saurait jamais rien de tout ça.

Elle pénétra dans les communs — dont les nombreuses chambres hébergeaient au moins une quinzaine de domestiques — aussi furtivement qu'une voleuse. Hélas pour elle, elle dut traverser les cuisines, lieu d'ordinaire aussi animé qu'une ruche et qui ce jour-là connaissait un surcroît d'activité en raison du dîner qui se préparait ; on venait même d'embaucher quelques extra pour assister la cuisinière dans son travail. Passer inaperçue en un tel lieu relevait de la gageure, et, comme de juste, elle n'y parvint pas : elle allait se faufiler par la porte ouverte, bloquant sa respiration dans sa hâte, lorsque retentit derrière elle la voix de Mme Barnaby.

— Mademoiselle Christina ! Ça par exemple !

Les bas à la main, la robe mouillée jusqu'à mi-jambe, son jupon et son corsage trempés lui collant à la peau, elle se figea piteusement avant de se tourner lentement. Dans cette cuisine parfaite, avec ses étagères impeccables, ses batteries de casseroles de cuivre rutilantes et son immense table centrale, elle se sentait comme un voleur surpris en flagrant délit et conduit devant une cour de justice. Pire, les marmitons travaillant sous les ordres de Mme Barnaby, les plongeuses occupées à récurer poêles et marmites dans un grand évier de pierre, tous interrompirent leur tâche pour fixer bouche bée, les yeux hors de la tête, la jeune fille de la maison surprise en si triste état qu'on aurait dit un rat à peine sorti de l'eau.

Ce n'était cependant pas la première fois qu'ils la voyaient ainsi. Et elle aurait pu citer au moins deux ou trois occasions bien plus calamiteuses encore.

Accoutrée d'une coiffe et d'un tablier empesés d'un blanc immaculé, Mme Barnaby s'avança vers elle, les poings sur ses hanches généreuses, en l'examinant des pieds à la tête d'un œil à la fois incrédule et désapprobateur.

— Eh bien, mademoiselle Christina, il n'est pas difficile de deviner que vous avez encore fait une de vos virées scandaleuses. Je ne sais pas ce que votre maman va dire de tout ça.

Christina ne savait plus que dire ; Mme Barnaby l'avait peut-être vue traverser le parc en direction de l'étang en compagnie de Peter et de son ami James quelques heures plus tôt, leurs mines réjouies indiquant à qui savait voir qu'ils se préparaient à bien s'amuser tous les trois.

Elle travaillait à Tanglewood depuis fort longtemps, avant même la naissance de Christina, à vrai dire, et avait de ce fait gagné le droit de lui dire sans ambages ce qu'elle pensait. Christina avait toujours été fascinée de voir combien le franc-parler de la cuisinière intimidait toute la maisonnée, y compris sa mère, lady Thornton elle-même.

Embêtée d'avoir été prise la main dans le sac, et consciente qu'elle ne se sortirait de ce mauvais pas qu'en mentant, Christina haussa les épaules en soupirant.

— Je suis désolée, Barney…, dit-elle, essayant d'attendrir la cuisinière en adoptant le surnom affectueux qu'elle lui avait attribué dès l'enfance. Je sais ce que vous pensez, mais en fait j'ai été victime d'une terrible mésaventure. J'ai glissé et je suis tombée dans l'étang. Je vous en prie, ne dites rien à maman ; vous savez comme elle se met en colère. Et puis, elle a des invités aujourd'hui, et je ne voudrais pas la déranger… Franchement, je préférerais qu'elle ne me voie pas dans cet état.

— Pour sûr. Elle n'aimerait pas ça du tout, repartit la cuisinière. Et votre papa encore moins.

— Il comprendrait, lui, objecta la jeune femme avec un sourire désarmant.

Mme Barnaby soupira.

— Je… j'ai du travail par-dessus la tête avec le dîner

de ce soir ! s'exclama-t-elle enfin en levant les yeux au ciel. Courez vite ôter ces hardes. Je vais vous envoyer Molly. Elle vous préparera un bain.

Cette petite finirait-elle par grandir un jour ? se demanda la cuisinière en retournant à ses fourneaux. Si les parents de Christina ne pouvaient rien faire pour gendarmer leur fille, de quel droit l'aurait-elle fait elle-même ? A dix-sept ans, on attendait d'elle qu'elle se comporte comme une demoiselle de bonne famille, mais manifestement elle n'en prenait pas le chemin. L'image des sœurs de James Embleton — quel joli garçon ! — venait immédiatement à l'esprit quand on évoquait la bonne éducation : toujours de bonne composition, elles passaient leur temps à broder ou à peindre des aquarelles quand elles ne jouaient pas du piano. Et jamais une histoire, bien sûr...

On ne pouvait pas en dire autant de Christina Thornton.

Rétive à l'égard de tout ce qui pouvait représenter l'autorité et rebelle dès qu'il s'agissait de se conformer aux conventions, elle avait une personnalité complexe. Indomptable, passionnée, voire agressive parfois, quand un obstacle l'empêchait de n'en faire qu'à sa tête — mais tout miel en revanche quand rien ne s'y opposait —; ses parents désespéraient d'en faire jamais une lady.

Occupée à ranger du linge dans la chambre de Christina, Molly sursauta lorsque la jeune femme entra sans crier gare, en claquant violemment la porte derrière elle.

— J'ai besoin d'un bain, déclara-t-elle en jetant sur

le lit ses bas maculés de boue et en envoyant valser ses chaussures à travers la pièce. Je suis toute crottée !

Aussitôt, elle commença à se déshabiller, sous le regard horrifié de la soubrette, qui marmonna en fronçant le nez :

— Je vois ça.

Molly était une femme de chambre de tout premier ordre, que lady Thornton avait embauchée alors que Christina n'avait encore que quatorze ans. Aussi expérimentée qu'on pouvait l'être, elle n'avait pas son pareil pour coiffer les cheveux les plus rebelles et aider une dame à faire sa toilette.

Pour autant, Christina était bien la plus étrange jeune maîtresse dont elle ait eu à s'occuper ; au point qu'elle avait songé, au début, à se trouver une nouvelle place. Elle avait néanmoins fini par s'habituer à son caractère fantasque, et même à lui trouver assez de charme pour rester à son service.

— As-tu vu maman ? s'enquit la jeune femme.

— Non, mais je sais que ses invités sont partis depuis un moment.

— J'imagine qu'elle aura voulu se reposer un peu avant le dîner de ce soir, dit Christina en ôtant son jupon et son corsage, qu'elle abandonna au milieu du tapis en un petit tas lamentable.

En les ramassant, Molly s'étonna de les sentir humides ; mais elle se garda bien de poser des questions. Moins elle en savait, mieux cela valait !

— Je mettrai ma robe bleu saphir, ce soir, annonça Christina en ajustant son peignoir sur sa chair nue avant d'en serrer la ceinture. Je veux être aussi belle que possible.

— Mais, objecta la servante étonnée, je croyais que vous détestiez le bleu.

— J'ai changé d'avis, répliqua Christina, à qui James venait de confier préférer cette couleur à toutes les autres.

Assise devant sa psyché, elle examina son visage sous tous les angles. Cet intérêt soudain pour son aspect physique — il ne fallait pas être grand clerc pour comprendre qu'il avait à voir avec la présence à Tanglewood du bel ami de son frère — ne laissait pas d'amuser Molly.

— Et j'aimerais une coiffure un peu sophistiquée, ajouta-t-elle, avec des peignes incrustés de brillants comme ceux que maman utilise parfois.

« James pourra voir ainsi combien j'ai grandi et combien je suis devenue jolie », se dit-elle. Bien qu'il ne lui ait rien dit formellement, elle savait que l'intérêt qu'elle suscitait chez l'ami de son frère ne devait rien à son imagination. Il la trouvait sympathique, amusante, intelligente, intéressante. Et même belle. Elle l'entendait encore le lui dire — une fois seulement, certes, mais une fois tout de même — lors d'une soirée, quelques jours plus tôt. Qu'attendait-il pour s'enhardir ? Le temps commençait à presser, car il devrait bientôt retourner à l'université. Peut-être serait-elle obligée, ce soir, de faire le premier pas…

Molly observait d'un œil critique sa jeune maîtresse sanglée dans la robe bleu saphir qu'elle venait de l'aider à enfiler.

— Je ne pense pas que ce soit approprié pour un simple dîner, dit-elle d'un air pincé. Le décolleté est bien trop profond, à mon avis.

— Allons donc, Molly. Je trouve ça parfait.

— Il n'est pas question que tu portes ça ce soir, se récria alors lady Thornton depuis le seuil de la chambre. Molly a raison. Cette robe est bien trop échancrée, et Mme Travis, la femme du vicaire, s'en offusquerait, d'autant qu'elle sera assise juste en face de toi. Je n'ose imaginer ce qu'elle penserait si elle te voyait dans cette tenue, Seigneur ! Pas d'extravagances, je t'en prie, ma chérie. Ta mousseline jaune fera très bien l'affaire ; allez donc la chercher, Molly. Ah ! j'allais oublier. Coiffe-toi sagement. Pas de chignon ni quoi que ce soit de trop moderne. Tu auras bien d'autres occasions d'arborer des coiffures savantes.

— Mais, maman…

— Non, Christina, n'insiste pas, c'est mon dernier mot, coupa lady Thornton en souriant devant l'expression rassurée de Molly, qui se réjouissait de ce que sa maîtresse soit venue couper court à une discussion qui promettait de s'envenimer entre elles.

Christina réprima une moue d'agacement. Elle reconnaissait bien là l'attachement de lady Audine Thornton pour les conventions. D'après sa mère, son refus permanent de vivre selon les règles de la bonne société et son caractère indomptable, c'était à craindre, l'empêcheraient de trouver à épouser un gentleman ; aucun homme sensé ne pouvant accepter de passer son existence auprès d'une sauvageonne… Heureusement, songea Christina avec bienveillance, qu'elle pouvait compter sur son père pour la laisser faire, en revanche, tout ce qu'elle voulait.

— Je vais aller me reposer un moment, reprit lady Thornton, mais je voulais te rappeler d'être ponctuelle ce soir, et surtout d'être aussi polie et discrète que possible. Nos invités sont presque tous des gens du voisinage, et sans doute pas aussi jeunes que tu le souhaiterais, aussi, si tu t'ennuies, je te prierai de faire bonne figure malgré tout et de soigner tes manières. Nous aurons trois personnes de plus que prévu : le révérend Kingston et son épouse, ainsi que notre nouveau voisin.

— Un nouveau voisin ? s'étonna Christina, encore ulcérée de ne pouvoir porter sa robe bleu saphir. Qui est-ce ?

— Le gentleman qui loue Cranworth House pendant que le major Illingworth est aux Indes. Il a pris possession de la maison il y a quelques jours à peine, et je lui ai envoyé une invitation hier. J'ai pensé que ce serait un bon moyen de lui souhaiter la bienvenue. La politesse est une règle essentielle en ce monde. J'ai été ravie qu'il réponde favorablement.

Christina se moquait éperdument de Cranworth House et de son nouvel occupant. Une fois sa mère sortie, elle se tourna de nouveau vers son miroir en poussant un soupir à fendre l'âme, tandis que Molly préparait son bain. Sa mère pouvait bien inviter qui elle voulait du moment que James faisait partie du lot.

Comme un poisson dans l'eau au milieu de la petite foule des invités — une vingtaine d'élégants et riches gens du voisinage — qui discutaient, dans l'attente du dîner, en buvant un verre de liqueur pour les dames et de brandy pour les messieurs, Max se servit sur le plateau d'un serviteur qui passait par là. Bien entendu, tout le monde savait qui il était et brûlait de lui être présenté ; sa présence en ces lieux faisait sensation. On ne voyait pas tous les jours arriver dans un coin aussi reculé un personnage aux origines aussi mystérieuses et hautes en couleurs.

D'une taille très supérieure à la moyenne, d'une souplesse dans ses mouvements qui lui conférait une élégance peu commune, il se mouvait avec l'assurance tranquille d'un homme sûr de lui et de sa valeur. Une raie séparait sur le côté ses cheveux de jais, et son visage avait cette perfection qui, immanquablement, fait battre un peu plus vite le cœur des femmes.

Il conversait aimablement avec tous ceux qui l'abordaient, faisant mine de prêter à chacun toute l'attention dont il était capable ; mais, en fait, il surveillait du coin de l'œil la porte par laquelle la fille de la maison, à un moment ou à un autre, ferait forcément son entrée dans la pièce.

D'un seul coup, comme dans un rêve, elle apparut, et les conversations cessèrent instantanément, en même temps que tous les regards se tournaient dans sa direction.

Elle offrit à tous un sourire éblouissant ; après quoi, Max en aurait juré, les conversations se firent plus animées. Christina Thornton avait le pouvoir de changer l'ambiance d'une soirée en se contentant d'y paraître.

Toute l'attention de Max se concentra désormais sur la jeune femme. Elle avançait comme un papillon dans une robe de mousseline jaune pâle tout à fait adorable et qui valait sans doute une petite fortune, à mille lieues de la sauvageonne rencontrée plus tôt dans la journée au bord de l'étang. La taille mince serrée par un ruban de velours doré, les pieds pris dans des escarpins ravissants, dorés également, et qui apparaissaient et disparaissaient sous les plis de sa robe au gré de sa marche légère, elle se mouvait avec une grâce unique. Elle avait un port impeccable, le dos bien droit, la tête haute, ce qui faisait pointer sa poitrine superbe sous l'étoffe sage de son corsage. Sa chevelure, d'un brun soutenu au point de sembler noire, cascadait librement en boucles délicates jusqu'à ses reins.

Plus encore que sa beauté, sa personnalité époustouflait Max. La blancheur crémeuse de sa peau accentuait encore sa féminité, mais elle ne semblait en aucune façon timide. En présence d'autres personnes, les jeunes femmes de cet âge gardaient modestement les yeux baissés, comme il se devait ; pas Mlle Thornton. Au contraire, elle regardait autour d'elle avec un intérêt qu'elle ne cherchait même pas à cacher, le regard plein d'espoir et d'attente. Et, quand celui-ci tomba sur l'objet de ses désirs, James Embleton, un sourire illumina soudain son visage et ses yeux. Max en éprouva une pointe fugace de jalousie.

L'instant d'après, cependant, leurs regards se croisèrent. Surpris, Max ne cessa pas pour autant de la dévisager impudemment, tandis qu'elle se figeait. Elle ne s'attendait sûrement pas à le trouver ici… Elle le toisa et détourna le regard, relevant en même temps le menton de cette façon si particulière qu'elle avait de montrer son mépris et son indignation, avant de filer tout droit vers James et Peter, occupés à converser de l'autre côté de la pièce.

James et Peter parlaient de la partie de cricket prévue pour le lendemain, et qui n'avait lieu que deux fois par an, la seconde constituant la revanche de la première et se déroulant à Farnley. Quand elle apprit qu'ils devaient y participer, Christina ne put cacher sa déception. Elle détestait le cricket, qu'elle jugeait ennuyeux, et ne comprenait pas qu'on puisse perdre son temps à y jouer.

— Vous allez vraiment prendre part à cette rencontre ? s'insurgea-t-elle. Mais… je pensais que nous pourrions faire un pique-nique au bord de l'étang tous les trois. Peter, tu m'avais promis…

— J'ai peur que ce ne soit pas possible, Christina, répondit James avec un sourire contrit. Nous ferons ça un autre jour. Franchement, entre un déjeuner sur l'herbe et une partie de cricket, le choix n'est pas cornélien. Qu'en dites-vous, Peter ?

— Tout à fait d'accord là-dessus, répondit l'interpellé.

Tiens ! Voilà Hal Jenkinson, qui justement organise la compétition. Allons lui parler, voulez-vous ?

— Je suis navré, Christina, chuchota James, l'air embarrassé. Tenez, j'ai une idée : demandez donc à Mme Barnaby de nous préparer un panier. Nous pique-niquerons pendant le match, entre deux manches. Qu'en pensez-vous ?

— Je... oh oui ! s'exclama-t-elle, se forçant à sourire.

Seigneur, encore une journée déprimante en perspective ! Les deux jeunes gens allaient la quitter quand Peter se retourna vers elle. Grand et dégingandé, les yeux noisette et les cheveux bruns et bouclés, il ressemblait à leur mère.

— Va, James, lança-t-il à l'intention de son ami en adressant à sa sœur un sourire plein de commisération. Je te rejoins dans un instant. J'ai besoin de dire un mot à Christina.

Il la prit ensuite par le bras pour l'entraîner un peu plus loin. Christina, intriguée, attendait qu'il parle.

— Christina, je... c'est un peu... délicat, mais j'ai le sentiment que je dois te parler.

— A quel propos ?

— A propos de James.

Elle se raidit, pas très sûre d'apprécier le ton de son frère, qu'elle trouvait trop sérieux, soudain, ce qui d'ordinaire annonçait une remontrance.

— Eh bien ?

— Ecoute, je sais que tu as le béguin pour lui, Christina, mais essaye quand même de ne pas trop le montrer. Cet après-midi, tu... tu as dépassé les bornes, en ôtant ta robe.

— Comment ? s'exclama-t-elle. Tu n'as jamais rien trouvé à redire à ça avant aujourd'hui.

— C'est parce que nous étions toujours seuls. Et puis,

tu es ma sœur. En tout cas, tu cours un peu trop après James et tu es trop… trop effrontée !

— Moi, effrontée ? s'indigna Christina, les yeux brillant de colère. Je n'en crois rien. D'ailleurs, James ne semble pas se plaindre, lui.

— Jamais il ne ferait ça. Il est trop bien élevé.

— Je n'ai pas besoin que tu me dictes ma conduite, rétorqua-t-elle ulcérée, en faisant attention de ne pas parler trop fort.

— Je cherche simplement à te mettre en garde contre certains dangers.

— Lesquels, je te prie ?

— Je veux t'éviter d'être blessée, comme tu le seras inévitablement si tu poursuis dans cette voie. James te considère comme ma sœur ; une compagne de jeux agréable, sans doute, mais rien de plus.

— Epargne-moi tes mises en garde, Peter. Je suis assez grande pour prendre soin de moi-même. Et je saurai le rendre amoureux, figure-toi, ajouta-t-elle bravache.

— Cela n'arrivera pas, Christina, répliqua sèchement le jeune homme. Tu ne feras que perdre ton temps, et te ridiculiser de surcroît. Cesse ton manège avant qu'il soit trop tard. S'il te plaît.

Quand Peter se fut éloigné, une voix derrière elle vint la distraire de sa fureur. Une voix profonde et sonore, avec une pointe d'accent étranger.

— Tiens donc ! Nous voilà de nouveau face à face, mademoiselle Thornton. Qui l'eût cru ? Et si tôt, par-dessus le marché.

Christina se retourna d'un bloc, pour trouver devant elle l'inconnu de l'après-midi, superbe dans son habit noir et sa chemise blanche, ses cheveux de jais soigneusement lissés en arrière. De près, il la dépassait d'une bonne tête.

Il la regardait d'un œil plein d'ironie et, d'une voix suave, avec un sourire désarmant, il déclara :

— Je crains que ma présence ici ce soir ne vous importune encore.

Toujours vibrante de colère, elle rejeta les épaules en arrière pour signifier son mépris.

— Que faites-vous ici ? répliqua-t-elle sans aménité, oubliant du même coup toutes les recommandations de sa mère sur les bonnes manières.

— Lady Thornton m'a gentiment invité, répondit-il avec un nouveau sourire. Pour dire vrai, je crois qu'elle a eu pitié du solitaire que je suis et a voulu me prendre sous son aile, si j'ose dire.

— Comme elle l'aurait fait d'un chien errant, rétorqua la jeune femme. Je ne savais pas que vous la connaissiez.

— Je ne la connaissais pas jusqu'à ce que je reçoive cette invitation, justement. Etant nouveau dans les parages, et quoique je n'aie pas l'intention d'y rester très longtemps, j'ai accepté. Refuser aurait été discourtois de ma part.

— Et pourquoi donc ? Où habitez-vous ?

— A Cranworth House.

Christina resta bouche bée de surprise, soudain intéressée malgré elle par cet inconnu.

— Vraiment ? Et donc vous êtes étranger…

— S'il vous plaît de m'appeler ainsi… Mais je n'aime pas beaucoup ce terme. En fait, je suis à moitié italien.

— Et pour l'autre moitié ?

— Anglais.

— Pourquoi être considéré comme un étranger vous déplaît-il ? Si vous êtes italien, et un Italien riche à ce qu'on dit, le terme n'est pas inapproprié.

Elle le vit pincer imperceptiblement les lèvres.

— Comment peut-on savoir qui je suis et connaître

l'état de ma fortune ici ? Ces choses-là ne regardent que moi, ce me semble. Encore que, dans un endroit aussi reculé, il ne soit pas étonnant que tout un chacun se plaise à spéculer et à colporter des commérages sur le premier étranger venu.

Il fronça le sourcil d'un air faussement sévère, une lueur moqueuse au fond des yeux, avant de demander d'un ton railleur :

— Avez-vous pris votre part là-dedans, vous aussi, mademoiselle Thornton ?

Prenant conscience qu'il cherchait à la provoquer, Christina fit volte-face et s'apprêtait à partir, mais Max lui barra la route, ce qui les rapprocha dangereusement. Il la dévisagea avec effronterie, baissant même un instant les yeux sur le renflement de sa poitrine avant de chercher de nouveau son regard. Tout en lui — sa bouche finement ourlée, l'insolence de son corps délié — parlait un langage qu'elle ne comprenait pas. Instinctivement, elle regarda ailleurs pour cacher son trouble. Trop jeune encore pour contrôler ses émotions, elle avait les joues rouges et brûlantes de se sentir épiée de la sorte.

— Monsieur Lloyd, je vous serais obligée de vous écarter de mon chemin. Je n'ai aucune envie de vous parler.

En plissant les yeux d'un air amusé, il répliqua du tac au tac :

— Dites-moi, mademoiselle Thornton. Etes-vous naturellement inamicale envers tous les gens que vous rencontrez ou bien n'y a-t-il que moi pour avoir droit à pareil traitement ?

— Il n'y a que vous, lui jeta-t-elle au visage.

— Puis-je me permettre de vous demander pour quelle raison ?

— Libre à vous, mais rien ne m'oblige à vous répondre.

— Vous n'avez pas du tout les bonnes manières de votre mère, remarqua-t-il en jetant un coup d'œil du côté de lady Thornton, qui papillonnait au milieu de ses invités dans une robe froufroutante d'un joli bleu lavande. Et elle a l'air si jeune qu'on vous croirait plutôt sa sœur que sa fille.

Christina tordit la bouche en un rictus méprisant.

— Quel flatteur vous faites, monsieur. Maman est certes encore très jeune, je vous l'accorde, mais je doute qu'on puisse vraiment la prendre pour ma sœur.

— Je vois que vous avez fait la connaissance de ma fille, monsieur Lloyd ! intervint lady Thornton à cet instant, suivie de près par son époux.

Max se tourna vers l'hôtesse avec un sourire. Mais il pestait intérieurement contre l'homme qui, depuis dix-sept ans, passait pour être le père de Christina, et se promettait de lui servir une réprimande cinglante à la première occasion. Pour l'heure, il choisit de l'ignorer.

— J'ai en effet eu ce plaisir, répondit-il, et je dois dire que Mlle Thornton est charmante. Vous devez être très fière d'elle.

Lord Gerald arborait un sourire ravi. Malgré son petit ventre et sa calvitie naissance, il avait encore de l'allure.

— Enormément, répondit-il à la place de sa femme. Tout comme de notre fils, Peter, lequel fait son droit à Cambridge et se débrouille fort bien, je dois dire. Avez-vous de la famille vous-même, monsieur Lloyd ?

— Hélas non. Ma mère est morte en me mettant au monde, et mon père l'a suivie voici déjà bien des années.

— En ce cas, qu'est-ce qui vous a amené en Angleterre ?

— Plusieurs raisons, répondit Max sur la défensive. Ma mère vient de Cambridge, et j'ai moi-même fait mes études là-bas. J'avais envie de revoir ces lieux, d'y passer un peu de temps et de rendre visite à quelques vieux amis. J'ai passé dans cette contrée quelques-unes des plus belles années de ma jeunesse.

— Je crois, remarqua Christina avec un sourire provocateur, qu'il y avait des Lloyd dans la région voici de cela quelques années, n'est-il pas vrai, papa ? De drôles de personnages, d'ailleurs, si ma mémoire est bonne. En fait, il me semble même que l'un d'eux, qui attaquait les voitures sur la route de Cambridge, a été pendu haut et court.

Elle disait cela avec une sorte de jubilation que son ton suave masquait à peine. Max la gratifia d'un petit sourire amusé, en la défiant de ses yeux mi-clos.

— Vraiment ? Il faudra que vous me contiez cette histoire un de ces jours, mademoiselle Thornton. Toutefois, au risque de vous décevoir, je ne crois pas appartenir à cette branche-là. Lloyd n'était que le nom de jeune fille de ma mère, voyez-vous..., mais croyez bien que ce brigand dont vous parlez m'intéresse au plus haut point, malgré tout. D'ailleurs, j'ai toujours pensé que je descendais en droite ligne de Gengis Khan lui-même.

Gerald Thornton sourit et garda le silence, sans doute rassuré de n'avoir pas à protéger son invité de l'ironie mordante de sa fille. Max en fut heureux, car il se sentait parfaitement capable de se défendre seul contre une jeune fille mal élevée.

— Qui est ce M. Khan ? s'enquit Christina, intriguée et perplexe. Il ne me semble pas le connaître.

Cette ignorance sublime donna envie d'éclater de rire

à Max, qui parvint néanmoins à n'en rien faire au prix d'un terrible effort.

— Je serai ravi de vous conter ses exploits quand vous aurez quelques heures à me consacrer, mademoiselle Thornton, offrit-il, mais je dois vous prévenir qu'ils dépassent de très loin tous ceux que l'on peut attribuer à votre bandit de Cambridge.

— Tenez-vous de cet ancêtre, monsieur Lloyd ? s'enferra la jeune femme en toute innocence. Et pourquoi donc usez-vous du patronyme de votre mère ? Celui de votre père est-il souillé de quelque tache qui le rende impropre à servir ?

— Christina ! protesta lord Gerald d'un ton plein de reproche. Le choix de M. Lloyd ne te concerne en rien. Tiens ta langue, je te prie. Veuillez pardonner à ma fille, cher monsieur. Elle est impulsive et bien plus franche qu'elle ne devrait, au point que ceux qui ne la connaissent pas pourraient s'en offenser, mais je vous assure qu'elle ne pense pas à mal, n'est-ce pas, ma chérie ?

— Oh non, bien sûr è minauda la jeune femme avec une expression faussement innocente qui n'abusa aucun des deux hommes.

Sans se démonter, Max se fendit d'un large sourire.

— Il n'est pas dans mes habitudes de me faire passer pour ce que je ne suis pas, mademoiselle Thornton. J'ai mes raisons pour utiliser le nom de ma mère, au premier rang desquelles le fait que mon patronyme italien attire généralement l'attention sur moi d'une façon que je goûte assez peu.

— C'est bien vrai, commenta le maître de maison. Allons, plus de questions, Christina. Voyez-vous, monsieur Lloyd, j'ai eu la malchance d'engendrer une enfant rebelle. Elle a toujours été difficile et imprévisible. J'espérais que cela s'arrangerait avec les années, mais malheureusement il n'en a rien été. Tous nos efforts pour la faire rentrer dans le rang ont été vains, et j'ai peur qu'il ne soit trop tard, à présent.

Le sourire bienveillant de Max se transforma en un rictus sarcastique quand il arrêta son regard sur le visage rosissant de la jeune femme.

— Je vous plains, monsieur, mais je pense aussi qu'il n'est jamais trop tard pour inculquer la discipline à un jeune esprit.

Ces paroles indignèrent Christina autant qu'elles l'amusèrent. Son père, toujours de bonne humeur et prêt à rire de ses frasques — au point que sa générosité pouvait passer pour une vraie faiblesse de caractère —, n'avait jamais levé autre chose que la voix devant elle depuis sa plus tendre enfance, et la simple idée qu'il puisse tout à coup se transformer en père fouettard lui semblait ridicule, et pour tout dire risible.

— Mais si, objecta-t-elle en prenant tendrement le bras de son père adoré, tandis que le majordome invitait les convives à passer à table. Je suis trop vieille pour être fessée et, de toute façon, mon père ne ferait jamais une chose pareille, n'est-ce pas, mon petit papa ?

— Ne t'y fie pas, la gourmanda plaisamment l'intéressé en lui tapotant la main.

— Lord Gerald…, lança Max d'un ton calme, le visage soudain grave. Puis-je venir vous voir demain ? J'ai besoin de m'entretenir avec vous d'une affaire importante. Et aussi avec votre épouse.

Cette requête, pour le moins inattendue, étonna aussi

bien Christina elle-même que son père. Qu'avait-il de si particulier à régler avec ses parents ? se demanda-t-elle.

— Une affaire importante, dites-vous ? J'aimerais bien savoir de quoi il s'agit, répondit Gerald, faisant écho aux pensées de sa fille. Eh bien soit, mais venez tôt, car je dois arbitrer une partie de cricket, et j'avoue ne plus tenir en place. Au fait, je crois qu'il leur manque un joueur... Si le cœur vous en dit, allez voir Hal Jenkinson. C'est le capitaine de notre équipe. Jouez-vous au cricket, monsieur Lloyd ?

— Absolument ! répondit Max, enthousiaste. Je ne connais pas de plus agréable façon de passer son temps. Et, sans ce noble sport, que deviendrait l'Angleterre ?

— C'est exactement mon avis. Eh bien, en ce cas, disons 9 heures, entendu ?

— Entendu.

Christina regarda fixement l'Italien, éberluée de constater encore une fois que tous les hommes de sa connaissance professaient pour ce jeu stupide une passion qui confinait au fanatisme.

Le plus important cependant était de savoir de quoi cet inconnu pouvait bien vouloir entretenir son père...

2

Lord Gerald et son épouse, lady Audine, se montraient des hôtes polis et attentionnés envers leurs invités. Au cours des soirées qu'ils donnaient chez eux, ils prenaient garde de ne pas figer l'atmosphère en suivant trop rigidement les règles compassées de la bonne société, mais sans non plus y laisser prendre pied la vulgarité qui bien souvent régnait jusque dans les maisons les plus élégantes d'Angleterre.

Christina fulminait d'être assise du même côté de la table que James, et trop loin de lui pour pouvoir lui parler ; elle se réjouissait toutefois que M. Lloyd, lui, se soit vu exilé encore plus loin, ce qui lui épargnait l'épreuve insupportable de devoir lui adresser la parole. Elle l'observa néanmoins du coin de l'œil tout au long du repas. Il lui sembla fort détendu et à son aise, mangeant calmement et savourant son vin à petites gorgées, quoique, sous son air affable, elle aurait juré qu'il cachait une volonté tendue à l'extrême et une force effrayante, au point qu'elle en eut soudain la chair de poule et sentit un frisson glacé lui parcourir l'échine.

Ses parents veillaient à ce que la conversation ne faiblisse pas autour de la table. Heureusement, comme les invités se connaissaient tous, ou presque, on discutait de choses et d'autres avec animation, en évoquant surtout des affaires locales. M. Lloyd semblait intéresser ses voisins, chacun y allant de sa question sur l'Italie ; il leur répondait de bonne grâce et très tranquillement.

Sur le coup, Christina ne trouva rien d'étrange au manège de ses parents, qui, lorsque Max Lloyd parlait, échangeaient discrètement des regards inquiets et restaient silencieux. A mesure que la conversation avançait, elle trouva à M. Lloyd l'esprit vif. Cet homme-là connaissait la vie sans doute et, à sa grande surprise, se révélait fascinant à bien des égards. Il semblait si au fait des affaires du monde qu'elle s'en trouvait captivée, voire un peu admirative, d'autant que, lorsqu'il décrivait des villes chères à son cœur comme Sienne ou Florence, on avait l'impression qu'il repoussait les murs de la pièce pour y laisser entrer le soleil et le ciel bleu de l'Italie.

En faisant de son mieux pour ne pas sembler intéressée par ce qu'il disait, elle lui jetait de temps en temps des regards furtifs, l'air de rien. Soudain, il tourna la tête dans sa direction et la surprit en train de le fixer. Décontenancée, elle releva le menton en guise de défense, ce qui fit naître un sourire étrange, insondable, sur les lèvres de Max. Vite, elle détourna les yeux. Quelle arrogance ! songea-t-elle. Comment pouvait-on être aussi imbu de soi-même ? Il ne restait qu'à espérer qu'une fois la soirée terminée elle ne le reverrait plus jamais.

Après le dîner, les dames se retirèrent dans le salon pour laisser les messieurs savourer leurs cigares et boire leur porto. Christina, au bord de périr d'ennui, attendit le retour de ces derniers avec impatience ; elle avait follement envie de parler à James. Elle fut terriblement déçue, quand il arriva, de le voir demeurer auprès de Peter pour continuer à parler cricket.

Debout près de la cheminée, elle écoutait d'une oreille

distraite la femme du vicaire lui expliquer l'agencement des tribunes qu'elle prévoyait de faire installer le lendemain en prévision de la partie, cherchant désespérément un prétexte pour s'esquiver sans froisser son interlocutrice, lorsque son regard s'arrêta sur M. Lloyd, qui conversait un peu plus loin avec Hal Jenkinson, le capitaine de l'équipe de cricket et accessoirement médecin du village.

Comme mû par un sixième sens, le nouveau voisin se retourna presque aussitôt et, pendant une seconde, elle se surprit à s'émerveiller de la teinte incroyable de ses yeux. D'un bleu éclatant, ils évoquaient irrésistiblement les lagons turquoise des mers du Sud et, dans leurs profondeurs, on discernait une interrogation muette, comme s'ils voulaient lui demander ce qu'elle croyait voir en eux qui puisse justifier un tel intérêt. Penchant légèrement la tête sur le côté, il fronça le sourcil.

Furieuse d'être une nouvelle fois prise en flagrant délit et de sentir le rouge lui monter aux joues, elle fit volte-face et, se drapant dans ce qui lui restait de dignité, s'éloigna.

La soirée s'éternisait mortellement, mais il semblait clair désormais que James ne viendrait plus lui parler, aussi décida-t-elle de franchir la grande porte-fenêtre qui donnait sur la terrasse.

Elle marchait de long en large d'un pas impatient, une moue renfrognée sur les lèvres, lorsqu'il lui sembla voir une haute silhouette surgir de l'ombre. Convaincue qu'on l'épiait, elle s'avança. L'homme se tenait négligemment appuyé contre le mur recouvert de treillis et fumait calmement un cigare odorant dont la fumée montait en volutes bleutées vers le ciel noir, les yeux fixés sur elle, silencieux. Ce ne fut que lorsqu'elle s'approcha tout près qu'elle reconnut Max Lloyd.

*
* *

De là où il se tenait, accoudé au piano sur lequel une des dames jouait des airs entraînants, Max l'avait aperçue juste avant qu'elle ne disparaisse au-dehors et avait attendu quelques instants avant de la suivre. En la voyant approcher, il ne put s'empêcher d'admirer sa beauté. Elle marcha vers lui d'un pas décidé, puis s'arrêta à quelques centimètres de lui.

— Eh bien, monsieur, lança-t-elle, choisissant l'offensive, j'aurais dû me douter qu'il s'agissait de vous. Vous semblez aimer surprendre les gens.

— Vous vous trompez, mademoiselle Thornton. Je ne me montre jamais sournois. Je prenais simplement l'air, tout comme vous, et cherchais un coin tranquille pour savourer mon cigare en paix.

Là-dessus, il écrasa son havane dans un grand cendrier de pierre disposé là à l'intention des messieurs qui, comme lui, préféraient fumer au grand air pour ne pas importuner les dames.

— Je vous en prie, ne l'éteignez pas pour moi.

— Ce n'est pas le cas, rassurez-vous.

Un rire sonore, à l'intérieur, détourna brièvement l'attention de Christina. Un gentleman apparut sur le seuil l'instant d'après, mais après avoir jeté un coup d'œil sur la terrasse sembla se raviser et fit demi-tour. Max remarqua la déception qui embrumait les yeux de la belle ; elle devait avoir espéré que son amoureux blond la cherchait partout, et cette réaction l'irrita assez pour provoquer en lui un accès de colère.

— Il ne m'a pas échappé que vous avez passé votre temps à regarder M. Embleton, dit-il en enfonçant nerveusement les mains dans ses poches. Vous n'avez eu d'yeux que pour lui de toute la soirée.

— Qu'en savez-vous ? répliqua-t-elle. M'avez-vous espionnée depuis mon arrivée ?

Max la regarda d'un air amusé, un sourire sardonique sur les lèvres.

— Ne vous poussez pas du col, mademoiselle Thornton. Je ne vous ai pas plus regardée que n'importe quel autre convive.

— Comment osez-vous me parler sur ce ton ? s'indigna la jeune femme, les yeux lançant des éclairs, les lèvres pincées. Cessez de mettre votre nez dans mes affaires. James est un gentleman, lui, et il me traite …

— Avec le respect que l'on doit à une lady, c'est cela ? Pourtant, il ne m'a pas semblé, cet après-midi, que vous vous comportiez comme une jeune fille respectable, dit-il en s'avançant, incitant Christina à reculer.

Il se doutait qu'il l'intimidait et en eut la confirmation en la voyant trébucher sur la traîne de sa robe.

Pourtant, elle rejeta les épaules en arrière d'un air hautain.

— Nous ne faisions rien de mal, rétorqua-t-elle avec véhémence.

On l'aurait crue décidée à justifier ses actes quand bien même elle savait que, dans l'éventualité où une personne de sa connaissance l'aurait surprise au bord de l'étang en petite tenue, sa réputation aurait été définitivement ruinée.

— C'est bien vous que j'ai vue batifoler à moitié nue dans ce lac, les cheveux défaits, non ? Aucune des dames que je connais ne songerait à faire une chose pareille, repartit-il d'un ton accusateur.

Quelle mouche le piquait ? Pourquoi se comportait-il si odieusement avec elle quand il n'avait envie, au contraire, que de converser avec elle en admirant sa beauté ? En parlant ainsi, il devait passer à ses yeux pour un censeur indiscret. Du reste, son expression confirmait cette appréhension.

— Je suis différente des dames que vous connaissez. Il n'y a là rien d'étonnant, d'ailleurs, puisque pour vous je suis une étrangère. Il me semble qu'en Italie les jeunes femmes sont plus modestes mais moins libres aussi, et moins insouciantes. Vous aimeriez me contraindre à me comporter comme elles, ne le niez pas.

— C'est à vos parents qu'incombe cette tâche, mademoiselle Thornton, et j'avoue ne pas comprendre pourquoi votre père s'y refuse. Comme je vous l'ai dit cet après-midi, le mien n'aurait pas manqué de vous corriger.

Christina resta interdite, incrédule devant tant de morgue. Pendant une fraction de seconde, il pensa qu'elle allait le souffleter tant elle avait l'air indignée de ses insultes. Mais elle n'en fit rien, probablement peu désireuse de causer un incident devant les invités de ses parents.

— Eh bien ! Je remercie le ciel de ne pas être sa fille s'exclama-t-elle, les yeux pleins d'une fureur assassine. Je ne souhaiterais pas à ma pire ennemie le malheur de vous avoir pour frère. En tout cas, je continuerai d'agir à ma guise, que cela vous plaise ou non.

— Là d'où je viens, votre comportement d'aujourd'hui serait considéré comme choquant et inacceptable. Cela dit, vous devriez vraiment essayer d'être moins soupe au lait. Regardez-vous. On dirait un pétard prêt à exploser.

— Vraiment ? Croyez-moi, monsieur Lloyd, priez le ciel de ne jamais me voir exploser, comme vous dites. Et sachez que mon père vous jetterait dehors s'il vous surprenait à me parler sur ce ton.

Max étouffa un petit rire, sa colère s'atténuant devant celle de la demoiselle. Elle savait être cassante ; mais, sous les regards meurtriers et les paroles cinglantes, il devinait une chaleur, une passion, une soif de liberté inouïes. Elle ne désirait rien tant que de pouvoir agir à sa guise, et il ne pouvait l'en blâmer, certes. Dieu garde, songea-t-il, celui qui tentera de l'apprivoiser.

A condition que cela soit possible...

Elle pouvait à peine parler tant la fureur l'étouffait. Néanmoins, il aurait volontiers parié qu'elle ne fulminait pas seulement contre lui, mais également contre James Embleton, pour n'être pas venu la chercher.

— Quelque chose me dit qu'il n'en ferait rien, répliqua Max. En fait, il me féliciterait probablement d'avoir eu le courage de m'occuper de sa mule de fille et de lui mettre ses défauts sous le nez !

— Sa mule de... ? répéta la jeune femme, effarée. Décidément, vous êtes un goujat, monsieur ! Et je suppose que vous êtes sans reproche, évidemment.

— Certainement pas. J'admets volontiers que je suis loin d'être parfait, mademoiselle Thornton.

Il gardait le sourire, montrant malgré la nuit des dents d'un blanc éclatant.

— En avez-vous terminé, ajouta-t-il, ou bien entendez-vous continuer encore longtemps à me réprimander ?

Christina le regarda, estomaquée. Quel toupet ! D'abord, il lui reprochait — avec une impudence inconcevable — ce qu'il appelait sa conduite inadmissible, et, l'instant d'après, il se comportait comme si leur altercation ne prêtait nullement à conséquence. Le sourire figé sur les lèvres, appuyé nonchalamment contre le dossier d'un banc, il ne la quittait pas des yeux une seconde. Elle n'avait jamais vu cet homme de sa vie, et, pourtant, il la regardait d'un air bien trop familier, comme s'il avait des droits sur elle.

Elle n'était plus aussi sûre d'elle-même, tout à coup, et commençait presque à se sentir un peu sotte et puérilement susceptible. A la vérité, ce M. Lloyd n'avait rien fait de mal, et elle ne pouvait en dire autant. Elle n'aurait jamais dû se montrer grossière avec lui, en premier lieu.

Soudain calmée, elle répondit, les yeux baissés, avec un sourire piteux et une spontanéité qui, en d'autres occasions, l'auraient grandement étonnée :

— Vous avez parfaitement raison, monsieur. Je vous ai manqué de respect et vous en demande pardon. Il se trouve que c'est moi qui ai subi la réprimande. C'est bien la première fois, je dois dire, quoique maman ne cesse jamais de me faire la leçon. Si souvent en fait que je n'y prends plus garde.

Il accueillit ce ton nouveau et cette contrition avec un sourire.

— Je suis ravi de voir que vous n'êtes plus en colère. Décrétons que nous sommes quittes et faisons la paix, voulez-vous ?

— Cela dépend, répondit-elle, espiègle.

— Et de quoi donc ?

— De votre capacité, déclara-t-elle d'un air de défi, à marquer assez de points demain pour éviter une humiliation à Leyton.

— Comment ? Vous voulez que je dispute cette partie de cricket ?

— Exactement. Puisque vous comptez résider ici indéfiniment, autant prendre part aux réjouissances de l'endroit.

— Entendu, lança-t-il d'un ton enjoué.

Il faisait un temps splendide, et l'air pur de l'été vibrait sous le soleil. Christina et Molly arrivèrent au bord du champ où devait se dérouler la partie à bord d'une petite voiture tirée par un jeune cheval. Elles transportaient un grand panier d'osier contenant le pique-nique préparé par Mme Barnaby : il y avait là des pâtisseries à peine sorties du four et fort appétissantes, des tartes, des canapés et toute une collection de friandises à se damner. Bien sûr, le cricket ne l'intéressait en rien, mais, toute transie d'un amour sans retour, Christina brûlait d'impatience de voir l'objet de ses pensées en action sur le terrain.

De jeunes gens enthousiastes vêtus de la traditionnelle tenue blanche s'entraînaient sur l'herbe en attendant que les choses sérieuses commencent et leur offrent l'opportunité de gagner le trophée — une coupe d'argent que le père de la jeune femme devait remettre aux vainqueurs. Lord Thornton ne rechignait jamais à cette tâche, bien au contraire, car ainsi il contribuait à la concorde sociale en tissant des liens avec ses subordonnés et le reste de la population du cru. Il vouait au cricket une passion dévote et sincère.

Une grande foule — venue non pas des seuls villages en compétition, mais de toute la contrée — se trouvait rassemblée autour du terrain, savourant le plaisir de cette excursion rituelle. Les dames portaient toutes sortes de toilettes, agrémentées de chapeaux tape-à-l'œil et d'ombrelles chamarrées ; les jeunes gens se pavanaient comme des paons devant leurs semblables de l'autre sexe qui lissaient leurs plumes en cachant leurs rires derrière leurs mains gantées. Il n'y avait pas un pouce de terrain qui n'ait été investi. Partout, on flânait ou on se prélassait dans des chaises longues ; d'aucuns avalaient des pintes de bière mousseuse qu'ils achetaient dans l'une des nombreuses buvettes dressées pour l'occasion par quelque gargotier avisé.

Les enfants pouvaient jouer dans quelques espaces aménagés à cet effet et ne s'en privaient d'ailleurs pas, criant et riant à tue-tête sous l'œil vigilant de leurs parents. Des chapiteaux multicolores et des baraques foraines s'élevaient çà et là, offrant aux passants de s'essayer à lancer des noix de coco vides sur des cibles animées ou de tirer à l'arc. Un orchestre jouait d'allègres chansons, et tout cela avait plus l'air d'une fête de village que d'une simple partie de cricket.

Christina et Molly abandonnèrent la voiture pour se lancer au milieu de la foule, chacune tenant une poignée du panier qu'elles balançaient entre elles, puis jetèrent leur dévolu sur un poste d'observation d'où l'on embrassait tout le terrain, et d'où l'on apercevait Tanglewood au-delà des arbres qui formaient une haie clairsemée derrière elles. Le château surplombait majestueusement le village et la campagne environnante. Une fois leur campement établi sur l'herbe grasse et verte, elles ne tardèrent pas à s'avancer vers la baraque aux noix de coco, impatientes de se mesurer aux femmes des environs.

Un peu plus tard, alors que Molly cancanait non loin de là avec quelques-unes de ses consœurs, Christina, le dos appuyé contre le tronc d'un arbre, eut le regard attiré par les joueurs qui s'assemblaient sur le terrain, et particulièrement par une silhouette qui venait d'apparaître après avoir franchi l'une des portes ménagées dans la barrière qui protégeait l'aire de jeu. Sa haute taille, sa démarche souple et nonchalante, ses épaules larges… Immédiatement, elle reconnut les traits sombres, la mine fière et confiante de Max Lloyd. Elle sourit pour elle-même, heureuse de voir qu'il avait décidé de relever son défi en participant au jeu. Rien ne garantissait toutefois qu'il ait la capacité d'épargner une défaite à l'équipe de Leyton.

Elle ne pouvait s'empêcher de le regarder fixement et, comme prévenu de la chose par quelque sixième sens, il se retourna brusquement et lança un coup d'œil dans sa direction, levant la main pour lui faire signe dès qu'il l'aperçut, en plissant les yeux pour mieux la voir.

En constatant qu'il la regardait avec beaucoup d'insistance, Christina eut soudain l'impression d'être en danger et en conçut un fort malaise. Aussi détourna-t-elle vivement les yeux, cherchant son père du regard. Les joueurs tout comme la foule commençaient à s'agiter, impatients de voir la partie débuter, ce qui ne pouvait se faire sans la présence de lord Thornton.

Après un temps, Christina se leva brusquement pour aller demander à Peter ce qui pouvait bien retenir leur père, mais M. Embleton — le père de James — survint alors et expliqua que, malheureusement, lord Gerald ne pourrait pas remplir son office et lui avait demandé de le remplacer au pied levé. Pendant quelques minutes, il y eut un conciliabule entre lui et les joueurs, après quoi on se mit en position pour entamer la partie.

— Où est papa ? s'enquit la jeune femme avec anxiété auprès de son frère. Il a toujours arbitré ces rencontres ! Est-il arrivé quelque chose ?

— Calme-toi, Christina. Il ne se sentait pas bien, c'est pourquoi il a demandé à M. Embleton de prendre sa place.

— Est-il souffrant ?

— Non, répondit Peter en s'éloignant un peu, impatient comme tous les autres de se mettre à jouer. Il ne se sent pas d'arbitrer la partie, voilà tout. En tout cas, je suis content de voir que tu n'es pas venue les mains vides…

Il regardait du côté du panier d'osier.

— Je suis sûr que Mme Barnaby a mis là-dedans assez de victuailles pour nourrir toute l'équipe. Ecoute, nous nous verrons pour le déjeuner. En attendant, nous avons perdu le tirage au sort, et ceux de Farnley ont choisi de prendre la batte en premier.

Peter s'en fut au moment même où James s'avançait sur le terrain pour lancer la balle. Elle le dévora des yeux, éblouie par sa silhouette svelte et l'auréole que lui faisait le soleil en caressant ses cheveux blonds, et sentit son cœur s'affoler lorsque, l'apercevant, il lui fit un signe de la main.

Elle alla s'installer près du panier d'osier tandis que la partie se poursuivait. La chaleur et le claquement des balles contre le bois dur des battes avaient sur elle comme un effet soporifique, à tel point qu'elle ferma les yeux. La partie ne l'intéressait plus du tout maintenant que James ne lançait plus la balle. Les cris et les applaudissements se faisaient plus bruyants, et l'ambiance devenait peu à peu électrique, chacun soutenant son camp avec une virulence quasi tribale.

Soudain, un frisson passa sur la foule, et Christina sentit l'atmosphère changer brusquement. Ouvrant les yeux, elle vit Max Lloyd s'avancer pour lancer et se redressa aussitôt pour profiter du spectacle. Il se dégageait de cet homme un magnétisme auquel il semblait impossible de résister. Sa démarche souple et racée dénotait une vie active et des qualités athlétiques certaines. Une rumeur monta autour du terrain quand il saisit la balle de cuir rouge, et, une fois que l'arbitre eut crié « Jouez ! », toute l'assistance retint son souffle en le voyant s'élancer pour sa première passe d'armes.

Il parut évident à tout le monde, et au premier coup d'œil, qu'il possédait une puissance exceptionnelle et pouvait faire à peu près ce qu'il voulait avec une balle ; sa présence formidable sur le terrain, son énergie et son enjouement apparemment inépuisables galvanisaient l'imagination des spectateurs. Ses bras étaient impressionnants de vigueur, et son torse ne l'était pas moins. En une heure, il fit tomber quatre guichets, prouvant ainsi, s'il en était besoin, qu'il ne faisait pas les choses à moitié.

Voilà un homme qui sait ce qu'il veut, songea Christina, incapable de détacher son regard de sa silhouette massive.

Pendant la pause du déjeuner, tandis que toute l'équipe se restaurait autour du grand panier d'osier, Christina ne put s'empêcher de regarder furtivement la nouvelle coqueluche du village. Max Lloyd semblait être devenu furieusement populaire tout à coup. Elle remarqua encore une fois la teinte incroyable de ses yeux et le trouva particulièrement séduisant avec ses cheveux tout ébouriffés. Il l'observait lui aussi, intrigué — ses sourcils noirs légèrement arqués en attestaient —, avec tant d'intérêt qu'elle se sentit nerveuse. Un frisson violent la parcourut, comme si une force électrique les reliait soudain en un éclair silencieux.

— La partie vous plaît-elle ? lança-t-il en s'avançant vers elle avant de se laisser tomber à son côté sur l'herbe.

— Certainement pas, répondit Christina, qui sirotait sa limonade, le dos appuyé contre un arbre. Je déteste le cricket. Quel intérêt peut-on trouver à voir des adultes taper dans une balle ? Cela me dépasse !

D'un air ulcéré, elle reposa son verre vide et enserra ses genoux entre ses bras.

— Il est clair que vous n'entendez rien aux subtilités de ce jeu, s'esclaffa Max en étirant son corps élancé sur l'herbe épaisse.

— Comment le pourrais-je ? Je ne suis qu'une femme, fit-elle d'un ton sarcastique.

— Je vous prendrais dans mon équipe sans hésiter, répliqua-t-il doucement.

— Je…, merci…, bredouilla-t-elle en tournant la tête vers lui, surprise. Mais croyez-moi, si j'en juge par mes exploits au tennis, vous ne feriez pas une affaire. Je n'arrive pas souvent à toucher la balle, et, quand j'y parviens, elle ne va jamais là où je voudrais qu'elle aille.

Il y eut un silence, après quoi elle reprit :

— Vous êtes un bon lanceur. Vous devez avoir beaucoup joué dans votre vie.

— En effet, mais j'ai cessé de pratiquer ce sport quand j'ai quitté l'université. Je suis un peu rouillé…

— En ce cas, vous devez être terrible quand vous êtes en forme ! Votre bras ne m'a pas semblé manquer de vigueur. Jusqu'ici, vous avez été un atout de prix pour notre équipe.

— Assez pour éviter une humiliation à Leyton ? s'enquit-il, ce qui rappela ses paroles de la veille à la jeune femme.

Christina eut un petit rire, révélant ses dents blanches et fines comme des perles.

— C'est bien possible, si vous êtes aussi bon à la batte qu'au lancer. J'attends d'en juger.

— Il est prévu que je sois le dernier.

— Je vous souhaite bonne chance, chuchota-t-elle, soudain consciente qu'ils se trouvaient tout près l'un de l'autre.

Son costume blanc le rendait extrêmement séduisant. Ses manches roulées jusqu'au coude laissaient voir sa peau bronzée, de même que l'échancrure de sa chemise.

— Nous jouons contre Farnley deux fois par an et, chaque fois, ils font preuve d'une pugnacité remarquable.

— Je ferai de mon mieux, promit-il.

— Tiens, j'y pense... Comment s'est passé votre entretien avec mes parents ?

Une ombre passa fugitivement sur le visage de Max, qui détourna les yeux avant de répondre :

— Pourquoi cette question ?

— J'aimerais bien savoir, repartit-elle en haussant les épaules, pourquoi papa n'est pas venu arbitrer cette rencontre. D'habitude, il ne manquerait ça pour rien au monde, et, quand je l'ai vu ce matin au déjeuner, il m'a semblé aussi excité et réjoui qu'avant chaque partie.

Elle s'arrêta un instant, fronçant le sourcil comme si une idée venait d'éclore dans son esprit.

— Vous devez être l'une des dernières personnes à l'avoir vu avant qu'il ne décide de rester au château. Vous ne lui avez rien dit qui puisse l'avoir bouleversé, au moins ?

— J'espère bien que non.

Max considérait le pavillon dressé pour les joueurs au bord du terrain, et sous lequel Peter et ses amis faisaient les fous.

— Votre frère et les autres joueurs s'amusent bien, dit-il, changeant tout à coup de sujet. Ce jeune homme, là, semble vous avoir tourné la tête, ajouta-t-il en pointant son menton vers James.

Sur le moment, Christina oublia son inquiétude. Il ne la gênait pas que M. Lloyd sache qu'elle en pinçait pour James, au contraire.

— Les garçons sont des êtres étranges, affirma-t-elle d'un ton contrarié. Peter ne s'intéresse à rien d'autre qu'à ce jeu de malheur, au point que, quand il pleut l'été, il joue dans la galerie avec ses camarades sans se soucier le moins du monde des meubles et des objets précieux qui s'y trouvent. Vraiment, il est injuste que les hommes jouissent d'une telle liberté. J'envie mon frère, et James aussi. Ils peuvent faire tout ce qu'ils veulent, eux, alors que je ploie sous le joug des obligations que mes parents et la société m'imposent. C'est insupportable !

— J'imagine à quel point ce doit être difficile pour une personne indépendante comme vous, acquiesça Max. Il aurait mieux valu que vous naissiez garçon.

Elle le regarda avec étonnement. Que cette conversation était inhabituelle !

— Je partage cet avis, monsieur Lloyd, mais voyez-vous, je pense que ce sont les hommes qui tiennent les femmes dans l'oppression.

— J'en suis d'accord.

— Vraiment ?

— Absolument. Dans un monde idéal, les deux sexes jouiraient d'une égalité parfaite. Mais ce monde n'est pas idéal.

— Etes-vous un radical, monsieur Lloyd ?

— J'ai des opinions qui ne plaisent pas toujours à mes amis ni aux gens de ma classe, en effet. Si c'est ce que vous appelez être un radical, j'en suis un, oui.

Ils tournèrent les yeux vers le terrain, où la partie avait repris. James s'avançait vers le guichet pour prendre son tour de batte. Avec sa grande taille et son corps élancé, il était superbe dans son pantalon blanc fraîchement repassé et sa chemise immaculée. Le cœur de Christina battit plus vite.

Son émoi n'avait pas dû échapper à Max, nota-t-elle, au regard éloquent qu'il lui lança avant de retourner auprès de ses coéquipiers. Soudain, il avait l'air sombre. Serait-il jaloux ? s'interrogea-t-elle avant de balayer cette idée saugrenue de sa tête.

La foule considérait déjà Max Lloyd comme un joueur exceptionnel, et, lorsqu'il eut passé ses jambières et pris la batte, les cris redoublèrent pour l'encourager. Il ne lui fallut pas longtemps pour démontrer que personne sur le pré ne lui arrivait à la cheville : en quelques minutes, il enchaîna une série de points gagnants, salués chaque fois par des vivats assourdissants. Dans le camp d'en face, les lanceurs durent se contenter de limiter les dégâts, tant il renvoyait leurs balles avec facilité. Ses compagnons notèrent avec un soulagement euphorique que sa meilleure prestation venait à point nommé mettre son équipe à l'abri exactement au moment où il le fallait.

Un chemin s'ouvrit de lui-même au milieu de la multitude pour le laisser passer quand il quitta l'aire de jeu, certains lui tapant sur l'épaule au passage pour le congratuler. Depuis l'endroit où elle se trouvait, Christina pouvait le voir à son aise et elle ne manqua pas d'admirer son superbe visage. Il s'en dégageait une expression étonnante, faite de force et de maîtrise de soi. Calme, presque impassible, il semblait étranger à l'humeur triomphante qui habitait les autres membres de l'équipe.

Comme on pouvait s'y attendre, l'ambiance autour de ceux-ci était à la fête, et, lorsque M. Embleton eut remis la coupe au capitaine et que les gens se mirent à envahir les buvettes pour y commander de quoi célébrer la victoire ou se consoler de la défaite, il apparut très vite que les libations allaient durer une bonne partie de la nuit.

Inquiète pour son père, Christina rentra chez elle à l'heure où le soleil plongeait vers l'horizon, traversant un ciel sans nuages. Les silhouettes noires des arbres se détachaient nettement sur cette toile de fond rougeoyante, de même que la masse sombre de Tanglewood.

Elle ne fut pas la seule à quitter les lieux, constata-t-elle, car, manifestement peu attiré par les célébrations populaires, Max s'esquiva au même moment qu'elle. Passant par la petite porte ménagée dans la barrière, il prit le chemin qui menait directement à sa demeure. Décidément, cet homme l'intriguait. Elle avait hâte de connaître l'issue de sa rencontre avec ses parents.

— Maman ? Que se passe-t-il ? demanda Christina en entrant dans le salon tout échevelée, déboulant comme une tornade.

Assise à son bureau un stylo à la main, le regard perdu dans le vide, sa mère sursauta à son entrée intempestive.

— J'ai eu si peur ! s'exclama encore Christina. Pourquoi papa n'a-t-il pas arbitré la partie ? Il faudrait qu'il arrive quelque chose de grave pour l'en empêcher.

Audine se leva et fit face à sa fille.

— Ah, te voilà ! Je me demandais quand tu serais de retour.

L'inquiétude de Christina ne fit que grandir quand elle remarqua le teint gris de sa mère, et son évident malaise, elle qui d'ordinaire arborait toujours un visage et un calme débonnaires.

— Que se passe-t-il, maman ? Etes-vous souffrante ?

— Non, je vais bien, la rassura lady Thornton, un sourire forcé sur les lèvres.

Le même sourire qu'elle affichait quand, lorsque Christina était petite, elle ne voulait pas l'effrayer avec des histoires sordides. Elle s'assit sur un petit canapé et lissa sa robe d'un air faussement dégagé.

— T'es-tu bien amusée ? s'enquit-elle.

— Bien sûr que non, maman, répondit Christina. Vous savez bien à quel point je déteste le cricket, sans parler de mon inquiétude à propos de papa. Je me suis fait du souci toute la journée.

Assise auprès de sa mère, Christina voyait bien que celle-ci évitait son regard et que ses mains tremblaient. Sa force de caractère, qui lui avait permis jusque-là de traverser les épreuves de la vie avec dignité, semblait avoir été sollicitée jusqu'à l'extrême limite.

— Vous me le diriez s'il était malade, n'est-ce pas ?

— Bien sûr que oui, répondit lady Audine en triturant nerveusement les franges d'un coussin.

— En ce cas, s'il n'est pas malade, sa décision de ne pas arbitrer la partie de cricket a-t-elle quelque chose à voir avec la visite de M. Lloyd ? Que se passe-t-il, maman ? Vous avez l'air d'avoir peur de…

— Oh, ma chérie, je n'ai pas peur, non, crois-moi ! Ce n'est rien, rien du tout. Je comprends ton alarme, mais elle est sans fondement. Tu devrais aller te changer pour le dîner. Tout ce grand air a dû te donner faim.

— Où est papa ?

— En haut. Il va descendre très bientôt. Après son entrevue avec M. Lloyd, il s'est senti fatigué, voilà tout. Ton père n'est plus aussi jeune qu'avant, ma fille, et, quoiqu'il se refuse absolument à l'admettre, le poids des ans commence à se faire sentir.

Christina n'en croyait pas un mot. Sa mère essayait tout bonnement de la calmer.

— Maman ! protesta-t-elle. Je ne suis plus une enfant. Nous savons très bien toutes les deux que papa n'aurait pas manqué la partie sans raison grave. Je vous en prie, cessez de me cacher des choses.

— Jamais je ne ferais une chose pareille, ma chérie. Sauf pour ton bien, évidemment. Mais ne crains rien, ton papa est en parfaite santé.

— Et son absence n'a rien à voir avec M. Lloyd ?

L'espace d'une seconde, Christina crut lire dans les yeux de sa mère la douleur d'une femme profondément blessée. Une ombre passa sur son visage, qui disparut presque aussitôt.

— M. Lloyd a-t-il pris part au jeu ? s'enquit lady Audine précipitamment, pour détourner la conversation.

— Oui. C'est un joueur exceptionnel. Il a quasiment remporté la partie à lui tout seul. Il est très… polyvalent, c'est bien comme cela que l'on dit ? Papa aurait été très impressionné. C'est vraiment dommage qu'il ait manqué ça.

— Sans doute, sans doute, mais je suis certaine que M. Embleton a été parfait dans son rôle d'arbitre. D'ailleurs, lui et sa femme nous ont invités, ton père et moi, à leur rendre visite demain et à passer la nuit chez eux. Je dois dire que ce sera une très bonne chose ; un petit changement de décor fera le plus grand bien à ton père.

— Sommes-nous invités, Peter et moi ? demanda Christina avec empressement, en priant le ciel qu'ils le soient.

— J'ai bien peur que non, ma chérie. Allons, ne sois pas trop chagrine. Je suis sûre que James trouvera le moyen de venir à Tanglewood dans la journée. Il te plaît, n'est-ce pas ?

La jeune fille hocha la tête, les yeux brillants.

— Oui, beaucoup. Et je serai sa femme un jour, maman, si je parviens à le convaincre de voir en moi autre chose que la sœur de Peter. Mon frère semble croire que je ne suis qu'une petite sotte sans cervelle. En tout cas, ma décision est prise.

Elle se leva et se mit à arpenter le tapis somptueux qui tenait le centre de la pièce, les joues roses d'excitation.

— J'ai résolu de l'épouser. Je ne veux personne d'autre que lui.

Lady Audine n'aimait ni ce qu'elle entendait ni l'état dans lequel ces propos mettaient sa fille, aussi fut-elle tentée de gourmander celle-ci ; néanmoins, soulagée qu'il ne soit plus question de la visite de M. Lloyd, ni de la menace que sa présence faisait planer sur l'avenir de Christina, elle prit le parti de s'en abstenir et de la laisser divaguer. N'empêche, elle n'avait pas souvenir de l'avoir jamais vue si passionnée.

— Et quand donc as-tu pris cette importante décision, ma chérie ?

— Oh, il y a déjà longtemps ! Depuis le jour où Peter l'a amené ici, en fait. Dès que je l'ai vu, j'ai su qu'il représentait tout ce dont je rêvais.

— Et lui, qu'en dit-il ? s'enquit doucement lady Thornton en fixant les grands yeux verts de son enfant. Penses-tu qu'il acceptera de se conformer à tes vues ? Que les choses seront aussi simples ?

— Forcément, répondit la jeune fille avec ardeur, un sourire radieux aux lèvres. Il sera ravi quand je le lui dirai.

— Tu es encore bien jeune pour parler ainsi. Pourquoi te presser ? Tu as tout le temps de songer au mariage.

— Oh non, maman ! fit Christina en se rasseyant, un peu perplexe devant l'air anxieux de sa mère. Vous vous êtes mariée à vingt ans, et j'en aurai bientôt dix-huit. James voudra de moi, j'en suis certaine.

— Nos premières amours semblent toujours faites pour durer éternellement, ma fille, mais, en réalité, c'est un rêve.

— Entre James et moi, c'est différent. Je sais que c'est pour de bon, maman, je le sais ! Ça a peut-être l'air d'un rêve pour l'instant, mais je ferai en sorte qu'il se réalise.

Avec un sourire résigné, lady Thornton tendit la main vers sa fille et repoussa une mèche rebelle derrière son oreille.

— Bien sûr, ma chérie. Tu es assez intelligente et déterminée pour parvenir à tes fins et de toute façon tu n'es pas du genre à te mentir éternellement. Quoi qu'il arrive, il faut toujours regarder les choses en face.

Lady Audine marqua une courte pause avant d'ajouter, l'air de rien :

— Il me semble que James a eu tout le temps de te faire connaître ses sentiments, non ?

— C'est vrai, concéda Christina, mais comme Peter est toujours avec nous... Je suis sûre qu'il attend l'occasion propice pour me déclarer sa flamme.

— Eh bien, il va nous falloir attendre, alors, répondit Audine en serrant tendrement sa fille contre sa poitrine. Pour l'heure, tu as encore besoin de nos conseils.

— Et vous serez toujours là, papa et vous, pour me les donner, n'est-ce pas ?

Christina sentit sa mère l'étreindre un peu plus fort tout à coup, mais ne vit pas les larmes qui perlaient à ses yeux.

— Oui, toujours, murmura lady Audine en réprimant un sanglot, la gorge nouée par l'émotion. Mais dis-toi tout de même que tout cela n'est qu'un beau rêve.

— Un rêve peut-être, mais pas inaccessible, maman,

insista la jeune femme en se dégageant. Je montrerai à James combien je l'aime, et, avant qu'il soit longtemps, il sera follement amoureux de moi lui aussi, vous verrez.

Lady Thornton regarda le visage rayonnant de sa fille en songeant qu'il aurait été merveilleux pour elle de réaliser ses rêves, en effet, mais que l'arrivée de ce M. Lloyd rendait la chose plus qu'improbable. Elle savait à quel point Christina pouvait se montrer obstinée, et aussi que, à force de détermination, elle était capable d'arriver à ses fins. Mais elle ignorait encore tout de l'amour. Pour l'heure, elle ne se doutait pas de la puissance ni de la violence de la passion amoureuse, or il y avait fort à craindre qu'elle ne veuille pas s'en priver quand elle découvrirait celle-ci.

Pour autant, James ne semblait pas être le garçon qu'il lui fallait. Une fille aussi têtue et rebelle que Christina avait besoin d'un homme énergique et au caractère suffisamment trempé pour pouvoir lui tenir tête. Il lui fallait quelqu'un qui soit capable de rabaisser un peu son orgueil et de faire pièce à cette tendance qu'elle avait de s'opposer à tout.

Quelqu'un comme ce M. Lloyd, peut-être ? Ou, pour l'appeler par son nom italien, le comte Maxwell Marchesi. Un homme qui, s'il le désirait, pouvait emmener avec lui leur précieuse fille sans qu'ils puissent légitimement aller contre.

Il en avait parfaitement le droit.

Christina craignait sourdement qu'un malheur ne soit sur le point d'advenir — à moins qu'il n'ait déjà eu lieu —, et sa conviction que quelque chose bouleversait ses parents ne fit que s'approfondir au cours du dîner. Peter manquait à l'appel, occupé à célébrer la victoire avec ses amis à la taverne du village. Lord Thornton semblait distrait et ne rompit le silence que pour poser quelques questions assez vagues sur la partie, sujet qui d'ordinaire lui tenait tellement à cœur qu'il en parlait avec une passion un peu fatigante. Lady Audine, elle, s'efforçait de faire comme si tout allait très bien, sans en persuader sa fille le moins du monde.

Après que ses parents eurent pris la route de la demeure des Embleton, Christina, convaincue que leur rencontre avec M. Lloyd avait quelque chose à voir avec leur abattement, décida d'aller rendre visite à ce dernier. La chaleur était écrasante ce jour-là, étouffante même, et, en levant les yeux vers le ciel, elle constata que le temps virait à l'orage et qu'il se mettrait sans doute à pleuvoir dans quelques heures.

De proportions modestes, blottie au fond d'une cuvette tapissée d'arbres et entourée d'un jardin où croissaient toutes sortes de fleurs et de plantes grimpantes, la vieille maison couverte de vigne vierge semblait tout droit sortie d'un tableau de maître. Christina la connaissait bien, ayant souvent rendu visite au major Illingworth quand il rentrait des Indes. L'intérieur était décoré avec goût, dans des tons pastel de pêche et de vert pâle, de lourdes tentures de soie damassée servant d'écrin à un élégant mobilier.

La grille franchie, elle marcha sur la porte d'un pas résolu et frappa. Un homme vint ouvrir. De taille moyenne, mince, les cheveux aile de corbeau, ses traits ciselés rappelant certaines statues romaines, il portait un costume noir impeccable.

— Bonjour, lança Christina. Je suis mademoiselle Thornton. M. Lloyd est-il chez lui ? Il n'attend pas ma visite, mais j'aimerais le voir.

— *Si, si*, je vous en prie, *signorina,* entrez. Si vous voulez bien patienter un instant, je vais prévenir mon maître de votre présence, répondit l'homme avec un fort accent.

— Inutile, Lorenzo. J'ai vu mademoiselle Thornton prendre l'allée en arrivant.

Vêtu simplement d'une veste légère et d'un pantalon assorti, sa chemise blanche ouverte sur son cou, Max Lloyd s'avança à la rencontre de la jeune femme, l'air détendu quoiqu'il parût un peu essoufflé.

— Bonjour, mademoiselle, lança-t-il en s'inclinant devant elle avec une nonchalance suprêmement élégante.

Avant de chercher son regard, il laissa ses yeux s'attarder sur la robe jaune pâle de la jeune femme, qui dessinait à merveille les contours de son corps.

— Monsieur Lloyd ! s'offusqua-t-elle.

— Seigneur ! fit-il en fronçant le sourcil. Si vous me regardez comme cela, c'est que vous devez être contrariée par quelque chose.

— Vous êtes très perspicace, monsieur Lloyd, répondit-elle, glaciale, en passant devant lui pour pénétrer dans le petit salon, ôtant son bonnet dans le même mouvement.

— Entrez, je vous en prie, dit Max en se retenant de rire franchement, amusé par l'audace de la demoiselle.

Après l'avoir admirée un instant, ravi d'entendre le frou-frou d'une robe dans son salon, il se tourna vers Lorenzo, à qui il dit quelques mots en italien, avant de la suivre et de refermer la porte derrière lui.

— Soyez la bienvenue dans mon humble demeure, dit-il, la bouche arquée en un demi-sourire énigmatique.

Christina s'arrêta au milieu de la pièce et se retourna pour lui faire face.

— Je ne vois rien ici qui soit humble, monsieur Lloyd,

à moins bien sûr que vous ne soyez habitué à vivre sur un beaucoup plus grand pied.

— Dites-moi, mademoiselle Thornton, repartit-il en s'approchant, est-ce une habitude chez vous de rendre visite à des messieurs sans être accompagnée ?

— Bien sûr que non, mais il fallait que je vienne. J'ai de bonnes raisons pour cela... Qui êtes-vous, monsieur Lloyd ? enchaîna-t-elle de but en blanc, plongeant son regard dans celui de son hôte. Vous m'avez dit user ici du nom de jeune fille de votre mère, afin d'éviter les complications et de ne pas vous faire remarquer quand vous séjourniez dans ce pays. Comment vous appelle-t-on en Italie, monsieur ? J'aimerais bien le savoir.

— Eh bien... Max. Pour Maxwell.

— Oui, je sais, répliqua-t-elle, agacée. Mais encore ?

— Monsieur le comte... le comte Marchesi.

Christina haussa un sourcil.

— Vraiment ? Je suis très impressionnée.

— C'est ce que je pensais, répondit-il avec un grand sourire.

— Et qu'est-ce qui pourrait bien expliquer qu'un comte Marchesi veuille louer un cottage dans un village perdu du Cambridgeshire sous une fausse identité ?

— Ce n'est pas le cas. Encore une fois, je suis bien Max Lloyd, et je vous ai dit être ici pour reprendre contact avec de vieux amis et passer un peu de temps à Cambridge.

— Fort bien, admettons, mais pourquoi avoir pris la peine de louer une maison ? Vous auriez pu descendre dans un hôtel en ville.

— Je préfère la campagne.

— Ne jouez pas au plus fin, monsieur Lloyd.

— C'est mon droit absolu de loger où je veux, mademoiselle. Je serais à Cambridge si j'en avais eu envie, mais il se trouve que ce n'est pas le cas.

— Je suis persuadée que vous ne me dites pas toute la vérité, monsieur. Quelle est la vraie raison de votre présence à Leyton ?

— Faut-il vraiment qu'il y en ait une autre que celles que je vous ai données ?

— Oui, j'en suis certaine. De quoi vouliez-vous entretenir mes parents, hier ? Vous n'êtes pas de leurs amis et, pour autant que je sache, ne les aviez jamais rencontrés auparavant. Il n'empêche que, quoi qu'il se soit passé entre vous, ils en ont été bouleversés. En fait, je n'ai jamais vu mon père dans un tel état, ni ma mère non plus, d'ailleurs, si j'y songe.

— Vous m'en voyez navré. Il n'était pas dans mes intentions de leur causer du chagrin, protesta Max d'un ton si sincère que Christina se prit à le croire et à se demander si elle ne faisait pas totalement fausse route.

Elle poursuivit, cependant :

— Eh bien ? Me direz-vous de quoi il retourne ?

— L'avez-vous demandé à vos parents ?

— Oui. Ils sont restés évasifs. Ils éludent la question, tout comme vous à présent.

— Je ne peux rien vous dire.

— Avouez plutôt que vous refusez !

— C'est vrai. Je ne peux pas, et je ne veux pas.

— Est-ce à propos de Peter… ou de moi ?

— Encore une fois, ce sont vos parents qu'il faut interroger. Allons, oublions ça. Il fait trop beau pour rester à l'intérieur. Laissez-moi vous offrir un rafraîchissement. Vous êtes ma première visiteuse, et je tiens à vous accueillir décemment dans ma demeure, même si elle n'est que provisoire…

— Je vous remercie, mais il faut que je rentre.

Elle ne voulait pas risquer de manquer l'arrivée de James si d'aventure il venait à Tanglewood, quoiqu'elle eût envie d'en savoir plus sur son mystérieux hôte.

— Allons donc. J'insiste absolument. Venez, dit Max en s'avançant vers la porte. Lorenzo nous a servi du thé et quelques gâteaux dans le jardin.

— C'est très aimable à vous.

— Nous autres Italiens tirons une grande fierté de notre sens de l'hospitalité.

— Mais ce n'est pas encore l'heure du thé…

— Qu'importe ?

— Je… eh bien, dans certains milieux, oui, cela a de l'importance, mais je suppose que l'on peut vous excuser, puisque vous êtes italien.

Max éclata d'un rire sonore et profond.

— Comme c'est gentil ! Je me demande toutefois si je dois me sentir flatté de cette remarque ou m'en offenser.

— Vous pouvez l'interpréter comme bon vous semble, mais, sincèrement, elle n'avait rien de péjoratif.

Ils sortirent dans le jardin et suivirent une allée dallée qui serpentait parmi de larges massifs de fleurs pour déboucher sous une tonnelle où était dressée une table ronde recouverte d'une nappe de lin blanc. Lorenzo venait d'y disposer un service de porcelaine de Chine tout à fait exquis et des petits gâteaux.

Max tira une chaise à l'intention de Christina. Dès qu'elle fut assise, le domestique servit le thé ; puis il s'éclipsa.

— Au fait, j'ai oublié de vous présenter Lorenzo, mon majordome, secrétaire…

— Et homme à tout faire, d'après ce que je vois.

Assis en face d'elle, une jambe croisée haut sur l'autre, Max déboutonna sa veste et se laissa aller contre le dossier de son siège. Fort à son aise, il contempla son invitée, ébloui de la voir chez lui, devant la toile de fond magnifique que formaient les roses éclatantes qui poussaient sur la pergola. Comme elle venait de retirer son chapeau, ses cheveux tombaient sur ses épaules en une cascade luxuriante et, avec ses yeux verts scintillant sous la frange compacte de ses cils interminables, elle lui sembla si ravissante qu'il se sentit partagé entre le désir de repousser la table pour la prendre sur ses genoux et le plaisir également délicieux de simplement la manger du regard.

Il n'arrivait pas encore à croire qu'elle se trouvait là, devant lui, après tant d'années. Depuis qu'on l'avait emportée loin du *castello* Marchesi, il avait gardé chevillé au cœur le rêve secret de la revoir un jour.

3

Le jardin semblait pris d'une sorte de torpeur, et le parfum lourd et sucré des roses flottait dans l'air.

— Voulez-vous un gâteau ? proposa Max en présentant, sur un plat de porcelaine blanche, les douceurs achetées par Lorenzo le matin même à la boulangerie du village.

Christina accepta une sorte de biscuit haut qu'elle plaça sur son assiette. Elle sourit, amusée par la courtoisie un peu formelle dont son hôte ne se départait jamais, y compris quand elle ne se montrait pas particulièrement amène à son égard.

— Pourquoi me fixez-vous de la sorte ? s'enquit-elle en se laissant aller dans son siège et en prenant une bouchée de son gâteau, incapable de résister à l'attirance que le regard et la voix de cet homme exerçaient sur elle.

— Parceque je n'ai jamais rencontré une personne comme vous.

— Etes-vous toujours aussi…

— Aussi quoi ?

— Aussi franc, monsieur Lloyd. Vous semblez toujours être sur le point de vous moquer de moi.

— Si je ris, ce n'est pas de vous, mademoiselle Thornton, croyez-le. Pour je ne sais quelle mystérieuse raison, vous m'amusez. Et il se trouve que vous m'êtes sympathique.

— Vous m'en voyez surprise.

— Pourquoi cela ?

— Parce qu'à plusieurs reprises je ne me suis pas montrée aussi polie que j'aurais dû. En fait, j'ai été odieuse.

— J'en suis d'accord, mais vous êtes pardonnée.

— C'est très aimable à vous de dire cela, mais vraiment j'ai manqué à la politesse la plus élémentaire quand nous nous sommes rencontrés, la première fois.

Christina leva les yeux vers Max et secoua la tête en s'imaginant l'allure qu'elle devait avoir au bord de l'étang, et aussi ce qu'il avait dû penser d'elle en la voyant ainsi. De toute évidence, il se souvenait de la scène lui aussi, à voir la façon dont il la regardait.

— Vous voulez dire quand vous batifoliez dans l'eau à moitié nue ?

— Oui. Quelle effrontée ! murmura-t-elle, léchant sur ses doigts les traces laissées par le gâteau qu'elle venait d'engloutir, absolument inconsciente de l'émoi que ce geste innocent suscitait chez son hôte.

— C'est le mot juste, j'en conviens. Voyez-vous, en Italie, les femmes vivent sous la vigilance sourcilleuse des membres de leur famille ; leurs rencontres avec l'autre sexe sont soumises à l'approbation — et au choix — de leurs parents et ont toujours lieu en présence d'un chaperon. Si, chez nous, l'une d'elles était surprise à nager en petite tenue avec deux jeunes hommes, sa réputation s'en trouverait ruinée à jamais, et elle passerait, selon toute probabilité, le reste de sa vie dans un couvent.

Il y avait du reproche dans sa voix, ce qui ne laissa pas de surprendre Christina, mais elle oublia la chose assez vite, la jugeant sans importance.

— Fichtre ! Je trouve cela un peu exagéré, tout de même, commenta-t-elle avec désinvolture. Mais je ne suis pas italienne, bien sûr. C'est étrange, vous semblez être ici comme chez vous, monsieur Lloyd.

— Appelez-moi Max, je vous en prie.

— Entendu. Monsieur Lloyd fait un peu guindé, en effet, et je refuse absolument de vous appeler monsieur le comte, ou même comte tout court. De votre côté, appelez-moi Christina. Et, maintenant, parlez-moi de votre pays. Comment est-ce, là où vous vivez ?

— En Toscane ?

Elle hocha la tête.

— C'est magnifique. Enchanteur. Intemporel. La vie là-bas est toute différente. Il faut y vivre pour l'apprécier.

— Avez-vous une occupation ?

— Pourquoi devrais-je faire quelque chose ? Je suis comte, rappelez-vous.

— Je ne vous vois pas comme ça. L'oisiveté ne doit pas vous convenir, quelle que soit votre fortune.

— Vous avez raison. J'aime m'occuper à quelque chose.

— Et donc, que faites-vous ?

— J'élève des vignes, comme ma famille le fait depuis des siècles.

Il se mit à parler de ses vignobles, qui le rendaient excessivement fier, avec un enthousiasme et une passion admirables. Il évoqua le climat particulier de la Toscane, l'effet qu'il avait sur le raisin, expliquant que le temps pouvait être à la fois le meilleur ami et le pire ennemi du viticulteur ; que chez lui on priait le ciel qu'il fasse chaud l'été, et sec en automne pour les vendanges. Christina n'en perdait pas une miette.

— Donc vous êtes très riche, remarqua-t-elle quand il se tut.

— Je dois ma prospérité à mes ancêtres, en grande

partie. Et notamment à mon grand-père, qui avait beaucoup de talent pour les affaires.

— Je vous soupçonne de lui ressembler.

— J'aimerais le croire.

— En tout cas, à vous entendre, ce doit être passionnant.

— Ça l'est. Je… j'aimerais vous faire voir toutes ces choses, risqua-t-il en scrutant la réaction de la jeune femme. Cela vous plairait-il ?

— Certes oui ! fit-elle en hochant énergiquement la tête. Mais ce n'est pas possible, bien sûr.

— Ça pourrait l'être. Vous seriez accueillie à bras ouverts, Christina…

Il l'avait appelée par son prénom pour la première fois, ce qui n'échappa nullement à l'intéressée : un frisson aussi délicieux qu'inexplicable lui parcourut le dos.

— Etes-vous marié ? le questionna-t-elle à brûle-pourpoint, sans réfléchir.

Elle voulait subitement tout savoir sur cet homme qui venait de débarquer sans crier gare dans son petit monde !

— Non.

— Etes-vous en passe de l'être bientôt ?

— Pourquoi ? demanda-t-il, ses sourcils noirs se fronçant soudain au-dessus de ses yeux bleus incrédules. Aimeriez-vous m'épouser ?

Cette question posée sur le ton de la plaisanterie la fit rire aux éclats, allumant une étincelle dans ses yeux, quoique, au fond d'elle-même, elle sentît un léger malaise s'installer.

— Bien sûr que non ! Je voulais simplement savoir si vous aviez quelqu'un dans votre vie.

— Vous êtes bien curieuse, mademoiselle Thornton.

— C'est ma nature, répondit-elle d'un air coquin. Je n'y peux rien.

— En ce cas, la réponse à votre question est qu'il y a de nombreuses femmes dans ma vie.

— Aucune n'a votre préférence ? insista-t-elle, balayant des yeux la chevelure noire et les traits pleins de noblesse de son vis-à-vis.

Quand il croisa le regard de la jeune femme, sa bouche frémit en un demi-sourire impénétrable.

— Cela se pourrait.

Elle garda les yeux sur lui, troublée par la chaleur qu'elle sentait monter à ses joues, et qui ne devait rien au soleil. La voix de Max avait une profondeur singulière, et, quoique Christina n'eût pas l'habitude de fréquenter des hommes tels que lui, elle ne pouvait se cacher l'effet que cette voix faisait à son — mais oui, à son corps.

— Vous êtes très cachottier. En fait, vous êtes aussi mystérieux que la première fois où je vous ai rencontré.

— Ce qui, j'espère, ajoute à mon charme.

— Votre charme ? Voilà un mot bien curieux, monsieur. Je ne vous trouve pas séduisant du tout.

— Du tout ? fit-il, feignant la déception.

— Evidemment.

— Ma franchise vous étonnait, la vôtre m'étonne encore plus, *signorina,* murmura-t-il en plissant les yeux, que Christina trouva plus noirs et plus attirants.

Elle apprécia qu'il l'appelle ainsi, car ce mot italien accentuait la distance qui les séparait et, par son étrangeté même, la ramenait heureusement à la réalité. Le trouble, pour ne pas dire le malaise, qu'elle éprouvait constituait une raison suffisante pour mettre immédiatement un terme à cette entrevue.

— Il vaudrait mieux que je parte. Je suis ici depuis assez longtemps, et vous devez avoir des choses à faire.

— Pourquoi êtes-vous nerveuse, soudain ?

Ses grands yeux bleus la dévisageaient, et avec un intérêt marqué de surcroît, elle ne rêvait pas ! Elle n'avait pas une grande expérience des hommes, mais elle pouvait tout de même reconnaître de l'admiration dans le regard de l'un d'eux. Elle se sentit tout à coup comme engagée dans une course d'obstacles émotionnelle qui la laissait perplexe et désorientée. Sans y être préparée du tout, elle venait de se transformer, elle l'amoureuse transie d'un jeune homme d'à peine vingt ans, en la proie effrayée d'un séducteur autrement plus dangereux.

Elle se força à ne penser qu'à remettre son chapeau, pour s'éviter l'incertitude dans laquelle elle était depuis quelques minutes, elle qui, en arrivant ici, savait exactement ce qu'elle voulait. Elle sentait quelque chose en elle s'agiter, quelque chose d'inconnu et de sombre qui n'avait rien à voir avec James et qui l'épouvantait. Elle n'aimait pas ça. Pas du tout.

— Je ne sais pas de quoi vous parlez, répondit-elle en évitant le regard de Max.

— Ce chapeau est très seyant. Voulez-vous savoir ce que je vois quand je vous regarde ?

— Non. Si pour me l'expliquer vous prenez des airs de Casanova, merci bien.

Il rit doucement, tandis qu'elle nouait le ruban qui retenait son couvre-chef, essayant de dissimuler le tremblement discret qui agitait sa main.

— Nous autres Italiens dédions notre existence à la beauté et à l'amour, Christina… N'êtes-vous pas curieuse d'en savoir plus ?

Elle se sentit la gorge nouée tout à coup, et ses joues prirent une jolie teinte rose.

— Si, murmura-t-elle avec toute l'innocence de la jeunesse. Je ne veux pas rester ignorante, bien sûr, et bien sûr j'ai envie de savoir ce que c'est que d'être embrassée, mais certainement pas dans les bras d'un don Juan.

A sa grande stupeur, elle le vit rejeter la tête en arrière en éclatant d'un rire qui troubla si fort la paix du jardin que des oiseaux s'envolèrent en piaillant.

Décidément, songea-t-il, cette fille délicieuse parvenait à être à la fois une femme intrigante et désirable et une adolescente confondante de candeur et d'ingénuité. En l'espace de trois jours, elle venait de lui présenter toute une palette d'expressions passionnées, passant de la colère la plus noire et de la rébellion la plus débridée à un dédain glacial, et, maintenant, à une impertinence et une désinvolture furieusement excitantes. Il secoua la tête, les yeux brillants de bonheur, les lèvres légèrement ouvertes sur ses dents de nacre.

— Je suis immensément flatté que vous me compariez à ce héros libertin, ma chère Christina, mais laissez-moi vous dire que je n'ai aucune des qualités de ce débauché, ni rien non plus de ses défauts, Dieu merci. Il est clair néanmoins que je vous ai fait grande impression, et croyez que cela me réchauffe le cœur.

— J'en serais étonnée, monsieur, car vous n'en avez pas, répliqua la jeune femme avec humour, assortissant ses paroles d'un beau sourire, incapable qu'elle était d'en vouloir à cet homme qui ne lui avait rien fait ni dit qui puisse l'offenser. Si vous aviez un cœur, jamais vous n'auriez attiré dans ce jardin une jeune femme sans défense comme moi pour lui offrir du thé et des petits gâteaux.

— Je ne vous ai pas attirée ici, et, quant à être sans défense, laissez-moi rire, affirma Max, se prenant de plus en plus au jeu. Cependant, pour éviter de vous choquer, je n'offenserai pas vos oreilles innocentes en vous expliquant qui était vraiment Don Juan. Tenez, prenez plutôt un autre gâteau.

Joignant le geste à la parole, il lui présenta l'assiette de pâtisseries.

— Je devrais m'en aller, répondit-elle en se levant. Il fait vraiment de plus en plus chaud.

— En Italie, les gens se contentent de se mettre à leur aise quand le soleil est à son zénith. Ne voulez-vous pas rester encore un peu en attendant qu'il fasse un peu plus frais ?

— Je ne peux pas. Je suis ici depuis longtemps déjà et, si je manque à l'appel, Molly, la femme de chambre qui a promis à ma mère de veiller sur moi en son absence, va envoyer une escouade à ma recherche. Elle est très stricte.

— En ce cas, nous ne devons pas l'alarmer. Venez, je vais vous raccompagner.

— Non, il ne faut pas. Du reste, ce n'est pas bien loin.

— J'insiste.

Elle accepta finalement son escorte et dut attendre qu'il soit reparti pour se rappeler ce qui pouvait l'avoir poussée à lui rendre visite.

A son grand plaisir, Christina vit arriver James un peu plus tard le même jour. L'espoir et l'excitation animant son visage, elle le regarda depuis la fenêtre du salon descendre de sa monture, en tendre les rênes à un palefrenier et grimper en quelques bonds l'escalier du perron.

— Ressaisis-toi, Christina ! lui enjoignit Peter sans aménité en posant son journal et en quittant son fauteuil.

— Que veux-tu dire ? répondit-elle en affectant de ne pas comprendre le reproche.

— On dirait un chaton qui a trouvé un bol de crème, bon sang ! Figure-toi que la maison de James est pleine d'invités. C'est pour ça qu'il vient passer la nuit ici, rien de plus. Nous avons prévu une partie de pêche pour demain matin dès le lever du soleil. En barque.

Les yeux de Christina s'allumèrent d'un coup. Elle n'aimait rien tant que d'aller pêcher tôt le matin, à l'heure où les poissons ont le plus d'appétit.

— Voilà une riche idée ! Je viens avec vous.

— Pas question. Cette fois-ci, James et moi irons pêcher seuls. Si maman était ici, elle ne t'autoriserait pas à nous accompagner, de toute façon.

— Mais elle n'est pas là, justement.

— Ça ne change rien. La réponse est non, point final.

— Mais… je vais toujours avec vous à l'étang.

— Pas cette fois. Inutile d'essayer de nous suivre. Ça commence à devenir gênant, cette insistance que tu mets à essayer d'attirer l'attention de James comme si tu pensais qu'il t'appartenait ! Ne vois-tu pas qu'il ne s'intéresse pas à toi, Chris ? Pourquoi ne peux-tu pas te comporter comme les autres filles de ton âge et faire de la broderie ou lire ces romans d'amour qui sont si à la mode en ce moment ?

— Je déteste ce genre d'ouvrages, repartit-elle avec une moue boudeuse. Il y a des milliers de choses plus amusantes à faire que de lire des fadaises à propos d'héroïnes sans cervelle qui s'évanouissent toutes les deux pages à cause de jeunes gens à la beauté renversante.

— Ah ! Et je suppose que tu ne vois aucun rapport entre ce que tu décris et ton attitude ridicule à propos de James, évidemment. As-tu jamais vu ses sœurs traîner avec les garçons du soir au matin ? Non, bien sûr. Pourquoi ne peux-tu leur ressembler un peu plus et t'intéresser à la mode… ?

— Parce que je m'en moque éperdument.

— Au moins, elles sont modestes, délicates, raffinées et… et silencieuses !

— Et ennuyeuses à mourir.

Elle se dirigea vers la porte. Peter jeta son journal sur le sofa et lui emboîta le pas.

— Où vas-tu ?

— Souhaiter la bienvenue à James, répondit-elle avec un sourire qui en disait davantage qu'un long discours.

— Il est mon ami et mon invité, Christina ! J'aimerais que tu t'en souviennes et que tu évites de te rendre ridicule.

— Allons, calme-toi, Peter ! Et surtout, ne t'avise pas de faire une scène devant lui, s'il te plaît.

— Christina !

Elle fit délibérément la sourde oreille.

— Essaye de te tenir, au moins ! ajouta-t-il.

A quoi elle répondit d'un mouvement dédaigneux de la tête.

Elle entra dans le salon pour accueillir James, suivie de près par son frère, qui fulminait, mais ne voulait rien en laisser paraître en présence de son ami. Elle se sentait navrée de voir Peter en colère, car elle l'aimait sincèrement et détestait se disputer avec lui, même si elle trouvait suprêmement agaçant qu'il se croie toujours obligé de lui dire ce qu'elle devait faire pour la seule raison qu'il avait quelques années de plus qu'elle. Il pouvait être fatigant ; plus même que leur mère parfois, particulièrement quand il s'agissait de la façon dont une jeune fille était censée se comporter en société. Elle se prenait souvent à souhaiter qu'il prenne les choses avec un peu plus de philosophie et beaucoup moins de rigueur.

Christina passa le reste de la journée dans une sorte de brouillard ouaté et plaisant. Peter et James se retirèrent dans la salle de billard, où elle les suivit sans prêter la moindre attention aux injonctions muettes de son frère, qui ne manquait pas une occasion de lui ordonner du regard de quitter la pièce et de les laisser jouer et savourer leur porto en paix. Avec un aplomb confondant, elle s'installa dans un grand fauteuil placé devant la fenêtre pour suivre la partie à son aise. Elle aurait beaucoup aimé pouvoir leur lancer un défi, car elle jouait fort bien au billard et battait souvent Peter quand ils étaient seuls, mais cela aurait été pousser le bouchon un peu loin sans doute : elle aurait risqué de se voir chassée par son frère manu militari.

Elle profita d'un moment d'inattention de la part des deux garçons pour se verser discrètement un petit verre de porto. Elle savoura doucement la lente progression de l'alcool dans ses veines et la chaleur qui l'envahissait à chaque nouvelle gorgée. Jamais elle ne buvait plus que du vin coupé d'eau, car sa mère prohibait les boissons fortes, et de fait elle n'aurait pas juré qu'elle aimait beaucoup le goût puissant de ces vins fortifiés ; mais, si James appréciait ce nectar, il n'y avait pas de raison qu'il n'en aille pas de même pour elle.

Elle le regardait tourner autour de la table, la lumière qui tombait du bec de gaz situé juste au-dessus de celle-ci jouant dans ses cheveux dorés, et, quand Peter sortit un instant pour aller chercher une autre bouteille de porto, elle se leva et s'approcha de lui, les joues un peu rouges et l'esprit légèrement embrumé par le vin.

— Peter m'a dit que vous alliez prendre le bateau sur l'étang demain matin…

— C'est exact. Dès le lever du jour.

— Cela ne vous dérange pas si je viens avec vous, n'est-ce pas ?

Le jeune Embleton sourit pour cacher sa gêne. S'il aimait bien Christina et trouvait sa compagnie agréable, il aurait donné cher pour qu'elle cesse de chercher à attirer son attention en permanence. Il n'était ni stupide ni aveugle et savait parfaitement à quoi elle pensait ; mais, si elle attendait de lui qu'il lui déclare sa flamme, elle risquait d'attendre longtemps. Elle avait beau être la sœur de son meilleur ami, et fort belle — aucun homme sain d'esprit n'aurait pu dire le contraire —, le jour où il se déciderait à choisir une épouse, il jetterait son dévolu sur une fille plus douce et au caractère moins emporté que Christina Thornton.

— Je suis désolé, Christina, mais je crois qu'il ne vaut mieux pas. Pas cette fois-ci. Peter…

— Au diable Peter ! s'exclama-t-elle, les yeux soudain pleins de colère. Vous avez envie que je vienne, ou pas ?

— Eh bien, je… je…

James regarda par-dessus l'épaule de la jeune femme, et celle-ci vit clairement le soulagement envahir son visage quand Peter réapparut dans la pièce, une bouteille de vin à la main. Ce dernier lança aussitôt un regard accusateur à sa sœur, auquel elle répondit en relevant le menton fièrement. Mais, au fond d'elle-même, elle savait que la bataille était perdue. Ulcérée, et le cœur un peu soulevé par l'alcool, elle tourna les talons et sortit.

Christina se glissa hors de son lit comme l'aube poignait à l'horizon, colorant le ciel d'un rose délicat. En prenant soin d'éviter le quartier des domestiques, qui s'agitait déjà, elle sortit sans bruit par la porte de devant et se mit à courir vers l'étang. Elle espérait y arriver avant James et Peter et se préparait à les attendre le temps qu'il faudrait. Avec l'obstination de ceux qui aiment, elle était persuadée que, quand ils la verraient, les garçons rendraient les armes et la laisseraient embarquer avec eux.

Une déception affreuse l'envahit lorsqu'elle vit la barque danser doucement au milieu du plan d'eau. Peter et James surveillaient leur ligne tranquillement et ne remarquèrent même pas sa présence sur la rive.

Puis une colère brûlante s'empara d'elle. Comment pouvaient-ils se montrer si cruels ? Peter était un butor de la pire espèce, et, quant à James, il se moquait bien d'elle, finalement, sans quoi il aurait pris sa défense et aurait empêché qu'elle soit traitée de la sorte.

Quels défauts lui trouvait-il ? Pourquoi n'était-il pas amoureux d'elle ? La trouvait-il banale, ou même laide ? Convaincue qu'elle pourrait se faire aimer de lui, elle avait déployé des efforts inouïs pour qu'il la remarque, en vain !

Elle prenait à présent conscience qu'elle devait s'être ridiculisée à ses yeux, à le poursuivre comme elle l'avait fait ; le cœur lui manquait quand elle se remémorait sa conduite honteuse. La vérité la frappa comme une pierre lancée en plein visage, allumant en elle une nouvelle colère, mais dirigée contre elle-même cette fois, et qui avait la violence des premières amours contrariées.

Aveuglée par les larmes, elle fit rageusement volte-face, ne pensant qu'à quitter le bord de l'étang au plus vite, si absorbée par sa rage qu'elle ne vit même pas approcher le cavalier et son cheval. Une voix cependant la fit sursauter. Elle ne rêvait pas. C'était bien son nom qu'elle venait d'entendre. Interdite, surprise de faire une rencontre en ces lieux si tôt le matin, elle ne bougea pas quand Max vint arrêter sa monture à sa hauteur et sauta de sa selle.

— Christina ? Je ne m'attendais pas à vous rencontrer à cette heure. Vous êtes fort matinale.

— Apparemment, je ne suis pas la seule.

— J'aime chevaucher au petit matin.

Il l'observa d'un air inquiet, dans la faible lumière de l'aube. Ces larmes qui souillaient son visage, ces épaules affaissées… Elle semblait sous le coup d'une émotion intense. Ses yeux brillaient d'une rage mêlée de chagrin.

— Que vous arrive-t-il ? Vous avez l'air bouleversée. Et vous avez pleuré.

— Je vais très bien, répliqua-t-elle en détournant la tête, soudain consciente qu'elle devait être affreuse.

Pour cacher son embarras, elle s'obligea à respirer profondément. Max Lloyd la surprenait au plus mauvais moment, et elle en concevait une si grande colère que sa voix en tremblait et que ses yeux, verts et durs luisaient telles deux émeraudes.

— Pardonnez-moi, lâcha-t-elle. Je dois rentrer.

— En ce cas, je vous accompagne, répondit-il, prenant les rênes à la main pour marcher à côté d'elle en s'efforçant d'accorder son allure aux pas rageurs de la jeune femme.

Il tourna la tête vers elle pour la regarder un instant,

touché par son évidente jeunesse et également pris de scrupules. Elle se mouvait avec la grâce d'un jeune pur-sang, et il se dégageait d'elle une féminité absolument rayonnante qui faisait vibrer au plus profond de lui il ne savait quelle corde secrète.

— Vous allez peut-être m'en vouloir de vous dire cela, mais vous n'avez pas l'air dans votre assiette. Qu'est-ce qui peut bien vous avoir tirée de votre lit de si bonne heure et fait pleurer de surcroît ?

— Je suis venue pour pêcher, et je ne pleure pas.

— Pour pêcher ? répéta Max en fronçant le sourcil. Vous aimez la pêche ?

— Oui.

— Et vous pêchez seule ?

— Non. Peter et James m'emmènent avec eux.

Le nom de James Embleton irritait immanquablement Max chaque fois qu'il l'entendait prononcer ; mais il dissimula son agacement.

— Et vous vouliez embarquer avec eux, c'est cela ?

— Oui, mais ils ont refusé, répondit-elle avec un soupir, l'air penaud. De toute façon, je suis arrivée trop tard.

En levant les yeux vers lui, elle remarqua ses yeux bleus amusés, et le sourire qui fleurissait sur sa bouche, ce qui ne fit que raviver sa colère.

— Ne vous avisez pas de vous moquer. Ce serait très malvenu de votre part.

— Pourquoi le ferais-je ?

— Parce qu'il n'est rien de plus risible au monde qu'une femme qui se ridiculise à cause d'un homme qui ne veut pas d'elle… comme je l'ai fait avec James Embleton.

— Ainsi, l'inimaginable est advenu.

— A ce qu'il semble, dit-elle en secouant piteusement la tête.

— Personnellement, je crois que vous êtes plus émue de votre propre comportement que d'avoir été éconduite par James Embleton. Donc, il n'est pas aussi sensible à vos charmes que vous aimeriez qu'il le soit ?

— Vous ne comprenez pas ! Vous ne comprendrez jamais ! s'écria Christina sans pouvoir se retenir.

— Je comprends très bien, au contraire. Vous semblez vous être mise dans un drôle de pétrin, comme on dit, à propos de ce garçon. Vous êtes très jeune, Christina, et vous avez encore beaucoup à apprendre.

Elle se raidit. Comment cet étranger osait-il lui dire de telles choses ?

— Rien ne m'oblige à discuter avec vous des sentiments que j'éprouve. C'est toujours la même chanson ! Tout le monde me traite comme si j'étais une petite fille sotte et naïve.

Le sourire de Max s'épanouit, forçant la jeune femme à se préparer à une remarque moqueuse — une de plus — mais, cette fois-ci, le ton de sa voix lui parut plutôt admiratif, quoiqu'un peu taquin.

— Vous êtes une fille délicieuse, Christina, mais vous avez tendance à ne pas assez réfléchir avant de passer à l'action. Comme je vous l'ai dit, vous avez encore beaucoup de choses à apprendre sur la vie, et… sur les hommes.

Elle s'arrêta brusquement et le fusilla du regard. S'il croyait la tromper avec son ton suave, il allait être déçu.

— Et qui donc va me les apprendre, ces choses ? Vous ?

— J'aimerais bien, dit-il, une lueur malicieuse dans le regard.

— Eh bien, répondez à ceci, si vous pouvez : qu'est-ce qui cloche chez moi ? Ne suis-je pas jolie ?

— Vous vous inquiétez trop, Christina, déclara-t-il, les yeux fixés sur la silhouette pâle de la jeune femme.

La lumière changeante qui filtrait à travers les arbres jouait dans ses cheveux magnifiques, leur donnant des reflets d'acajou. Il sentait une sorte de colère monter en lui à l'égard de l'ami de Peter. Il lui en voulait d'avoir causé du chagrin à cette fille adorable.

— Croyez-moi, vous n'avez pas de souci à vous faire à ce sujet, ajouta-t-il. Ce James Embleton doit sûrement être aveugle. En tout cas, il ne sait pas ce qu'il perd.

— Vraiment ? Vous pensez ce que vous dites ?

— Oui.

— Avez-vous envie de m'embrasser ?

Max détourna les yeux, surpris. Elle ne se doutait pas de l'émoi que provoquait en lui cette question.

Christina se méprit sur la réaction de Lloyd et reprit sa marche, vexée, les poings serrés.

— Vous voyez bien ! Je suis laide, voilà la vérité !

Il la rejoignit en quelques enjambées et, prenant sa main, la fit pivoter sur elle-même.

— N'avez-vous jamais reçu de baiser ?

Elle secoua la tête d'un air triste.

Max lui prit le menton et la regarda au fond des yeux avec une douceur et une intensité impressionnantes.

— Un, jour, je vous embrasserai, Christina, je vous le promets. Et, quand j'aurai commencé, vous n'aurez pas envie que je cesse, soyez-en certaine. Mais pas aujourd'hui, pas maintenant, alors que vous êtes en colère et que vous pensez à James Embleton. Quand je vous donnerai ce premier baiser, ce sera parce que vous désirerez le recevoir de moi, et de personne d'autre. Comprenez-vous ?

Il portait une culotte très ajustée, beige clair, des bottes montantes de cuir brun, une veste vert bouteille et une cravate de soie crème un peu canaille. Christina le considéra comme si elle le voyait pour la première fois, la gorge sèche tout à coup. Son physique admirable sanglé dans cet écrin avait de quoi enflammer l'imagination. A la vérité, avec ses cheveux décoiffés qui lui tombaient sur le front et ses yeux d'un bleu inconcevable, il était d'une beauté renversante. Elle n'avait pas souvenir d'avoir jamais vu un homme aussi beau, en fait, à quoi bon le nier ?

Dans le silence des bois alentour, elle fut un moment comme hypnotisée, incapable d'arracher son regard des deux turquoises qui la fixaient. On aurait dit qu'elles plongeaient en elle jusqu'au tréfonds de son âme et la consumaient de l'intérieur.

Elle sentait toujours sur son menton la chaleur follement excitante de la main de Max, et une tension inconnue au creux de son ventre, mais son esprit se refusait à aller plus loin, car il y aurait quelque chose d'obscène à ce qu'elle éprouve quoi que ce soit pour un autre que James.

Il semblait deviner son trouble, et son sourire se faisait de plus en plus carnassier.

— Vous devez penser que je suis stupide, marmonna-t-elle en reculant d'un pas pour l'obliger à lui lâcher le menton.

— Non, bien sûr. C'est vous qui semblez y tenir.

Il marqua une pause, perplexe, avant de reprendre :

— Je vais peut-être vous embrasser, finalement.

Quand il posa la main sur sa joue, Christina se sentit comme paralysée.

— Regardez-moi, ordonna-t-il d'une voix sourde et caressante qu'elle ne lui connaissait pas et qui faisait naître sur son échine des vagues de frissons délicieux et inquiétants.

C'était la première fois qu'un homme voulait lui donner

un baiser; mais un seul regard lui suffit pour s'alarmer de l'expression étrange qu'elle lui trouva. Elle aurait juré que le sommeil le gagnait tout à coup, et que ses yeux devenaient troubles.

— Allez-vous vraiment m'embrasser ?

Le sourire qu'elle vit se former sur ses lèvres lui fit bondir le cœur. Elle ne pouvait plus détacher son regard du sien.

— Oui.

Terrifiée à l'idée de ce qui allait arriver, et aussi de passer pour une idiote, elle balbutia :

— Je ne crois pas que vous devriez…

Max ignora l'objection et lui renversa la tête pour prendre sa bouche. Lentement, il effleura ses lèvres.

— Eh bien ? chuchota-t-il en observant sa réaction.

— C'est tout ? s'exclama-t-elle, les yeux écarquillés de surprise et de déception.

Max l'enveloppa du regard, ému par l'ingénuité de cette fille superbe, et sentit une tendresse folle envahir son cœur.

— Non. Il y a bien plus que cela dans un baiser.

Plaçant ses mains sur les épaules de la jeune femme, il l'attira contre lui, leurs corps s'imbriquant parfaitement l'un dans l'autre. Sa question l'avait pris au dépourvu. Il pouvait se vanter d'avoir été soumis à toutes les ruses, à toutes les roueries que les femmes pouvaient inventer pour séduire un homme, et d'avoir résisté à chacune d'elles, et voilà qu'une ingénue d'à peine dix-sept ans agissait sur lui comme le plus puissant des aphrodisiaques.

— Vous n'êtes pas obligé…, hasarda Christina, l'air perdu et effrayé.

Il n'hésita pas un instant. Le désir qui lui faisait bouillir le sang ne lui laissait plus de répit et, dans ses bras, Christina devenait à chaque seconde plus tentante. Ignorant la voix de sa conscience, qui pourtant lui criait qu'il s'apprêtait à séduire délibérément un tendron crédule et bouleversé, Max étouffa cette nouvelle objection d'un baiser bien différent du premier. Celui-ci était à la fois plein de fougue et de tendresse, passionné et interminable, et, au début, Christina se laissa faire. Mais, à mesure que les lèvres de Max s'enhardissaient sur les siennes et se faisaient plus caressantes, plus férocement tendres et plus déterminées, elle s'ébrouait. Puis elle tenta de s'arracher à son étreinte avec la vigueur d'un jeune animal pris au piège, mais il la maintint, laissant peser sur sa nuque une main puissante. Il balaya d'abord de son souffle brûlant les lèvres entrouvertes de la jeune femme. Là, il prit enfin sa bouche, avec une impatience furieuse et un savoir-faire confondant.

Les gémissements de Christina pénétraient lentement ses sens embrumés de désir. Levant les yeux, il regarda, incrédule, son visage extasié, incapable de croire à la violence de la passion que, contre toute attente, cette femme éveillait en lui sans même s'en rendre compte. Elle avait des joues de satin d'un rose délicieux, et ses lèvres semblaient encore toutes gonflées et tremblantes de s'être offertes à son baiser.

En proie à une sorte de vertige, Christina caressa le torse puissant de Max, s'émerveillant de sa force, de l'incroyable vigueur qu'elle sentait dans ses muscles fermes et tendus, s'offrant à lui désormais sans résister ; et, quand sa langue s'immisça de nouveau entre ses lèvres pour prendre possession de sa bouche, elle se sentit emportée par une vague de sensation brute.

Le corps pressé contre celui de Max, elle croyait fondre

et s'agrippait à lui sans retenue, inconsciente de la réaction que déclenchait ce geste. Il la serrait contre lui à présent et lui caressait le dos langoureusement. Cela semblait presque impossible, mais il approfondissait encore son baiser, écrasant la bouche de la jeune femme de ses lèvres affamées. Enfin, il relâcha son étreinte, sans la libérer pour autant. Il paraissait ému. Il lui adressa un sourire sombre, pourtant Christina eut l'impression qu'il luttait pour garder son sang-froid.

— Eh bien, cela ressemblait-il plus à ce à quoi vous vous attendiez ?

— Non. Je ne m'attendais à rien de tel.

— Et... qu'en dites-vous ?

Elle se dégagea de son emprise et recula d'un pas, bouleversée par l'émotion autant que par l'attitude désinvolte qu'il affichait, et qu'elle s'efforça d'imiter dans sa réponse.

— Je... je n'en sais rien, faute de point de comparaison. J'avoue que je suis un peu perdue, mais je peux vous dire que je me garderai bien de vous laisser recommencer.

— C'est fort sage, admit-il en souriant. Qui sait jusqu'où le prochain pourrait nous conduire ? Je dois malgré tout vous assurer qu'il n'est pas dans mes habitudes de séduire des innocentes.

— A aucun moment je n'ai risqué d'être séduite, contra Christina fièrement.

— En êtes-vous sûre ? répliqua-t-il, railleur.

— Absolument certaine. En tout cas, je saurai désormais à quoi m'en tenir quand quelqu'un voudra m'embrasser.

— Quelqu'un comme James ?

Perplexe, elle réfléchit un instant à la question. Très honnêtement, elle devait reconnaître qu'à cette heure, alors que le goût des lèvres de Max errait encore sur les siennes, ce n'était pas à James Embleton qu'elle pensait. En fait, elle avait envie qu'il recommence, et cela la perturbait terriblement. Comment pouvait-elle s'être donnée ainsi à cet Italien alors qu'elle n'avait jamais rêvé que de l'ami de son frère ?

— C'est le seul garçon qui ait jamais occupé mes pensées, riposta-t-elle néanmoins.

L'expression de Max se durcit.

— Je sais, commenta-t-il sèchement.

Ils poursuivirent leur marche en silence, et, quand ils atteignirent la maison, son intuition dit à Christina qu'elle venait de reprendre le contrôle de la situation en même temps qu'elle recouvrait la raison. James pouvait bien lui avoir brisé le cœur, elle se savait intacte. Quant à Max, il s'agissait d'une tout autre affaire. Elle vibrait encore de son baiser jusqu'au tréfonds de son être et savait qu'au plus fort de leur étreinte il aurait pu lui demander n'importe quoi, il l'aurait obtenu. Il y avait de quoi être bouleversée et, en effet, elle se sentait perturbée par la chose, mais aussi étrangement excitée. Elle se souvenait d'avoir eu l'impression, blottie dans ses bras, de se trouver au bord d'un abîme dans lequel, si elle avait accepté d'y tomber, elle aurait vu sa vie changer radicalement. Et d'avoir freiné des quatre fers, trop effrayée pour chercher à en savoir plus.

La lumière lui sembla soudain moins éclatante qu'au lever du soleil, aussi, en levant les yeux vers le ciel, ne fut-elle pas surprise de voir que de lourds nuages l'obscurcissaient. Elle pouvait même entendre au loin gronder le tonnerre.

— Il y a de l'orage dans l'air, dit-elle. Peut-être est-ce une bonne chose, finalement, car la chaleur de ces derniers jours nous a rendus un peu paresseux. J'espère seulement que Peter ne restera pas trop longtemps sur l'étang.

— N'est-il pas assez grand pour prendre soin de lui ?

— Certes, mais, si les truites se mettent à mordre, il est

capable de tenter le diable et d'attendre jusqu'à l'extrême limite.

— Et vous, comment vous sentez-vous ?

— Très bien, répondit-elle avec un sourire qu'elle voulait rassurant. C'est vrai. En fait, j'ai une faim de loup. Cela vous dirait-il de partager mon déjeuner ? Mme Barnaby, notre cuisinière, prépare toujours assez d'œufs au bacon pour nourrir un régiment.

Max hésita un moment avant de répondre. Son sourire se fit amer.

— Je vous remercie, Christina. Peut-être une autre fois. Pour l'heure, il faut que je rentre. Au fait, montez-vous à cheval ?

— Oui, souvent.

— En ce cas, peut-être accepterez-vous de m'accompagner un de ces jours, avec la permission de vos parents, bien sûr.

— J'aimerais assez cela, oui.

— Quand est-il prévu qu'ils rentrent à Tanglewood ?

— Vers la mi-journée. Pourquoi cela ? Désirez-vous les voir encore ?

— Demain, peut-être.

Christina le regarda remonter en selle et s'éloigner avant d'entrer dans la maison. Encore sous l'émotion de son baiser, elle s'étonna de se sentir l'âme légère et plus du tout contrite de ce que Peter et James soient allés pêcher sans elle. Le souvenir de l'attitude tranquille et souriante de Max après leur étreinte lui faisait venir le rouge aux joues. Elle devait lui avoir semblé si ingénue, si naïve, en un mot si ridicule qu'elle en aurait pleuré. Lui qui faisait preuve d'une sophistication et d'une expérience incroyables devait la trouver terriblement provinciale.

Comme elle n'avait aucunement l'intention d'attendre

que Peter et James ne reviennent pour prendre son déjeuner, elle demanda qu'on le lui apporte dans sa chambre. Une fois restaurée, lavée et changée, elle se lova dans un fauteuil et tenta de lire. Le tonnerre, qui grondait sourdement au loin, semblait approcher.

Poursuivant sa promenade, Max songeait à Christina avec le plus vif intérêt, abasourdi par la facilité avec laquelle cette fille venait de s'insinuer au plus profond de son cœur…

…pour la seconde fois en l'espace de dix-sept ans. Il aurait aimé rester encore avec elle. Cependant, étant donné ce qui venait de se passer entre eux, accepter cette invitation aurait été plus qu'une erreur, une faute. Grave. Il ne fallait pas se précipiter…

Pendant toutes ces années, il avait souvent pensé à elle, persuadé qu'un jour il reviendrait la chercher. Ayant grandi dans la plus totale ignorance de sa véritable identité, elle était aujourd'hui une jeune fille pleine de vie et de fraîcheur.

Et gâtée à un point inimaginable.

Il repensa en souriant à son audace de tout à l'heure, et à la réaction torride qu'elle avait provoquée en lui. Décidément, Christina Thornton ne laissait pas d'être surprenante, et diablement prometteuse. Elle possédait une grâce naturelle et de tous les instants, des traits parfaits et d'une finesse exquise. Tel un diamant, dans les conditions adéquates, elle ferait pâlir toutes les femmes auprès d'elle.

En prenant le sentier qui menait à Cranworth, il se souvint d'un des moments les plus importants de sa vie. Il avait dix ans, et sa grand-mère lui disait qu'avant d'emmener Christina en Angleterre les Thornton avaient consenti à les fiancer tous les deux. Jamais il n'avait renoncé au rêve de la revoir, et, à présent qu'elle venait de reparaître dans sa vie, il ne se sentait pas déçu.

Vraiment pas du tout.

Il faisait lourd, et des éclairs lointains fendaient le ciel, tels des démons d'argent engagés dans une bataille infernale. Fatiguée d'essayer de lire sans grand succès, les nerfs à vif et vaguement angoissée — quoiqu'elle n'eût su dire pourquoi, n'étant pas d'ordinaire affectée par l'orage —, Christina se leva et s'approcha de la fenêtre. De grosses gouttes de pluie commençaient à tomber du ciel soudain très noir qui s'embrasait par intermittence, la terre prenant soudain une teinte bleutée électrique et aveuglante. Le vent semblait s'être encore renforcé et battait les arbres avec violence, à tel point qu'un vieux chêne qui se dressait depuis des temps immémoriaux à la lisière des bois s'abattit dans un grand fracas de branches cassées et de racines exhumées de leur gangue de terre. Cela leur permettrait de mettre en réserve une grande quantité de bois pour l'hiver. A moins qu'il ne s'agisse d'un mauvais présage…

D'un coup, le ciel parut s'ouvrir, et des trombes d'eau s'abattirent sur la campagne, frappant les carreaux dans un bruit de fin du monde. Soudain, deux silhouettes surgirent des bois qui bordaient les jardins : Peter et James. Quel soulagement ! Elle avait craint qu'ils ne soient surpris dans le bateau par le déluge. Les deux hommes traversèrent les jardins à toute allure en direction de la porte de derrière, portant leurs prises dans un panier d'osier. Nul doute qu'ils se feraient une joie de les présenter fièrement à Mme Barnaby, et que celle-ci ne manquerait pas de les servir pour le dîner.

Une nouvelle salve de tonnerre fit trembler le sol. La tempête faisait rage juste au-dessus du village à présent. Ce ne fut qu'en fin de matinée qu'elle se calma et que le soleil revint, si haut et si ardent que la chaleur fit monter de la terre une brume épaisse. Christina rejoignit Peter dans le salon et alla s'isoler sans un mot dans un coin de la pièce pour y lire tranquillement. Son frère lui jeta un regard étonné, surpris par ce mutisme inhabituel. Puis il haussa les épaules, l'air résigné, songeant sans doute qu'elle devait bouder.

Ce en quoi il se trompait absolument. Elle avait juste besoin d'être au calme et de savourer ce silence.

Ce n'est que lorsqu'elle entendit le grincement des roues d'une voiture qui s'arrêtait devant le perron qu'elle se leva d'un bond et se rua vers l'entrée pour accueillir ses parents. Entendre leur voix la rasséréna grandement, et la douce odeur de rose qui émanait du corps et des vêtements de lady Thornton flatta agréablement ses narines. Pour elle, cette senteur discrète serait à jamais associée à sa mère. Elle s'était tellement inquiétée de les savoir tous les deux sur la route par un temps pareil !

Pourtant, je-ne-sais-quoi dans leur attitude et cette façon qu'ils avaient d'échanger sans cesse des regards la mirent mal à l'aise. Quand sa mère eut ôté son chapeau pour le confier à l'une de ses femmes de chambre, elle se tourna vers sa fille, et Christina lui trouva l'air fatigué et anxieux.

— Y a-t-il quelque chose qui vous chagrine, maman ? s'enquit-elle, sûre désormais que ses parents évitaient son regard. Je suis surprise que vous ayez pris la route en pleine tempête.

— Nous avions envie de rentrer, ton père et moi, répondit Audine, laconique. Nous allons nous changer et prendre le thé, après quoi, nous aimerions te parler, ma chérie. Et à Peter aussi.

— Qu'y a-t-il de si important qui puisse vous avoir incités à braver ce déluge ?

— Nous te le dirons bientôt, promit lady Thornton avec un maigre sourire en caressant au passage la joue de sa fille.

Quinze minutes plus tard, ils se retrouvèrent tous les quatre dans le salon, Christina et son frère assis sur le canapé en face de leurs parents. La jeune femme regardait sa mère d'un air inquiet. Les yeux rouges de celle-ci montraient qu'elle venait de pleurer, mais pourquoi ? Elle n'avait pas souvenir de l'avoir jamais vue laisser échapper une larme.

Ses parents lui semblaient soudain vieux et vulnérables, comme si leur bonheur paisible s'était brusquement envolé. De toute évidence, il se passait quelque chose d'extrêmement grave, et, pourtant, malgré le mouchoir qu'elle serrait dans sa main et dont elle s'essuyait les yeux de temps en temps, lady Thornton gardait un air résolu. Christina avait peur, autant le dire. Plus que jamais de toute sa vie.

— Par pitié, maman, nous direz-vous enfin ce qui se passe ? s'exclama Peter.

— Ce… c'est à propos de Christina. Nous avons des choses à vous dire, des choses que vous avez le droit de savoir, dit leur mère d'un ton hésitant, en cherchant à côté d'elle la main de son mari pour se donner du courage.

Puis, sans digresser inutilement, elle révéla à ses deux enfants la vérité sur la naissance de Christina. Elle le fit avec autant de tendresse et de ménagement que possible.

Pourtant, incapable d'affronter le regard de Christina, elle gardait la tête baissée d'un air honteux et coupable.

Interdite, la jeune fille regarda tour à tour les deux têtes grises qui lui faisaient face, le visage décomposé.

— Adoptée ? répéta-t-elle, abasourdie.

— Oui, Christina, tu es notre fille adoptive, répondit son père d'une voix éteinte.

Elle le fixa un long moment sans rien dire, emplie soudain d'un sentiment d'horreur et d'incrédulité.

— Mais… ce n'est pas possible. Il doit… il doit y avoir erreur. N'est-ce pas, maman ?

— Non, c'est la pure vérité, repartit celle-ci. Tu n'imagines pas à quel point je suis désolée. Toute ta vie nous t'avons caché ce secret, mais les circonstances ont changé désormais. Il fallait que tu en sois informée.

La jeune femme ravala les larmes qui menaçaient de l'étouffer. Elle ne voyait pas très clairement Peter tant elle avait les yeux embués, mais elle savait qu'il luttait désespérément lui aussi pour accepter la terrible révélation.

— Je… je ne comprends pas.

— Oh, ma chérie ! déclara sa mère d'une voix qu'elle voulait consolante, tu finiras par comprendre, et même à te faire à cette idée. Ce ne sera pas facile, je sais, mais tout finira par s'arranger. Avec le temps, tu verras que cela ne change rien, au fond. Tu as encore toute la vie devant toi et tu seras toujours notre fille bien-aimée.

— Mais… ce n'est pas vrai, protesta Christina, le cœur brisé. Je ne l'ai jamais été. Jamais vraiment. Papa, maman, comment avez-vous pu garder ce terrible secret pendant toutes ces années ?

— Parce que nous t'avons toujours considérée comme notre propre fille, même si nous savions qu'il nous faudrait te dire la vérité à un moment ou à un autre. La famille de ton… de ton vrai père nous a imposé…

— Non ! coupa la jeune femme d'un ton sans réplique en se levant. Ne me dites rien sur lui. Je ne veux pas savoir. C'est trop… trop difficile à admettre.

Le choc qui jusqu'à présent tempérait sa réaction commençait à se dissiper, et elle prenait un peu plus conscience à chaque seconde que tout cela n'avait rien d'un rêve et qu'elle n'allait pas se réveiller. Non, il s'agissait bien de la réalité, et il fallait lui faire face. Pour la première fois de sa vie, elle se trouvait confrontée à une crise contre laquelle il ne lui serait pas possible de chercher la protection de ses parents ou de son frère. Mais comment y survivre ? Son univers s'était effondré irrémédiablement en l'espace de quelques minutes !

Savoir que les deux êtres qu'elle aimait le plus au monde n'étaient pas ses vrais parents, et l'apprendre de leur bouche, lui causait une douleur presque insupportable. Un temps, elle resta immobile, incapable de prononcer le moindre mot ou de faire le moindre geste.

— Je ne sais que vous dire, lâcha-t-elle enfin d'un ton pitoyable, une main collée sur sa joue. Il faut que je réfléchisse à tout ça. Pour l'heure, je suis trop bouleversée.

De grosses larmes perlèrent à ses yeux quand elle ajouta :

— C'est tellement cruel !

— Nous ne voulons que ton bien, Christina. Nous n'avons jamais voulu que le meilleur pour toi.

Elle marqua le pas au milieu du grand tapis et se tourna vers son frère, qui se tenait toujours coi. Il ressemblait terriblement à ses parents, encore qu'il émanait de ses traits une force qui semblait faire défaut à ceux-ci. Pour la première fois de sa vie, elle remarquait à quel point elle était différente de lui, non seulement par son teint mat, mais aussi par son caractère et son tempérament. Par quel miracle ne s'en rendait-elle compte qu'aujourd'hui ? Mais quelle raison aurait-elle eu de se douter de quoi que ce soit, elle qui vivait une vie de rêve ?

Un rêve qui venait de voler en éclats, au point qu'en regardant Peter elle se sentait désormais étrangère à lui, comme si elle venait de débarquer dans une maison peuplée d'inconnus.

A voir l'expression sur son visage, il éprouvait la même angoisse qu'elle, et le même sentiment de s'être vu arracher une partie de lui-même. Elle en fut émue et voulut le réconforter, comme elle le faisait toujours chaque fois qu'elle le sentait désarmé.

— Oh Peter ! je comprends à quel point cela doit être douloureux pour toi aussi. Il n'y a pas cinq minutes, tu avais une sœur, et maintenant…

— J'ai toujours une sœur, Christina, l'interrompit le jeune homme en se levant vivement à son tour, les yeux humides. Rien n'a changé entre nous et, malgré ce que nous venons d'apprendre, je t'aime de tout mon cœur. Cette demeure est la nôtre. Elle l'a toujours été et le restera à jamais. Je te soutiendrai quoi qu'il arrive et quelles que soient les décisions que tu prendras concernant ton avenir.

Des larmes se pressaient aux paupières de Christina. Il lui tendit la main.

— Pleure, sœurette, tu as toutes les raisons du monde d'être bouleversée.

Christina refusa la main tendue.

— Bouleversée ? Tu n'as pas idée, Peter. Je suis anéantie.

Elle s'essuya les joues en leur tournant le dos. Si elle restait cinq minutes de plus, elle allait s'écrouler.

— Je monte dans ma chambre, annonça-t-elle. J'ai besoin d'être seule, pour réfléchir.

Alors qu'elle s'enfuyait vers la porte, Peter fit mine de la suivre, mais son père le retint par le bras.

— Laisse-la faire. Tu la connais. Son tempérament impétueux et indomptable nous a toujours causé un certain souci, mais elle est pleine de bon sens, et je sais qu'elle va longuement réfléchir à ce qu'elle vient d'apprendre. Respecte sa volonté. Nous discuterons des implications de cette nouvelle plus tard.

— Quelles implications ? s'enquit Peter, l'œil inquisiteur, le visage inquiet. Voulez-vous dire que ce n'est pas tout ?

— Oh non ! admit son père en secouant la tête d'un air grave. Si tu penses que sa réaction a été violente, attends-toi à bien pire.

4

L'esprit tout chamboulé, la tête prise dans une spirale infernale, Christina cherchait à comprendre ce qu'on venait de lui annoncer. Emotionnellement, elle ne savait plus à quel saint se vouer. Comment affronter l'énormité de cette révélation ? Il lui fallait être seule si elle voulait se reprendre ; sans cela, elle allait devenir folle. Les deux personnes qu'elle aimait et auxquelles elle se fiait le plus n'étaient pas ses parents ! C'était une douleur indicible, et un problème sans solution.

Trempée de la pluie du matin, la campagne scintillait sous le soleil ; des nuages blancs traversaient paresseusement le ciel d'azur, poussés par une brise légère. Christina commençait à se sentir mieux, juchée sur son cheval, mais la douleur qui déchirait son cœur la faisait toujours souffrir aussi cruellement. Il faudrait du temps pour qu'elle s'apaise, ne fût-ce qu'un petit peu, si par miracle cela se produisait un jour.

Quand elle tira sur les rênes pour ralentir le galop de sa monture, elle s'aperçut qu'elle chevauchait en direction de la maison de Max Lloyd.

Cet homme avait sur elle un effet étonnant : quand elle pensait à lui, elle en avait très vite l'esprit totalement envahi, comme si, au moyen d'un sortilège, il prenait le contrôle de ses pensées. Elle trouvait la chose difficile à expliquer, n'en ayant jamais fait l'expérience auparavant. Les regards de Max Lloyd — et ses baisers — constituaient dans sa vie une nouveauté bouleversante qui la remuait jusqu'au tréfonds de son âme.

Toujours encline à contrôler ses émotions, elle lutta contre les sentiments qu'elle sentait bouillonner en elle, se répétant qu'elle n'avait aucune envie de voir l'Italien, au point même de faire volte-face en arrivant près du cottage et de lancer son cheval dans la direction opposée ; las, une force mystérieuse la ramena vers la maison sans qu'elle puisse rien faire pour s'en empêcher.

Quand Lorenzo ouvrit la porte pour la faire entrer et que Max lui lança un regard entendu, un demi-sourire sur les lèvres, elle sentit sa résolution fondre en un instant.

Elle le fixa à son tour, consciente qu'un abîme la séparait désormais, après l'aveu de ses parents, de la fille qu'elle était lors de leur dernière rencontre. Cela semblait si loin déjà !

Il avait une allure folle, avec ses cheveux noirs lustrés en arrière, son visage fraîchement rasé, son frais parfum d'eau de Cologne et sa tenue de campagne impeccable, qu'il portait avec une nonchalance étudiée.

Il sentit très vite un frisson d'inquiétude le parcourir quand elle le regarda d'un air égaré, comme au bord de s'effondrer en larmes devant lui.

— Entrez, Christina, l'invita-t-il. Je suis surpris de vous voir. Je ne vous attendais pas. Tout va bien ? ajouta-t-il, les sourcils soudain froncés devant l'air hagard qu'elle affichait.

— Je n'avais pas l'intention de venir…, répondit-elle, ignorant la question, sa cravache serrée dans un poing fermé.

— En ce cas, pourquoi cette visite ? s'étonna-t-il.

— Je… je ne sais pas…, enfin… pas vraiment. Ce doit être que j'aime être avec vous, j'imagine. Vous semblez comprendre ce que je ressens. C'est peut-être la raison…

Max remarqua qu'elle choisissait ses mots avec soin et soupçonna qu'elle n'était pas là par hasard.

— Je vous remercie. Je prends cela comme un compliment.

— Il y a autre chose. Il… il fallait que je parle à quelqu'un, avoua-t-elle d'une voix touchante.

— Et vous avez pensé à moi.

— Oui. J'espère que vous n'en prendrez pas ombrage. Je sais que c'est tout à fait incorrect, mais j'avais absolument besoin de quitter la maison. Voulez-vous m'accompagner, s'il vous plaît ?

— Certes, un peu d'air frais me ferait du bien à moi aussi… Attendez-moi quelques minutes, le temps que je selle mon cheval.

— Je viens avec vous.

Elle avait vraiment envie de rester auprès de lui. Pas de doute, songea Max, quelque chose n'allait pas. Il sentait un changement en elle.

— Venez ! s'exclama-t-il en montant en selle après qu'elle l'eut regardé harnacher son cheval sans rien dire. J'aime les grands espaces. Evadons-nous.

Cela valait mieux, somme toute. Il se sentait le cœur et l'âme trop chamboulés quand il était avec elle pour rester dans la maison en tête à tête. Donnant du talon et précédant la jeune femme de quelques mètres, il lança l'animal sur le chemin menant à la lande herbeuse qui s'étendait librement au-delà de Tanglewood. Une fois celle-ci atteinte, ils mirent la bride sur le cou de leur monture pour savourer la griserie de cette chevauchée.

— Max, attendez-moi ! cria Christina après un quart d'heure de course effrénée. J'ai du mal à suivre votre allure. Mon cheval est moins vigoureux que votre étalon, et j'ai bien peur qu'il soit déjà épuisé.

Avec un geste élégant, Max ralentit l'allure pour l'attendre, s'avisant seulement alors de l'avance qu'il venait de prendre en si peu de temps.

Quand elle vint se ranger à sa hauteur, il la regarda d'un air inquiet.

— Quand donc allez-vous me dire ce qui vous tarabuste, Christina ? s'enquit-il. Cela n'a rien à voir avec ce qui s'est passé entre nous, j'espère, ajouta-t-il avec un sourire mutin :

— Non, répondit-elle en détournant les yeux, le rouge aux joues. Non, bien sûr. Mais… quelque chose est arrivé…

— Voulez-vous m'en parler ?

— Je suppose que tout le monde sera bientôt au courant, soupira-t-elle en faisant avancer sa monture.

Elle le regarda droit dans les yeux en luttant contre elle-même pour cacher sa douleur. Max, lui, se tenait un peu en arrière sur sa selle, comme s'il s'attendait à une conversation difficile, mais il soutint son regard en attendant qu'elle poursuive.

— Avez-vous déjà perdu quelqu'un, Max ? Quelqu'un à qui vous teniez particulièrement ?

Il hocha la tête.

— Quand ça ?

— Il y a longtemps. J'étais enfant, précisa-t-il d'une voix soudain plus sombre. Pendant des années, j'ai pensé à elle tous les jours. Contrairement à ce que les gens aiment à dire, je trouve que le temps qui passe n'apaise pas le chagrin.

— Je suis désolée. Eh bien, nous avons quelque chose en commun, voyez-vous, et je suis heureuse que vous vous sentiez suffisamment à votre aise avec moi pour m'en parler.

— Comme je le disais, j'étais très jeune et j'ai appris à vivre avec cette douleur, à la tenir à distance. Le temps aide, même s'il ne guérit pas.

— Cette personne… est-elle morte ?

Max secoua la tête.

— Non, elle a été… emmenée loin de l'endroit où je vivais.

— Mais, si vous saviez que vous ne la reverriez jamais, la perte pouvait se comparer à une mort, en quelque sorte, n'est-ce pas ?

— Je crois que oui. Mais pourquoi ces questions, Christina ? Avez-vous perdu un proche ?

— D'une certaine façon, oui. Voyez-vous… mes parents viennent de m'apprendre que je suis une enfant adoptée, et donc que je ne suis pas leur fille.

Elle s'efforçait de parler calmement et de faire preuve de lucidité autant que le lui permettaient ses émotions.

Max la regardait d'un œil plein de compréhension, et d'autre chose aussi dont Christina n'arrivait pas à déterminer la nature.

— Je vois. Je suis navré. Je peux comprendre à quel point cela doit être difficile pour vous.

— Vraiment ?

— Oui. Cependant, je pense que cela ne devrait rien changer aux sentiments que vous éprouvez envers vos parents.

— Non, c'est vrai, mais leur aveu m'a terriblement

meurtrie. Je suis venue vous voir parce que vous êtes la seule personne à qui j'aie pu penser qui n'ait strictement rien à voir avec ce... ce mensonge que mes parents m'ont servi toute ma vie durant.

L'expression de Max ne changea pas. Peut-être ses traits se durcirent-ils un peu, mais, pour l'essentiel, il resta impassible. A l'intérieur néanmoins, il se sentait très fautif. N'avait-il pas sa part dans la mystification dont elle parlait ?

— Ne vaudrait-il pas mieux discuter de tout cela avec vos parents, Christina ? suggéra-t-il.

— Non, pas encore ; pas tout de suite. J'ai besoin de me calmer d'abord.

— Vous ont-ils révélé autre chose, hormis le fait que vous ayez été adoptée ?

Elle le regarda fixement.

— Non. Que pourraient-ils m'avoir dit d'autre ? Qu'est-ce qui pourrait être pire que cela ?

— Pourquoi ont-ils choisi de vous faire cet aveu à ce moment ? Vous ont-ils donné une raison à cela ?

— Non, ils m'ont simplement dit que les circonstances avaient changé, et que par conséquent il fallait que je sache la vérité.

— En ce cas, ne pensez-vous pas que vous auriez dû leur demander de quelles circonstances ils parlaient ? J'imagine, Christina, que vous vous êtes mise en colère avant de connaître le fin mot de l'histoire. Vous ont-ils révélé le nom de vos véritables parents ?

— Non, répondit la jeune femme avec un sourire noir. Je ne veux pas le savoir.

— Mais il... il le faudra bien, un jour. Mieux vaudrait en finir une bonne fois, ne croyez-vous pas ? Quand vous en aurez parlé, vous pourrez mettre tout cela de côté et passer à autre chose. Et puis, avez-vous pensé à ce que vos parents peuvent ressentir en ce moment ? Ils doivent s'en vouloir affreusement.

Il chevaucha un moment en silence, le temps de laisser ses paroles s'insinuer en elle, avant de reprendre :

— Pour l'instant, vous ne pensez qu'à vous-même, mais, en toute justice, je crois que vos parents se reprochent de ne pas vous avoir dit la vérité plus tôt. Dites-vous tout de même qu'il n'a pas dû être facile de vous faire cet aveu et qu'ils ont sûrement porté comme un fardeau le poids de ce secret écrasant pendant toutes ces années.

— Je n'avais pas vu les choses de cette façon…, murmura Christina.

Elle se sentait submergée par le remords à l'idée de ce que devaient endurer lord et lady Thornton, au point de presque perdre le contrôle d'elle-même.

— C'est compréhensible. Il est naturel que vous ayez été sous le choc. Mais je pense que, plus tôt vous aurez avec eux une conversation raisonnable, mieux ce sera.

— Merci Max, chuchota-t-elle, rassérénée. Ça fait du bien d'entendre des paroles de bon sens. Je me sens déjà mieux.

Il la dévisagea un long moment, puis déclara :

— Vous êtes étonnamment sage pour quelqu'un d'aussi jeune, Christina. Venez, continuons notre promenade encore un peu. Ensuite, je vous raccompagnerai chez vous.

Il y avait dans son expression une sorte de complicité chaleureuse qui la faisait se sentir tellement vivante qu'elle trouvait cela presque inquiétant. En tout cas, elle pouvait jurer n'avoir jamais rien éprouvé de tel avec James.

Ce fut à ce moment précis qu'elle s'aperçut que pas une fois, pas une seule, elle n'avait pensé au jeune Embleton dans les quelques heures qui venaient de s'écouler.

Et que cela n'avait plus aucune importance.

*
* *

La nuit allait tomber quand Christina retrouva ses parents. Ils ne descendirent pas dîner, mais leur firent parvenir — à elle et à Peter — un message pour les prévenir de ce qu'ils prendraient le café avec eux dans le salon. Le frère et la sœur — c'est ainsi qu'ils se considéraient, et cela ne changerait pas pour le restant de leurs jours — restèrent silencieux durant tout le repas, perdus dans leurs pensées l'un et l'autre.

Lorsque leurs parents les rejoignirent, Christina s'avança vers eux immédiatement et les serra dans ses bras, bourrelée de remords et désireuse de se faire pardonner sa conduite de tout à l'heure.

— Je suis vraiment désolée. Je n'aurais pas dû vous quitter comme je l'ai fait…, mais j'étais bouleversée par ce que vous veniez de m'apprendre. Jamais je n'aurais pu me douter qu'une chose pareille allait m'arriver.

Rendu muet par l'émotion, son père lui tapota affectueusement l'épaule avant de conduire son épouse vers le sofa, où il prit place à côté d'elle, refusant poliment le café qu'une servante leur offrit avant de les laisser seuls.

— J'ai trouvé atroce de m'entendre dire que vous n'étiez pas ce que vous prétendiez être tout en restant dans l'ignorance quant à mes vrais parents. Je ne voulais rien savoir d'eux, de toute façon. Ils m'ont abandonnée, aussi ne comptent-ils pas pour moi.

Lord Thornton acquiesça doucement.

— Ils ne t'ont pas abandonnée, Christina, rectifia-t-il. Mais je peux comprendre ta réticence vis-à-vis de ceux qui t'ont donné la vie avant que nous y prenions la place que tu sais. A présent que tu as eu le temps de digérer un peu ce que nous t'avons expliqué, n'es-tu pas curieuse de connaître tes racines ?

— Un peu, répondit la jeune femme en haussant les épaules. J'imagine qu'il faudra bien que cela arrive. Mais, quelles que soient mes origines, je vous considérerai toujours comme mes parents véritables. Rien ne pourra changer ça, jamais.

— Pourquoi avez-vous adopté Christina ? s'enquit Peter, qui voulait que tout soit dit une bonne fois pour toutes.

— Après ta naissance, raconta lord Thornton, ta mère a eu le bonheur d'apprendre qu'elle attendait un nouvel enfant. Comme nous nous étions promis de faire un voyage en Italie pour rendre visite à Lydia, ta tante, nous avons décidé de prendre la route avant la naissance du bébé. Mais un accident est advenu : Audine a fait une chute malencontreuse et a perdu l'enfant.

— Avez-vous été gravement blessée ? s'inquiéta Christina, affolée rétrospectivement par le récit de cet épisode qu'elle ignorait totalement.

— Oui, répondit doucement lady Thornton. Hélas, le travail a commencé trop tôt, et le bébé — c'était une petite fille — n'a pas survécu. Après cela, je me suis résignée à ne plus jamais enfanter.

— Votre mère était anéantie, comme vous l'imaginez, et inconsolable, ajouta lord Thornton en serrant tendrement la main de son épouse dans la sienne. Sa sœur, ta mère, en fait, Christina, venait elle aussi de donner naissance à un bébé avant de connaître une mort tragique très peu de temps après. Elle est morte sans qu'Audine ait eu le temps de la revoir.

Christina ressentait le chagrin de sa mère comme s'il s'agissait du sien.

— Je ne savais même pas que vous aviez une sœur, maman.

— Non, en effet. Nous ne te l'avons jamais dit, pas plus qu'à Peter. Nous pensions que cela n'aurait fait que rendre les choses encore plus compliquées et vous aurait incité à poser des questions auxquelles il nous aurait été difficile de répondre.

— Quand ma… mère est morte, qu'est-il advenu de mon vrai père ? Etait-il italien ?

Thornton hocha la tête.

— En ce cas, je le suis à moitié. Pourtant, il ne me semble pas en avoir l'air, observa-t-elle en se mirant dans une glace comme si elle s'attendait à se trouver changée tout à coup. Pourquoi ne suis-je pas restée avec lui ?

— Il y a eu des… des complications. Quand ta maman — Audine — t'a vue dans ton berceau et t'a prise dans ses bras, elle a voulu te garder, et moi aussi. Nous avons proposé de t'emmener avec nous en Angleterre, et cet arrangement a été accepté sans difficulté, mais nous avons dû nous soumettre à certaines… conditions, parmi lesquelles la promesse de ne pas te cacher ta véritable identité.

— Nous avons accepté, reprit lady Audine, mais plus le temps passait, et moins nous arrivions à nous résoudre à te dire la vérité. Pour moi, tu étais autant ma fille que si je t'avais conçue moi-même, même si nous savions tous les deux qu'un jour ou l'autre quelqu'un viendrait nous demander de tenir notre promesse et t'emporter loin de nous. Malgré tout, comme les années passaient et que rien n'advenait, nous nous sommes pris à espérer. Ne sois pas en colère contre nous, Christina. Ton père et moi t'avons aimée depuis le premier jour, nous t'avons adorée, et notre affection pour toi n'a jamais failli, pas une seconde.

La jeune femme fronça le sourcil. Une chose dans ce que venait de dire sa mère l'intriguait.

— Pourquoi craigniez-vous que quelqu'un vienne me chercher ? Et de qui s'agissait-il ?

— Christina, intervint son père, soudain mal à l'aise, nous avons autre chose à te dire, mais nous attendons pour cela… une personne qui a insisté pour être présente à ce moment-là.

La jeune femme n'eut pas le temps d'émettre une objection que la porte s'ouvrait sur Max Lloyd. Elle le regarda, les yeux exorbités, totalement abasourdie par cette apparition.

Le visiteur s'inclina poliment pour saluer ses hôtes.

— Lady Thornton, lord Thornton, pardonnez-moi de vous avoir fait attendre…

Il arrêta son regard sur Christina, assise auprès de son frère dans une longue robe bleue. Elle était pâle, adorable, avec ses cheveux noirs et brillants relevés en un lourd chignon, sa peau divine donnant à ses traits fins une douceur touchante. L'absence de couleurs vives dans sa mise lui conférait une grâce et un air de sérénité qu'il n'aurait jamais crus possibles en la voyant, le premier jour, batifoler à demi nue au bord de l'étang.

— C'est tout naturel, monsieur Lloyd, répondit lady Audine. Je vous remercie d'avoir pu venir si vite.

Christina regardait ses parents et Max la bouche ouverte, assommée de surprise.

— Mais…, maman, qu'est-ce que M. Lloyd peut bien avoir à voir avec tout ça ?

— Je t'en prie, ma chérie. Les choses vont s'éclairer, fais-moi confiance.

Tout vêtu de noir, Max traversa la pièce pour venir se placer devant les portes-fenêtres et regarda les jardins qui s'étendaient au pied du manoir en leur tournant le dos à tous, ses larges épaules lançant sur le tapis une ombre énorme et inquiétante. Christina avait l'impression de voir un aigle déployer ses ailes au milieu d'un vol de pigeons.

— Maman, tout cela m'a tellement bouleversée que ces heures sont devenues pour moi le pire moment de mon existence. Je ne peux imaginer que ce qu'il vous reste à me révéler puisse être pire que ce que j'ai déjà entendu. Qu'est-il advenu de mon vrai père ?

Lady Thornton jeta un coup d'œil à Max, toujours immobile près de la fenêtre. Comme si cela était un signal, il se tourna vers la famille réunie dans la pièce.

— Votre père s'appelait Roberto Carletti ; il est mort récemment, annonça-t-il sans émotion apparente.

Christina leva les yeux sur lui, soudain inquiète. Un doute noir s'insinuait dans son cerveau, la mettant affreusement mal à l'aise. Quelque chose clochait dans tout cela, quelque chose qui n'avait aucun sens. Elle se redressa sur le canapé, comme si sa posture pouvait atténuer sa souffrance et la gêne qu'elle sentait monter en elle, comme si, en se montrant digne, elle pouvait redonner à ce qui l'attendait des proportions moins effrayantes.

— Pourquoi êtes-vous ici, Max ? J'ai l'impression que ce n'est pas une coïncidence.

— En effet.

Elle le regardait fixement à présent, comme si un voile venait de se lever devant ses yeux et que devenait clair désormais tout ce qui depuis le début l'étonnait chez lui : son arrivée étrange à Leyton, sa rencontre avec ses parents juste avant la partie de cricket, et leur détresse immédiatement après. Tout cela prenait sens. Se pouvait-il vraiment qu'il y ait autre chose encore à découvrir ? Elle se sentait le cœur aussi froid et dur qu'une pierre, plein de colère à l'égard de cet homme pour qui, moins d'une heure plus tôt, elle commençait à éprouver des sentiments amicaux.

Sentant que la présence de Max faisait peser sur son avenir un terrible danger, et mue par une sorte d'instinct de conservation, elle lui lança d'un ton accusateur :

— Vous saviez ! Vous connaissiez la vérité avant que je vous la dise, Max, n'est-ce pas ?

Il posa sur elle ses yeux incroyablement bleus.

— Oui. Je suis navré. Il ne m'appartenait pas de vous la dire, Christina, mais, à présent que vous en connaissez une partie, autant vous en révéler l'intégralité.

Gerald Thornton se leva, droit comme un homme qui s'apprête à recevoir des coups.

— C'est à nous qu'incombe la faute, affirma-t-il en regardant Christina comme pour lui demander de faire preuve de compréhension à son égard et à celui de sa femme. Nous aurions dû te parler plus tôt. J'appréhende ce moment depuis déjà des jours. Précisément depuis que j'ai appris la véritable identité de M. Lloyd, qui est en fait le comte Marchesi. Et, à présent que ce moment est venu, il est encore plus terrible que je ne le craignais.

Furieuse de voir, par la faute de Max, son père chéri réduit à l'état d'une loque pathétique et suppliante et sa mère si anéantie qu'elle tordait nerveusement sa robe entre ses doigts comme une femme qui aurait perdu la raison, Christina se leva d'un bond. Les poings serrés, les yeux lançant des éclairs, elle franchit en trois enjambées la distance qui la séparait de Max, toute tremblante de rage. Cette fois-ci, elle ne le laisserait pas s'en tirer à bon compte.

— C'était vous dont mes parents avaient peur, n'est-ce pas ? Vous dont ils craignaient la venue, vous qu'ils espéraient ne pas voir venir me réclamer un jour. Vraiment, monsieur, de tous les gens méprisables que j'ai rencontrés dans ma vie, je dois dire que vous tenez la palme !

— Christina ! Cesse, je t'en prie, intervint lord Thornton d'une voix saccadée, luttant pour maintenir un peu d'ordre dans une situation qui menaçait de dégénérer rapidement. M. Lloyd est notre hôte, et je ne te permets pas de te montrer impolie envers lui.

— Je suis navrée, papa, mais ce monsieur n'est pas le genre de personne qu'une famille respectable peut accepter de recevoir sous son toit, répondit la jeune femme ulcérée, avant de se retourner vers l'intéressé. Comment avez-vous pu traiter les miens de la sorte ?

Très ému par cet accès de colère, Max s'approcha, en conservant toutefois une distance prudente.

— Christina, je… je ne suis pas votre ennemi.

— Ah non ? Et qu'êtes-vous donc en ce cas ?

— Votre fiancé.

Un silence pesant tomba sur la scène. Christina, sidérée, regardait Max la bouche ouverte, les yeux pleins d'une horreur indicible.

— Mon fiancé ? répéta-t-elle. C'est ridicule. Ce n'est pas possible. Comment le serait-ce ? Je ne me souviens pas qu'on m'ait demandé mon avis.

— Cela a été décidé avant que nous ne t'amenions ici, ma chérie, expliqua lord Gerald. L'une des conditions dont je t'ai parlé stipulait justement que tu devrais retourner vivre en Italie quand tu atteindrais tes dix-huit ans.

— Et la seconde ?

— Que tu devrais épouser ce jeune homme, Max Marchesi.

Christina secoua la tête comme un animal pris au piège, comprenant soudain ce que son cœur ne pouvait supporter d'entendre.

— Etes-vous en train de me dire qu'on a promis en mon nom, il y a bien longtemps, que je deviendrais la femme de ce… cet homme le jour de mes dix-huit ans, sans se préoccuper un instant des dispositions d'esprit qui pourraient être les miennes à ce moment-là ? Et qu'on a décidé que j'irais vivre dans un pays qui m'est totalement étranger, et au bras d'un homme que je méprise ?

Peter se jeta à genoux, ému par la détresse de sa sœur.

— Calme-toi, Chris, je t'en supplie, s'écria-t-il en essayant de la serrer contre lui pour l'apaiser. Tu es bouleversée et…

— Bouleversée ? s'écria-t-elle en le repoussant. C'est exact, je le suis, Peter, mais surtout, j'enrage !

La colère finit par exploser en elle. D'un mouvement brusque, elle se tourna vers Max.

— Qui a scellé ce cruel marché, monsieur ? Qui a décidé de cette transaction indigne, à laquelle jamais je n'aurais souscrit si l'on avait pris la peine de me consulter ? Et pour quelle raison ? Vous étiez un enfant vous-même, à l'époque, alors qui, et pourquoi ?

Max la dévisagea, admirant chaque trait du visage de cette femme qu'il devait épouser. Leur mariage scellerait l'alliance de deux anciennes familles toscanes.

— Votre grand-mère paternelle, répondit-il calmement, l'épouse de mon grand-père. Elle vivait à la villa Marchesi, dont j'ai hérité à la mort de mon père. Elle y vit encore, d'ailleurs. A présent que le décès de Roberto Carletti, votre géniteur, a bien été confirmé, vous êtes officiellement son héritière, Christina, et elle a terriblement envie de vous connaître. C'est une femme très riche, qui possède des vignobles de grande valeur et des oliveraies immenses, juste à côté des miennes. Quand elle mourra, vous deviendrez propriétaire de tout cela.

Christina eut soudain l'impression que quelqu'un venait d'ouvrir une fenêtre et qu'un peu de lumière pénétrait enfin dans le tunnel obscur dans lequel elle avançait à tâtons en se cognant contre les parois. Fièrement, elle releva la tête et soutint le regard de Max, ce qui le fit se raidir un peu. Elle voyait très bien quelle attitude il voulait adopter : celle d'un prédateur prêt à fondre sur sa proie sans défense.

— Je commence à voir clair dans cette affaire, dit-elle d'une voix posée, en serrant si fort les poings qu'elle sentait la morsure de ses ongles dans sa chair. Celui qui m'épousera héritera d'une fortune. Et vous êtes cet heureux homme, n'est-il pas vrai ?

Elle le fusillait du regard, contenant sa rage à grand-peine.

— Quel scélérat sans scrupule vous vous révélez être, finalement, Max. Est-ce pour cela que vous êtes ici ? Pour faire l'état des lieux en quelque sorte ? Vous êtes venu jeter un coup d'œil, n'est-ce pas ? Afin de pouvoir, au cas où la demoiselle aurait été trop laide, retourner chez vous sans que personne n'en sache jamais rien. Ai-je raison ?

— Je ne suis pas un scélérat, répondit-il froidement. Et non, cela n'était pas mon intention.

— Bien sûr. Vous êtes arrogant, autoritaire, et vous vous comportez comme si choses et gens vous appartenaient. Eh bien, comte Marchesi, si vous êtes ici pour réclamer votre fiancée, vous arrivez trop tôt.

— Vous aurez bientôt dix-huit ans, Christi…

— Pas avant huit mois, coupa-t-elle. Quand je pense que je vous croyais mon ami ! Et dire que, pendant tout ce temps, vous ne voyiez en moi qu'un moyen d'arriver à vos fins et d'empocher mon héritage si je consentais à devenir votre femme. Désolée de vous décevoir, monsieur, mais la situation n'est pas aussi simple que vous l'espériez.

Max accusait le coup. Les paroles cinglantes de la jeune femme semblaient avoir percé l'armure de son flegme hautain. La mâchoire serrée, il la dévisageait, leurs regards s'affrontant comme deux lutteurs en un combat silencieux. On les aurait crus seuls dans la pièce.

— Vous n'avez pas le choix, Christina, asséna-t-il d'un ton glacial.

— Si, je l'ai ! Comment pouvez-vous traiter ainsi deux personnes qui ne vous ont rien fait ? En les blessant, c'est moi que vous avez blessée. Allez-vous-en, monsieur Lloyd, ou Marchesi, peu importe ! Retournez d'où vous venez. Je ne veux pas connaître les raisons qui vous ont poussé à venir ici. Cela ne m'intéresse pas. Je n'irai pas en Italie et je n'ai absolument aucune intention de vous épouser. C'est vraiment une idée grotesque.

Max fit un pas en avant et se pencha vers la jeune femme, pour lui dire tout doucement :

— Ecoutez-moi bien, Christina. La chose ne souffre aucune discussion. Quand vous aurez connaissance de tous les éléments de cette affaire, sans doute reconsidérerez-vous votre position et ne trouverez-vous pas l'idée de m'épouser aussi insensée qu'à présent. Vous avez besoin d'entendre mes explications, et je suis prêt à répondre à toutes les questions qu'il vous semblera utile de me poser.

— Mes parents peuvent le faire, rétorqua-t-elle sèchement.

— Pas vraiment. Voyez-vous, vos véritables parents vivaient en Italie, en Toscane pour être précis. Lord Gerald et lady Audine savent très peu de choses des événements qui ont présidé à votre naissance. Et ils en savent encore moins au sujet de votre parentèle italienne.

— Ce qui n'est pas votre cas, je suppose, puisque vous avez vécu là-bas.

— Une grande partie de ma vie, c'est exact.

— Je vous le répète : je ne veux rien savoir…

La voix brisée, elle se tut, incapable de dire un mot de plus. D'un seul coup, elle se sentait submergée, vaincue. Sans crier gare, elle se rua vers la porte, passant devant ses parents médusés, qui la regardèrent sortir sans un mot, le visage soudain vieilli, gris, défait.

Un silence de plomb s'abattit sur la pièce quand la porte eut claqué derrière la jeune femme. La tension, palpable, semblait faire vibrer l'air. Après ce qui sembla une éternité, Max s'avança vers la sortie à son tour.

— Je vais aller lui expliquer…

— Non, je vous en prie, objecta Peter en s'interposant entre l'Italien et la porte, inquiet de l'effet qu'une telle scène pourrait avoir sur ses parents. Je dois vous demander de ne plus approcher Christina, pour l'instant du moins. Vous pourrez le faire plus tard, mais, si vous considérez l'état dans lequel elle doit être en ce moment, vous conviendrez que ce serait franchement une erreur d'insister.

Max regarda sombrement la porte par laquelle sa fiancée venait de sortir. Comment les parents de Christina avaient-ils pu cacher si longtemps à la jeune fille la vérité sur son identité, sans parler du fait qu'elle lui était promise ? Il leur en voulait terriblement d'avoir trahi leur promesse de ne pas la laisser dans l'ignorance. D'avoir appris la chose presque fortuitement, en tout cas brutalement, et à un âge où se découvrir une nouvelle identité d'une minute à l'autre ne pouvait qu'avoir des effets dévastateurs l'avait évidemment bouleversée au point de la braquer contre lui, et il ne doutait pas qu'elle puisse se révéler un adversaire redoutable.

Sentant le besoin de sortir de cette maison, il se tourna vers lord Gerald :

— Je vous présente mes excuses pour tout cela, monsieur. En venant ici, je n'avais nullement l'intention de causer une telle détresse. Je pense que ma présence ne se justifie plus en rien. Je parlerai à Christina quand elle aura retrouvé son calme.

— Oui… oui, c'est mieux ainsi, fit le père de la jeune femme.

Max s'inclina légèrement devant lady Audine et s'en fut sans un mot.

Après être rentré chez lui à grandes enjambées furieuses dans le vent qui se levait de nouveau et faisait s'agiter les arbres autour de lui, Max gagna le salon et pria Lorenzo de lui servir un brandy généreux. A présent, les yeux rivés sur le liquide ambré qu'il faisait danser dans le verre, il réfléchissait, le sourcil froncé, un pli amer sur les lèvres. La réaction de Christina à l'annonce de leurs lointaines fiançailles ne le surprenait pas, ni non plus le fait qu'elle ait tourné sa colère contre lui ; mais, si elle pensait le faire changer d'avis par cette attitude et le forcer à renoncer à cet arrangement, elle perdait son temps. C'était tout à fait hors de question.

Depuis sa plus tendre enfance, il savait qu'un jour, après son mariage avec Christina, le domaine des Marchesi et celui des Carletti — qui comptaient parmi les plus riches de Toscane — seraient réunis en un seul et dirigés par lui. Il bouillait déjà d'impatience de voir la chose faite et il voulait bien être damné s'il permettait à une péronnelle de dix-sept ans de ruiner toute l'entreprise.

Elle vivait apparemment depuis toujours comme une herbe folle, sans personne pour exercer sur elle l'autorité à laquelle une jeune fille de bonne famille devait se soumettre. Il n'était que de se souvenir de la façon dont elle s'était pâmée entre ses bras, lui rendant son baiser avec une ardeur confondante, pour savoir qu'elle recommencerait s'il voulait se donner la peine de l'y inciter de nouveau. Après quelques semaines passées sous sa coupe, elle ronronnerait comme un petit chat.

Et, pourtant, songea-t-il en regardant l'alcool glisser sur le cristal, sans pouvoir effacer de ses lèvres le sourire qui s'y accrochait, il admirait son courage et sa force de caractère plus que tout en elle. S'il cherchait à les détruire, il risquait fort de le regretter.

Avec ça, elle possédait — à son insu, sans doute — une force de séduction qui faisait d'elle une enjôleuse au sourire d'ange à laquelle il fallait avoir une âme d'airain pour résister.

En tout cas, il ne risquait pas de s'ennuyer avec elle. Il pouvait au moins être sûr de cela.

N'empêche, il lui était impossible d'ignorer les graves dissensions qui les opposaient désormais. Il lui fallait trouver un moyen de se racheter à ses yeux.

Et vite.

Une fois qu'elle eut quitté le salon, Christina grimpa quatre à quatre les marches de l'escalier qui menait à sa chambre, malgré les larmes qui l'aveuglaient. Elle s'appuya quelques instants à la porte, les dents serrées, pour essayer de calmer un peu la colère qui bouillonnait en elle.

Le visage de ses parents ravagé par la douleur et la détresse la hantait dès qu'elle fermait les yeux ; elle poussa un gémissement de bête blessée, tant le remords la faisait souffrir. Elle n'arrivait pas à leur en vouloir de lui avoir caché la vérité. Bien sûr, ils auraient dû la lui dire, mais elle comprenait qu'ils n'en aient pas eu la force ni le courage. En fait, c'était Max qu'elle blâmait. Sans sa venue, elle aurait continué à mener son existence dans une bienheureuse ignorance. Elle avait l'impression d'être — ou d'avoir été — un pion dans quelque jeu pervers que jouaient deux familles italiennes égoïstes, et dont l'un des participants, Max Lloyd-Marchesi lui-même, croyait avoir tous les atouts en main. Comment pouvait-on mettre ainsi son avenir en péril ? Toute cette histoire était si incroyable que c'en était presque ridicule. En fait, si Max n'avait été si déterminé à mener le marché à son terme, il y aurait eu de quoi rire.

D'un seul coup, elle eut l'impression que les murs de la pièce se rapprochaient pour l'étouffer. Elle se précipita vers son armoire afin d'y prendre de quoi se vêtir pour une balade à cheval. Si elle restait enfermée une minute de plus, elle allait devenir folle.

Elle se rendit aux écuries. Le temps décidément refusait de se remettre au beau. Une pluie cinglante recommençait à frapper le sol, et le vent soufflait déjà fort.

Christina traversait au galop le grand champ qui s'étendait devant la maison quand Peter l'aperçut depuis la fenêtre du salon. Qu'allait faire encore cette petite sotte ? songea-t-il, ulcéré. Ils avaient bien besoin qu'elle parte en promenade sous ce ciel menaçant. Comme s'ils n'avaient pas déjà assez de soucis !

Pour ne pas alarmer ses parents, il s'excusa, l'air de rien, bien décidé à la ramener.

Après une heure de recherches infructueuses, trempé jusqu'aux os, aussi fourbu que son cheval, il revint au manoir. Il jura copieusement quand il découvrit qu'elle n'était pas rentrée. D'instinct, il tourna bride vers la maison de Max Lloyd. Peut-être l'y trouverait-il, après tout ? Dieu seul savait ce qui lui passait par la tête, parfois.

Max enfila ses bottes avant que Peter n'ait terminé son récit de l'escapade de Christina et s'élança dans la direction qu'elle semblait avoir prise tandis que le frère de la jeune femme retournait chez lui, pour le cas où elle serait finalement rentrée.

Le vent soufflait furieusement, projetant avec violence la pluie sur le visage de Christina, qui essayait tant bien que mal de gagner Leyton pour y chercher refuge, en se houspillant tant qu'elle pouvait pour s'être aventurée dehors par un temps pareil. Malheureusement, les nuages cachaient la lune, et il faisait si noir qu'elle ne vit pas la branche basse qui lui barrait le chemin à hauteur du visage. Quand sa tête heurta la ramure, une douleur fulgurante lui traversa le cerveau en même temps que les rênes lui échappaient des mains et qu'elle se trouvait projetée à terre, glissant sur sa selle trempée comme sur une planche savonnée. Un coup de tonnerre terrifiant explosa au même moment, effrayant le cheval, qui s'enfuit en hennissant après s'être cabré follement, les yeux hors de la tête, abandonnant la cavalière à demi assommée dans la boue visqueuse du chemin.

Christina lutta contre les voiles noirs de l'oubli qui commençaient à l'envelopper, roulant sur le côté pour se remettre sur ses pieds. Elle y parvint enfin, non sans gémir en se prenant la tête entre les mains. Autour d'elle, le paysage semblait faire des embardées quand il ne tanguait pas dangereusement, mais elle tint bon. Elle chercha son cheval du regard, plissant les yeux pour vaincre l'obscurité. En vain. Elle n'avait pas le choix ; il fallait rentrer à pied. Elle se mit à marcher, mais la douleur lui vrillait la tête, sapant ses forces et sa volonté un peu plus à chaque pas. Courbée contre le vent dans le chemin creusé d'ornières désormais pleines d'eau, elle avançait affreusement lentement.

Malgré la boue qui giclait sous ses bottines, elle parvint en vue du village, qu'elle crut distinguer aux quelques lumières qui filtraient des fenêtres, et à la masse sombre de l'église qui se découpait sur le ciel quand celui-ci s'embrasait d'éclairs. Elle n'entendit pas que quelqu'un criait son nom par-dessus le hurlement du vent, mais le premier signe de ce qu'elle se sentait suivie fut le frisson qui lui parcourut la nuque tout à coup. Et elle n'avait nulle part où se cacher.

Brusquement, une main s'abattit sur son épaule. D'un bond, elle se retourna, le visage zébré de mèches dégoulinantes de pluie à travers lesquelles ses yeux fouillaient l'obscurité tels ceux d'un animal traqué. Le sang coulait de sa blessure, se mêlant sur son menton avec l'eau du ciel.

En tentant d'échapper à la menace, elle trébucha et tomba sur le sol détrempé. L'ombre s'approcha, son manteau secoué par le vent se déployant au-dessus d'elle comme les ailes d'un rapace fondant sur sa proie, et, quand elle sentit les mains de son assaillant s'agripper à elle comme des serres, elle se débattit avec l'énergie du désespoir, griffant le visage de l'agresseur avec ses ongles.

— Lâchez-moi, lâchez-moi ! hurla-t-elle.

Mais elle ne pouvait lutter contre un adversaire aussi

puissant. Peu à peu, ses forces et l'envie de se battre l'abandonnaient. La pluie s'accrochait à ses paupières comme des larmes glacées, et son manteau pesait sur elle comme le suaire d'un noyé.

— Lâchez-moi, je vous en supplie ! cria-t-elle encore.

Max Lloyd la prit dans ses bras et la pressa contre lui, fort inquiet de la voir dans un tel état : ses cheveux collés sur son visage d'ange lui donnaient l'air d'un cadavre tout juste sorti de l'eau. A grand-peine, il parvint à l'installer sur la selle de son cheval et grimpa derrière elle pour rentrer à Tanglewood.

Christina soupira et ferma les yeux en sentant des bras puissants l'enserrer. La joue dodelinant contre la poitrine de son sauveur, elle sentit la peur la quitter graduellement d'abord, puis complètement quand le parfum épicé qu'elle connaissait si bien frappa ses narines. Elle était dans les bras de Max.

En arrivant au manoir, Max frappa à la porte du bout du pied. Peter, qui les attendait avec impatience, ouvrit celle-ci à la volée en même temps que Molly apparaissait dans l'entrée, suivie de tous les domestiques morts d'inquiétude.

— Que diable lui est-il arrivé ? s'enquit le frère de la jeune femme, choqué de voir sa sœur en si piteux état, et dans les bras de Max de surcroît, la tête posée sur l'épaule de celui-ci.

— Je l'ai trouvée dans l'allée qui passe derrière le village. Elle est tombée de son cheval et est assez commotionnée.

— Je vois ça. Seigneur Dieu, quelle tête de linotte ! Sortir par ce temps, c'est du suicide !

— Il vaudrait mieux que nous la mettions au lit, décréta Molly.

— Tout à fait, dit Max. Et allez chercher le médecin ; il faut qu'il l'examine.

Il suivit Molly jusqu'à la chambre de Christina et l'étendit sur le lit qu'on venait de recouvrir d'une alèse. Obligé d'abandonner son précieux fardeau entre les mains expertes des femmes de chambre, qui s'affairaient déjà à préparer des serviettes propres et des vêtements de rechange, Max jeta un dernier regard à Christina avant de sortir. Elle gisait les yeux clos, plus pâle qu'une morte.

Dans le salon, Peter lui servit un brandy.

— Tenez, vous avez l'air d'en avoir besoin…

Max accepta avec reconnaissance et but l'alcool d'un trait, mais secoua la tête quand Peter lui en offrit un autre.

— Vos parents ont-ils été informés de son escapade ?

— Oui. Il a fallu que je le leur dise, vous pensez bien. Ils vont aller la voir. Maman est affolée, on le serait à moins. Et mon père n'est pas au mieux non plus. J'ai peur que d'avoir appris qu'elle n'était pas leur fille ait gravement perturbé ma sœur, vous savez.

Max pensait de son côté qu'il fallait plutôt chercher du côté de l'Italie si l'on voulait trouver un coupable, mais préféra ne pas contredire Peter.

— Quel gâchis, reprit celui-ci en se passant la main dans les cheveux. J'ai envoyé chercher Hal Jenkinson, le médecin. Peut-être lui donnera-t-il une potion pour la faire dormir. Elle a besoin de repos.

— Je suis sûr que c'est ce qu'il va faire, affirma Max d'un ton rassurant.

Peter plissa les yeux pour regarder son voisin, l'air songeur.

— Puis-je vous demander quel est votre lien de parenté avec Christina ?

— Nous n'en avons aucun, en fait. Il se trouve que mon grand-père a épousé sa grand-mère.

— Connaissiez-vous la mère de ma sœur ? insista le jeune homme. Je suis curieux de savoir comment était cette tante dont j'ignorais jusqu'à l'existence. Christina lui ressemble-t-elle ? Je me suis toujours demandé d'où lui venait ce côté sauvage, indomptable, qu'elle a. Peut-être pourrez-vous m'éclairer à ce sujet.

Un pâle sourire passa sur les lèvres de Max.

— Elle lui ressemble énormément. Lydia avait le sang chaud, mais aussi un cœur d'or et de l'affection à revendre.

Max hésita une fraction de seconde avant d'ajouter :

— Et elle pouvait être aussi têtue qu'un troupeau de mules.

— Voilà qui explique bien des choses, commenta Peter en riant.

Christina ouvrit timidement les yeux, les refermant aussitôt sous la morsure de la lumière vive qui filtrait par les rideaux entrouverts. Une migraine sourde battait à ses tempes, et elle se sentait étrangement déprimée. Son cerveau embrumé lui refusait tout service et, plutôt que de se forcer à se rappeler les événements de la veille, elle préféra ouvrir les yeux dans l'espoir que la douleur la distrairait de sa mélancolie.

Elle observa un moment les ombres qui dansaient au plafond, puis se tourna sur le côté de guerre lasse, pour essayer de comprendre la nature de l'amertume qui l'étouffait. Ce fut à cet instant précis que le souvenir de la scène de la veille, dans le salon, lui revint. Elle se rappela aussi sa fuite éperdue à cheval. Tout cela baignait dans une sorte de brouillard, mais elle se remémora sa chute brutale, et aussi son retour à Tanglewood, dans les bras — suprême ironie ! — de Max Lloyd lui-même. Avec tous les gens qui vivaient à Leyton et au manoir, il avait fallu que ce soit lui qui la trouve !

En portant précautionneusement la main à sa tête, elle sentit sous ses doigts un petit pansement. Hal devait l'y avoir mis, sans doute. Une grosse larme roula sur sa joue. Elle se sentait atrocement malheureuse, tout à coup. Malgré tous ses efforts pour les éloigner de son esprit, les révélations de la veille la poursuivaient comme des gorgones, trop hideuses pour être ignorées. Elle se pelotonna sur son lit, les jambes serrées contre la poitrine, le front sur les genoux.

— Oh, papa, maman ! fit-elle d'une voix brisée, pourquoi ne m'avez-vous rien dit ? Pourquoi m'avoir laissé croire toute ma vie que j'étais Christina Thornton, votre fille ?

Elle sentait les sanglots monter en elle, mais elle luttait pour les retenir, avec succès jusqu'à présent. Il fallait qu'elle soit forte, qu'elle surmonte cette épreuve. Elle y parviendrait, forcément, et plus tôt Max Lloyd comprendrait qu'elle n'avait absolument pas l'intention de l'épouser et déciderait par conséquent de retourner dans son pays, mieux ce serait.

Très inquiète pour sa fille, lady Audine insista — sur les recommandations expresses de Hal Jenkinson — pour que celle-ci demeure au lit au moins vingt-quatre heures.

Le lendemain matin, après un bon bain, Christina se sentait beaucoup mieux. Assise devant sa psyché, elle réduisait à l'aide d'une brosse les nœuds de sa chevelure lorsque Molly entra dans sa chambre pour l'informer de ce que M. Lloyd venait d'arriver et demandait à lui parler.

Elle reposa la brosse, qui claqua sèchement sur le bois marqueté, le visage soudain empourpré de colère.

— Je ne veux pas le voir, Molly. Nous n'avons rien à nous dire, lui et moi. Tu lui signifieras que je ne reçois aucune visite, mais que mon père est à sa disposition s'il le désire.

— Il s'est enfermé dans le salon avec vos parents pendant une heure et, à présent, il est dans la bibliothèque avec monsieur votre frère, qui a demandé qu'on leur apporte du café.

— Eh bien, Peter n'a qu'à lui faire la causette si ça lui chante ! Je resterai ici en attendant qu'il s'en aille.

— Il ne partira pas tant qu'il ne vous aura pas parlé. Vous nous avez fait une belle peur, l'autre nuit, vous savez. Quand je pense à l'état dans lequel vous étiez, vous avez eu diablement de la chance qu'il vous trouve.

— Ah ça oui, quelle veinarde je fais ! répliqua Christina d'un ton plein d'ironie.

Elle usait parfois de mots entendus à l'office, quand les domestiques jouaient aux cartes.

— Il est venu deux fois hier pour prendre de vos nouvelles. Il s'inquiète pour vous, ce me semble. Ne croyez-vous pas que vous devriez le recevoir, ne serait-ce que pour le remercier de vous avoir secourue ? C'est un homme, je crois, à insister jusqu'à ce que vous cédiez.

— Non, Molly, je ne me laisserai pas intimider par son obstination. Et puis… quand il m'a trouvée, je… je n'avais pas besoin d'aide.

La femme de chambre savait bien qu'elle mentait, mais elle avait assez de bon sens pour savoir aussi qu'il ne servait à rien de discuter avec sa jeune maîtresse. Elle descendit donc porter la réponse de Christina à Peter.

Un quart d'heure plus tard, ce dernier vint voir sa sœur pour tâcher de la convaincre de rencontrer Max.

— Il n'en démord pas, Chris, affirma-t-il.

— Je m'en moque. Je ne veux pas le voir.

Peter éleva la voix.

— Autant que je sache, M. Lloyd n'a rien fait de mal, et c'est plutôt toi qui t'es montrée injuste envers lui. Il faudra bien que tu le voies à un moment ou à un autre.

Finalement, elle rendit les armes, consciente que Peter n'abandonnerait pas la partie. La main sur la poignée de la porte du salon, elle inspira profondément pour se donner du courage, releva le menton et entra sans faire de bruit.

5

Max lui tournait partiellement le dos, faisant claquer ses gants de peau sur sa cuisse tout en regardant le jardin qui s'étendait devant la fenêtre. Sous sa veste de tweed impeccablement coupée, ses muscles étaient bandés à se rompre ; une détermination implacable se lisait sur ses traits.

— Vous avez demandé à me voir, lança-t-elle.

On le faisait patienter depuis une demi-heure. Comme il s'attendait à une réception plutôt glaciale, il s'était dit en venant à Tanglewood que, quoi qu'elle puisse lui jeter au visage, il resterait calme et ferait preuve de patience, mais il devait avouer avoir eu bien du mal à se retenir d'aller la chercher et de la traîner hors de sa chambre.

En entendant la voix de Christina, il se retourna. Il n'était pas du tout préparé à la voir telle qu'elle se présentait à lui. Les mains jointes, vêtue d'une robe sévère d'un bleu sombre et au col montant, les cheveux tirés en arrière, elle se tenait la tête haute, bien droite. Sa mère aurait été fière de la voir ainsi. Elle ne devait pas avoir souvent l'occasion de constater que sa fille mettait en pratique les conseils de maintien qu'elle lui prodiguait — et sa gouvernante également — à longueur de temps depuis des années.

Les yeux de la jeune femme n'indiquaient pas toutefois

qu'elle éprouvât des remords. On eût dit des éclats arrachés aux entrailles d'un glacier.

— Merci de me recevoir, répondit-il sans faire mine de s'avancer vers elle.

Ce ton impérieux rendit Christina furieuse, lui faisant relever le menton un peu plus encore. Elle tiqua néanmoins en remarquant la balafre qui courait sur la joue de Max.

— Remerciez plutôt Peter, il m'y a obligée. Il semble qu'il soit plutôt malaisé de se débarrasser de vous. Est-ce moi qui vous ai fait ça ?

— Aucune importance, répliqua-t-il sèchement en hochant la tête. Vous étiez affolée.

— En effet. Je tiens à m'excuser, cependant. Il n'est pas dans mes habitudes de blesser les gens.

— J'espère que vous ne vous ressentez plus de votre chevauchée nocturne.

— Hormis la coupure que j'ai à la tête, je vais bien. Je ne me doutais pas que j'allais être éjectée de ma selle. Peter m'a dit qu'on avait retrouvé mon cheval au village. On l'a ramené ici ce matin. La pauvre bête a été effrayée par le tonnerre. Je… j'avais besoin de sortir de la maison, après toutes ces…

— Je comprends, dit Max, d'une voix soudain plus douce.

— Vraiment ?

Il s'avança en soupirant.

— Evidemment.

— Je ne vous crois pas. Personne ne peut comprendre ce que je ressens.

— Je réalise pleinement combien c'est difficile pour vous, Christina. Si vous tenez absolument à blâmer quelqu'un, alors autant que ce soit moi. J'ai l'échine solide, je peux le supporter, mais ne pourriez-vous au moins avoir la courtoisie d'écouter ce que j'ai à vous dire ?

— Vous n'avez pas eu celle d'être franc avec moi, répliqua-t-elle. Surtout en ce qui concerne nos… fiançailles.

— Je ne pouvais pas vous en parler sans le consentement de vos parents. Vous pouvez le comprendre.

— Mes parents ? Je n'en ai plus, paraît-il, repartit-elle calmement. Quoi que vous ayez à me dire, vous perdez votre temps. Votre visite est inutile. Je vous ai dit n'avoir aucune envie de vous entendre et je m'en tiendrai là. A présent, j'aimerais que vous partiez.

Max fit encore un pas vers elle.

— Je n'irai nulle part tant que vous ne m'aurez pas entendu. En voulez-vous à vos parents de vous avoir menti pendant toutes ces années ?

— Non. Et je ne les juge pas non plus. Bien sûr, je veux savoir, comprendre comment tout cela est arrivé, mais pas maintenant. Je ne peux pas le supporter.

Elle avait beau le défier du regard, il la trouvait terriblement émouvante.

— J'aimerais vous aider à le faire, justement, Christina. Si seulement vous me le permettiez.

— A quoi donc voulez-vous m'aider, comme vous dites ? riposta-t-elle avec un rire méprisant. A savoir qui je suis ? Personne ne le peut. Toute ma vie n'a été qu'un immense mensonge, depuis le début. J'ai l'impression d'être une intruse dans cette maison, moi qui croyais y avoir mes racines ! Je me regarde dans le miroir et ne cesse de me demander à qui je ressemble, de qui j'ai hérité les yeux. Je pensais que mon caractère me venait de la combinaison de celui de mes parents, mais il n'en est rien, il ne peut rien en être ! Je me sens comme un vase brisé dont on ne parvient plus à recoller les morceaux. Pour la première fois de ma vie, quand je me vois, je me demande qui je suis.

— Je peux vous le dire. Ce sont des choses que vous avez le droit, et même le devoir de savoir.

— Vous attendez de moi que je vous écoute tranquillement me parler d'une famille qui m'a jetée dehors ?

— Allons, Christina ! s'indigna Max. Soyez raisonnable. Ils ne vous ont pas jetée dehors, tout de même !

— Mais… cette femme, ma grand-mère… je me suis fait une opinion sur elle qui n'est pas en sa faveur, croyez-le bien. Elle ne voulait pas de moi, sinon elle ne m'aurait pas laissée partir. Pourquoi n'a-t-elle pas cherché à me garder auprès d'elle ? Et comment, après toutes ces années, alors qu'elle n'a jamais, pas une seule fois, pris de mes nouvelles ni cherché à savoir comment je grandissais, qu'elle ne s'est absolument pas préoccupée de mon éducation, peut-elle penser que je vais quitter mon pays et ceux que j'aime pour aller vivre en Italie, en tant que votre femme de surcroît ?

Max choisit d'ignorer l'amertume particulière qui semblait s'exhaler de ce dernier bout de phrase.

— Tout cela fait partie du marché qu'elle a conclu à l'époque avec vos parents, Christina, répondit-il, ajoutant avec un sourire, comme s'il lui faisait une confidence : je dois avouer qu'elle est un peu tyrannique.

— En ce cas, pourquoi tolérez-vous sa tyrannie ?

— Mes compatriotes sont des gens très passionnés et très loyaux quand il s'agit de leur famille.

— Sauf quand il s'agit de moi, apparemment.

— Je vous considère comme un membre de la mienne, Christina, tout autant que votre grand-mère.

— Pour l'amour du ciel, Max, fit la jeune femme d'un ton agressif, comment peut-on être aussi égoïste ? Encore qu'après tout cela ait peut-être mieux valu pour moi, car j'ai eu la chance d'être élevée par deux personnes merveilleuses qui m'ont aimée de tout leur cœur.

— Eh bien, vous avez été bénie des dieux, commenta-t-il doucement, le visage grave mais calme. Ecoutez, Christina, je ne suis venu en Angleterre que pour vous. Je me soucie de votre personne, il faut me croire.

— Pour moi ? railla-t-elle. Je croyais que vous vouliez renouer des liens avec de vieux amis.

— Je vous ai menti, je le confesse.

— Et, maintenant que vous m'avez trouvée, je suppose que vous allez me traîner jusqu'en Italie, c'est bien cela ?

— Si telle était mon intention, dit-il d'un ton brusque, je n'aurais pas pris la peine de venir jusqu'ici pour vous rencontrer d'abord. Je vous aurais ordonné de regagner l'Italie le jour de vos dix-huit ans, voilà tout.

Christina pouvait à peine contenir son amertume et son animosité.

— Je trouve l'idée de nos fiançailles tout bonnement scandaleuse.

— Et pourquoi donc ?

— Parce que vous ne vous préoccupez que de vous-même en cette affaire. Je ne veux pas vous épouser, moi.

— C'est bien dommage, répondit-il en la regardant d'un œil dur. Il n'y a rien d'inhabituel dans ce mariage arrangé de longue date. C'est ainsi que les choses se pratiquent dans les grandes familles, chez nous. Et puis..., je veux une épouse.

— A n'importe quel prix, semble-t-il. Refusez-vous de me délivrer de cet arrangement scellé entre mes parents et ma grand-mère ?

— Oui, j'en ai peur.

— En ce cas, ne faites pas insulte à mon intelligence en

prétendant vous soucier de moi, alors que nous savons très bien tous deux pour quelles raisons vous voulez m'épouser. Je vous promets que, si vous m'imposez cette union, je serai une épouse glaciale.

— Est-ce une menace, Christina ? s'enquit Max en toisant la jeune femme, les sourcils froncés.

— Bien sûr que non. Je ne fais que vous dire la façon dont les choses se passeront, c'est tout.

— En êtes-vous certaine ?

— Absolument.

— Ce sont des moments difficiles pour vous, je le conçois fort bien, mais, quand vous aurez eu un peu de temps pour vous habituer à tout cela et bien y réfléchir, nous pourrons préparer votre voyage en Toscane.

— Je ne veux pas aller là-bas, rétorqua la jeune femme, toute roide de fierté blessée.

Max sembla ne pas avoir entendu et poursuivit comme si de rien n'était :

— Si vous avez quoi que ce soit d'autre à me demander avant que je ne reparte pour l'Italie demain, vous savez où je demeure.

Christina n'aurait pas su ni voulu expliquer pourquoi elle se sentait déçue, tout à coup. Ses épaules s'affaissèrent, en même temps qu'elle abandonnait toute résistance.

— Vous… vous partez ?

— Oui, mais ceci n'est qu'un au revoir, lui répondit-il, se délectant de son merveilleux visage.

Le parfum qui émanait d'elle flattait délicieusement ses narines, et il ressentit un désir effréné de la prendre dans ses bras et de la serrer contre lui, comme l'autre jour dans la tempête.

— Attendez de vous être calmée avant de réfléchir à ce que je vous ai dit, Christina. La colère est mauvaise conseillère. Tâchez de trouver le courage de regarder les choses en face et n'allez pas bêtement refuser ce qui vous revient de droit.

Là-dessus, il tourna les talons et gagna la porte, s'arrêtant devant celle-ci comme si quelque chose lui revenait soudain à l'esprit. Il prit un petit paquet sur la table où il devait l'avoir placé un peu plus tôt et revint vers la jeune femme pour le lui tendre.

— J'oubliais que j'avais un cadeau pour vous. Je vous le donne avec dix-sept ans de retard, certes, mais mieux vaut tard que jamais, comme on dit.

— S'il vient de ma grand-mère, je n'en veux pas.

— Je vous promets que ce n'est en aucune façon le cas.

Elle le regarda d'un air perplexe, puis, prenant l'objet dans ses mains, chuchota :

— Qu'est-ce que c'est ?

— Quelque chose que je voulais vous donner avant qu'ils vous emmènent loin de moi et du *castello* Marchesi. C'était le présent d'un petit garçon à l'intention de la plus jolie petite fille qu'il ait jamais vue. Faites-en ce que vous voulez, Christina. Il est à vous.

Après un salut un peu guindé, il se dirigea aussitôt vers la porte, ralentissant le pas sur le seuil pour la regarder une dernière fois, comme s'il voulait graver ses traits dans sa mémoire, avant de sortir en prenant soin de fermer le battant derrière lui.

Christina resta un long moment immobile, abasourdie de tristesse. Puis elle baissa les yeux sur le petit paquet et entreprit d'en déchirer l'emballage. A sa grande surprise, elle découvrit un ours en peluche adorable aux yeux faits de cabochons de verre couleur d'émeraude, comme on en donnait souvent aux bébés dans les bonnes familles.

Elle sentit une boule se former dans sa gorge et des larmes lui piquer les yeux en repensant à sa conversation avec Max durant leur promenade à cheval. La personne dont il parlait, qu'il avait aimée avant de la perdre, c'était elle !

Elle s'avança vers la fenêtre pour le regarder partir, tâchant de s'expliquer son émotion en l'entendant lui annoncer qu'il retournait en Italie dès le lendemain. Pourquoi s'était-elle sentie soudain anéantie en croyant qu'il lui disait adieu pour toujours ? Se pouvait-il qu'une amitié ait grandi entre eux en l'espace de ces quelques jours, alimentée par leurs joutes verbales, et en dépit de tout ce qui les séparait ?

En s'éloignant de Tanglewood, Max n'arrivait pas à croire que les choses aient pu en arriver là. Une douleur sourde lui vrillait le cœur comme s'il venait de perdre de nouveau un être cher, lui qui, quelques semaines plus tôt, s'était montré si confiant en débarquant en Angleterre, persuadé qu'au bout du compte il rentrerait au pays avec Christina, ou que du moins elle serait en train de préparer son voyage pour l'y rejoindre un peu plus tard.

Toutefois, si elle croyait que les choses allaient en rester là, elle se trompait gravement. Indépendamment de l'intérêt qu'il pouvait nourrir pour l'héritage de la jeune femme, il éprouvait pour elle un désir irrépressible — surtout après l'avoir vue batifoler à demi nue près de l'étang. Il savait depuis avec certitude qu'elle avait des atouts physiques devant lesquels un homme digne de ce nom ne pouvait rester indifférent, et qu'elle porterait assurément de beaux enfants. Un héritier pour le *castello* Marchesi.

Bien sûr, la perspective de posséder à terme le domaine Carletti ne lui sortait jamais de l'esprit, et, pour cela, il lui fallait obtenir Christina d'une façon ou d'une autre. Si elle ne se montrait pas trop rétive, il n'aurait qu'à se réjouir de toute l'affaire.

Christina passa le reste de la journée dans sa chambre. Se présenter pour le dîner et faire semblant de rien malgré les regards anxieux de ses parents et alors que son avenir tout entier ne tenait qu'à un fil lui fut une terrible épreuve. Elle n'ignorait pas que leur dernière entrevue avec Max la concernait et aurait bien voulu savoir de quoi il retournait ; mais les rides de fatigue qui creusaient le visage de son père, de même que ses épaules affaissées, qui lui donnaient l'air d'un vieillard, suffirent à étouffer toute question sur ses lèvres.

Dès que le dîner fut achevé, elle s'excusa et regagna ses appartements. Sa mère ne fut pas longue à l'y rejoindre, après s'être forcée à plaquer sur son visage un sourire rassurant. Folle d'inquiétude, la jeune fille bondit du siège sur lequel elle était assise, le regard perdu sur la campagne qui s'étendait devant sa fenêtre.

— Maman ! Je suis si heureuse que vous soyez montée. Je vous en supplie, dites-moi de quoi vous avez parlé avec Max tout à l'heure. Il veut que je l'épouse, mais peut-il m'y contraindre ?

— Allons, rassieds-toi, ma chérie, répondit lady Audine en encourageant sa fille du geste. Bien sûr que non, M. Lloyd ne peut te forcer à l'épouser.

— Vraiment, vous en êtes sûre ?

— Certaine, affirma lady Thornton en repoussant une mèche du visage de la jeune femme.

— Et vous… vous ne m'y forcerez pas non plus ?

— Non, ma chérie. Ton père et moi ne ferions jamais

une chose pareille. Nous ne voulons que ton bonheur, tu le sais. Cependant… tu devrais peut-être réfléchir aux conséquences d'un refus de ta part.

— Que voulez-vous dire ? s'écria Christina, abasourdie. De quelles conséquences parlez-vous ? Personne ne s'est préoccupé de cela quand cet affreux marché a été conclu, aussi ne me considérerais-je en aucune façon responsable de ce qui pourrait advenir à M. Lloyd si je refusais de l'épouser. Et puis, ces mariages arrangés sont une tradition moyenâgeuse. Ce n'est pas moi qu'il veut, de toute façon, mais ce dont j'hériterai à la mort de ma grand-mère, des vignobles et des oliveraies à ce qu'il semble. C'est terriblement dégradant et insultant.

— Essaye de voir les choses d'un œil différent, ma chérie.

— Mais je ne peux pas, maman ! Et puis, je n'arrive pas à comprendre pourquoi cette femme ne lui lègue pas tout. Vraiment, ça me dépasse. Personnellement, je ne veux rien d'elle, et, en agissant ainsi, elle nous épargnerait à tous bien des soucis et des déchirements.

— Hélas, ma chérie, ce n'est pas si simple. Ton héritage, la *Casa del Sole*, te vient de ton père, et ta grand-mère ne peut en disposer. Elle a toujours espéré que Roberto reviendrait pour exploiter le domaine. A présent qu'il n'est plus de ce monde, celui-ci te revient.

Lady Audine prit la main de sa fille en souriant.

— Serait-ce vraiment si terrible d'épouser M. Lloyd, Christina ? Au cours de notre conversation, il nous est apparu, à moi comme à ton père, qu'il éprouvait pour toi une affection certaine. Tu… tu lui as plu énormément.

— Mais, maman ! fit la jeune femme d'une voix blanche. Je ne peux pas m'empêcher de penser que… que c'est une histoire de fous.

Elle fixait d'un regard suppliant la femme qui l'avait élevée, mais son esprit était ailleurs. Au fond d'elle-même, c'était Max qu'elle voyait. Il était encore une énigme pour elle. Qui l'avait écoutée patiemment se lamenter, l'autre jour ? Qui l'avait embrassée avec tendresse et passion, chassant de son cœur, d'un seul baiser, le pâle James Embleton ? Qui enfin l'avait cherchée en pleine tempête et réconfortée ? Elle avait du mal à croire qu'il puisse s'agir du même homme que celui qui voulait l'épouser à tout prix, ce ruffian italien pour qui l'héritage promis et l'union de deux vieilles familles valaient infiniment plus que les sentiments d'une jeune femme.

— Je comprends, Christina, mais tu vas avoir beaucoup de temps pour y penser. Ton père et moi avons accepté les termes de cet arrangement sur lequel ta grand-mère a tant insisté, sans quoi nous n'aurions jamais pu t'élever ici, à Tanglewood. Or, je sais que c'est exactement ce que Lydia... ce que ta maman aurait voulu pour toi. Ton vrai père ne pouvait pas s'occuper d'un enfant, aussi est-ce ton aïeule qui a dû décider de ce qui valait le mieux pour toi.

— Et, pendant toutes ces années, a-t-elle une seule fois cherché à savoir ce qu'il advenait de moi ?

— Malheureusement non, répondit Audine tristement. Quoi qu'il en soit, tu ne peux pas reprocher à M. Lloyd de vouloir t'épouser et, si les mariages arrangés te semblent passés de mode, sache quand même qu'ils se pratiquent depuis des siècles dans les meilleures familles.

En un geste affectueux, Audine releva le menton de sa fille.

— Peux-tu vraiment dire, en toute franchise, que tu n'as jamais rien trouvé de charmant chez M. Lloyd depuis que tu l'as rencontré ?

Il n'y avait aucun défi dans le ton de cette question,

rien en tout cas qui puisse justifier une rebuffade ou un déni, aussi Christina répondit-elle avec son honnêteté coutumière :

— C'est arrivé, quelquefois.

— Et malgré toi, j'imagine…

La jeune femme ne put s'empêcher de sourire.

— Toujours, maman. Malgré moi et contre toute raison.

— Il va rentrer bientôt en Italie. Cela te donnera le temps, avant ton anniversaire, de bien réfléchir à ta conduite future.

— Puis-je vous poser une question, maman ?

— Bien sûr, ma chérie.

— Voulez-vous tous les deux que je l'épouse ?

— Seulement si c'est vraiment ce que tu désires, répondit sa mère, les yeux tout embués, soudain. Si tu refuses, cela va sûrement nous rendre les choses très difficiles, mais, si tu es absolument certaine de ne pas vouloir l'épouser, nous te soutiendrons, ajouta-t-elle après une seconde d'hésitation.

— Mais… comment cela ? s'étonna la jeune femme. Comment cela pourrait-il vous rendre les choses difficiles ? Me cacheriez-vous un autre secret, maman ? Si c'est le cas, parlez ; vous ne pouvez plus vous taire.

Christina sentit une vague d'inquiétude la submerger. Il devait y avoir dans tout cela quelque chose d'affreux, de terrible, car rien ne semblait avoir de sens. Petit à petit, une possible et atroce raison se fraya un chemin dans son esprit. Timidement, elle se risqua à poser la question :

— Est-ce qu'il s'agit d'argent, maman ? Ma grand-mère vous a-t-elle payés pour vous occuper de moi ?

Lady Audine ne répondit pas tout de suite. Elle voyait bien que Christina avait les nerfs à vif, mais, ayant déjà essuyé une tempête, elle se savait capable d'affronter la suivante.

— Oui, murmura-t-elle. Oui, ma chérie. Ainsi, vois-tu, nous avons une dette envers elle, ton père et moi. Elle nous a fourni tout l'argent dont nous avions besoin pour assurer ton éducation depuis ton arrivée ici.

— Et si je refuse d'épouser Max ? s'enquit Christina d'une voix si claire que sa mère en eut le cœur serré.

— Ta grand-mère exigera que nous la remboursions.

— Mais... papa est riche, n'est-ce pas ?

— Nous ne menons le train auquel tu es habituée que grâce aux subsides de ton aïeule, Christina. De toute façon, jamais nous ne pourrions lui rembourser tout ce qu'elle nous a donné au fil des années. Nous n'avons tout simplement pas assez de fortune.

Christina était anéantie. Quelle sordide histoire ! Elle sentait sa confiance l'abandonner lentement mais sûrement et une nausée de dégoût lui monter aux lèvres. Tout cela était trop pour elle. Elle regardait sa mère à travers un rideau de larmes, et la bouffée d'air qu'elle prit pour poursuivre lui déchira la poitrine.

— Donc... tout ce que je possède, les vêtements que je porte, mon cheval, jusqu'à la nourriture que je mange chaque jour, tout cela me vient de ma grand-mère ?

Lady Audine hocha la tête.

— Alors c'est moi qui ai une dette envers elle. Quel genre de personne est-elle donc, pour faire une chose si vile et organiser ma vie comme si j'étais un domaine que l'on gère à sa guise ? Elle ne m'a pas laissé le choix d'épouser Max ou non. A moins que... quelqu'un puisse avancer la somme à papa... peut-être qu'un emprunt bancaire... ?

— Non, ma chérie, j'ai peur que ce soit impossible. A moins de vendre Tanglewood...

— Vendre Tanglewood ? s'exclama Christina, horrifiée par une telle perspective. Non maman, jamais je ne vous demanderai de faire une chose pareille.

Le cœur ravagé par le ressentiment, les yeux fixés sur ses mains tremblantes, elle essaya de réfléchir, de trouver un moyen d'échapper à son sort, mais il n'y en avait aucun. Dix-sept ans plus tôt, ses parents avaient accepté de la fiancer à Max et de la renvoyer en Italie ; leur vie serait à jamais ruinée s'ils s'avisaient de revenir sur leur parole. Levant les yeux vers sa mère, elle contempla son visage plein d'angoisse et la tendresse infinie de son regard. Sans doute sa mère ne l'avait-elle jamais aimée autant qu'à cet instant.

Lady Audine reprit la main de sa fille dans la sienne et, quand elle parla, ce fut d'une voix brisée par le chagrin. Et pourtant ses paroles étaient pleines de bon sens et de vérité.

— Max est un homme bien, Christina. J'en suis sûre.

— Vraiment, vous le pensez ? En tout cas, je l'espère, car sinon cela me sera bien difficile de vivre auprès de lui.

— Tu verras, il ne te fera pas de mal. Du reste, tu ne le lui permettras pas. Tu as du caractère, ma fille, tu es forte, comme ta mère. Tu lui ressembles tellement. Si tu prends cette décision, garde ta fierté et fais-toi aimer de lui.

— Je ne sais pas si j'ai envie qu'il m'aime, maman, répondit Christina en haussant les épaules, mais, puisqu'il le faut… j'accepte de l'épouser.

La chambre était plongée dans la pénombre. La nuit était calme, l'air humide, et seuls les rideaux bougeaient doucement dans la pièce, agités par quelque courant d'air.

Quand les horloges de la maison sonnèrent minuit,

Christina se glissa hors de son lit, s'approcha de la fenêtre et l'ouvrit toute grande. La lune et les étoiles éclairaient le parc et les arbres ; regarder le jardin en contrebas lui donnait l'impression de renaître. Sa poitrine frémissait de rage, une rage dirigée contre sa grand-mère et contre Max.

Au-delà de sa colère, néanmoins, elle éprouvait un besoin irrépressible de savoir qui elle était vraiment, et qui étaient ses parents. Elle ne se sentirait jamais complètement elle-même tant qu'elle ne connaîtrait pas la vérité. Max devait partir le lendemain, et elle ne le reverrait plus jusqu'à ses dix-huit ans. Malgré l'attitude choquante de sa grand-mère, malgré l'insupportable contrôle que cette aïeule indigne exerçait sur sa vie depuis sa plus tendre enfance, elle désirait comprendre ses motivations. Et qui mieux que lui pouvait lui en dire plus sur l'Italie, sur sa famille, son vrai père, les Carletti ? Il n'y avait qu'une seule réponse à cette question : personne.

Au matin, elle se retrouva donc, un peu gênée et hésitante, devant la porte de Max, laquelle s'ouvrit avant qu'elle ait eu le temps d'y frapper.

— *Signorina* Thornton ! s'exclama Lorenzo avec son fort accent italien, visiblement ravi de cette visite impromptue. Quel plaisir de vous voir ici.

— Bonjour, Lorenzo. M. Lloyd doit être très occupé, mais croyez-vous qu'il soit possible que je le voie ?

— Entrez, je vous en prie, répondit le domestique. Monsieur est effectivement très pris par ses préparatifs, car nous devons attraper le train de Londres cet après-midi, mais je suis certain qu'il trouvera un moment pour vous voir. Ce sera un plaisir pour lui. Voulez-vous attendre dans le jardin pendant que je vais le prévenir de votre présence ?

Christina se promena un instant, l'esprit ailleurs, en

caressant d'une main les fleurs des parterres, avant d'aller s'asseoir sur un banc sous une petite tonnelle.

Max arriva bientôt et marqua le pas en la voyant, captivé par la beauté du spectacle qui s'offrait à ses yeux : avec sa chevelure qui cascadait souplement sur ses épaules et son menton fièrement relevé, elle était formidablement attirante tout en paraissant inaccessible ; mais aussi perdue, solitaire et vulnérable. Elle allait lui manquer. Terriblement.

Sentant sa présence, Christina se retourna pour lui faire face. Toutes ses craintes lui revinrent alors, et elle s'en voulut amèrement de les avoir ignorées. D'un bond, elle se leva et, prenant conscience de l'émotion que trahissait son geste, s'exhorta à attendre calmement qu'il vienne à sa hauteur.

Max portait une chemise blanche et un pantalon couleur crème qui, en exaltant son teint mat et ses cheveux de jais, lui donnaient une allure et un charme extraordinaires. Sa démarche assurée mettait en valeur la vigueur et la fermeté de ses membres, ce que Christina ne put s'empêcher de remarquer sans un certain émoi. Sa peau aussi respirait la santé, avec ce léger hâle qui devait lui venir des longues heures passées sous le soleil toscan. Malgré tous ses efforts, elle sentait bien que chaque moment qu'elle passait avec lui renforçait l'attirance qu'elle éprouvait pour cet étranger. Quelque chose au fond d'elle lui disait de prendre garde.

Max la regarda droit dans les yeux, l'air énigmatique, sans chaleur mais sans froideur non plus. Christina en revanche avait l'air franchement préoccupée. Assez en tout cas pour qu'il devine sans mal les questions qu'elle venait lui poser.

— Christina ! Quelle surprise de vous voir. Je pensais que nous nous étions dit au revoir hier.

Son ton direct et son aisance avaient de quoi la déconcerter, mais elle ne voulait à aucun prix se montrer faible devant lui.

— En effet, mais j'avais envie de vous parler encore.

— A quel sujet ?

— Je sais à présent que ma grand-mère a financé mon éducation pendant toutes ces années. Ma mère me l'a dit hier soir. Vous n'avez pas idée de l'effet que cela m'a fait.

— Je crois bien que si.

— Non, c'est impossible, rétorqua-t-elle, ses yeux verts luisant comme deux émeraudes. Il semble en fin de compte que je sois obligée de vous épouser, ne serait-ce que par gratitude envers mes parents. J'ai une dette envers eux, dont je n'imagine même pas ne pas m'acquitter, et une autre envers ma grand-mère, quoique d'une nature différente. Comment cette femme a-t-elle eu le cœur de me placer dans une telle position ? Et vous également, d'ailleurs, car en acceptant ces fiançailles vous avez donné votre aval à cette ignominie. En cela, vous êtes tout aussi coupable qu'elle.

— Christina, écoutez-moi...

— Non, Max, écoutez-moi, vous. Si je refuse de me plier à sa volonté, que fera-t-elle ? Exigera-t-elle sa livre de chair comme le marchand de Venise et forcera-t-elle mes parents à lui rendre l'argent, alors qu'elle sait très bien qu'ils ne possèdent pas une telle somme et devraient, pour ce faire, vendre leur demeure ou passer leur vie en prison pour dettes ?

— Voulez-vous bien cesser ? s'exclama Max avec sévérité. Vous êtes ridicule.

— Non, pas du tout. En tout cas, je ne laisserai pas une telle chose advenir. Aussi ai-je décidé d'accepter ce mariage, quand bien même ai-je l'impression, ce faisant, de signer mon arrêt de mort.

— Je n'aime pas beaucoup votre ton, Christina, répliqua Max en plissant les yeux.

— Je me moque de ce que vous aimez ou n'aimez pas, dit-elle sèchement. Franchement, je me fiche de votre avis.

— Ecoutez... Je mesure la violence du choc que vous avez éprouvé et dont vous subissez encore le contrecoup. Je me montrerai patient, car je ne peux condamner votre réaction...

— Ne vous avisez pas de le faire, ni de me parler avec condescendance, intima Christina, qui semblait reprendre le dessus tout à coup.

D'un geste un peu théâtral, elle secoua sa longue crinière noire en le fusillant du regard.

— Depuis la mort de ma mère, je n'ai été qu'un pion dans les mains de ma grand-mère. C'est moi qui ai une dette envers elle et non mes parents. Je vais vous épouser, Max, parce que je n'ai pas le choix, et vous déciderez vous-même de la façon dont cela se passera puisque aussi bien cela fait partie de l'arrangement que vous avez conclu avec mes parents. Mais croyez bien que j'aurai mon mot à dire quant à ce qui se passera ensuite.

— Je me réjouis de votre décision, Christina.

Elle sut, à la soudaine lueur de triomphe qui brillait dans ses yeux, qu'il pensait avoir gagné la partie.

— Gardez-vous d'avoir l'air si satisfait, Max, rétorqua-t-elle avec mépris. Je n'en ai pas terminé.

— Ah non ?

Cette assurance la rendait folle, aussi s'approcha-t-elle d'un pas comme pour le menacer.

— Loin de là. Je sais qu'on ne peut balayer d'un revers de main une dette telle que la mienne, et pourtant ma grand-mère est prête à l'annuler d'un trait de plume dès que je deviendrai votre épouse. Il serait vraiment dommage de faire fi de sa générosité.

C'était dit d'un ton sarcastique, et Max serra les mâchoires, en même temps qu'un éclair de colère passait dans ses yeux.

— Vous vous montrez bien dure envers votre grand-mère, Christina. Peut-être vos sentiments changeront-ils quand vous la connaîtrez.

— Jamais de la vie ! s'emporta-t-elle. Cette femme est responsable de tout ce gâchis. C'est elle qui a planifié mon avenir sans se soucier en quoi que ce soit de mes sentiments. Non vraiment, je n'ai aucune envie de la connaître. Jamais je ne lui pardonnerai. Depuis le premier jour, à mon insu, c'est elle qui tire les ficelles, mais à présent c'est mon tour. Oui Max, je vais vous épouser, mais ne comptez pas sur moi pour être une épouse fidèle et obéissante. Je ne vous appartiendrai que sur le papier de notre contrat de mariage.

Max sourit intérieurement. La diatribe que venait de lui servir Christina ne l'inquiétait pas outre mesure, car il gageait qu'il n'aurait pas trop de difficultés à la faire entrer dans son lit une fois qu'elle serait sa femme. Du bout du doigt, il lui souleva le menton. Pendant un moment, elle résista, mais, quand elle finit par céder, elle le regarda droit dans les yeux. Il eut un petit rire et, si une moquerie discrète plissa ses lèvres, elle vit dans son regard une flamme qui indiquait clairement que sa résistance l'excitait au plus haut point.

— Comme vous voudrez, Christina, mais rappelez-vous ceci : je sais ce que vous ressentez quand vous êtes dans mes bras. Je l'ai vu dans vos yeux et j'ai vu aussi comment vous réagissiez à mes baisers. Si vous pensez pouvoir vous dresser contre moi indéfiniment, vous vous trompez. Quand vous porterez mon nom, j'aurai le droit de faire de mon épouse ce que je voudrai. Vous m'appartiendrez corps et âme, vous et tous vos biens. Voilà qui est dit.

Il parlait sérieusement, elle le savait. Max Marchesi était un homme qui ne supportait pas qu'on lui tienne tête et pour qui nul obstacle n'était insurmontable. Elle ne devait attendre de lui aucune pitié ; il ne serait satisfait que lorsqu'elle se serait rendue sans condition. Combien de temps pourrait-elle encore lui résister quand déjà le timbre profond de sa voix l'émouvait tellement qu'elle en oubliait tous ses défauts ?

Max la relâcha et s'écarta d'un pas.

— A présent que nous sommes d'accord, dites-moi si vous avez aimé mon cadeau, s'enquit-il, balayant tout ce qui venait d'être dit d'un revers de manche et s'attendant sans doute à ce qu'elle fasse de même.

— Oui, répondit-elle d'une voix encore pleine de ressentiment. Merci. Cette peluche est vraiment adorable.

— Je suis ravi qu'elle vous plaise, et de vous l'avoir donnée après tout ce temps, dit-il d'une voix soudain empreinte de gravité et de tendresse mêlées. Mais dites-moi, vouliez-vous me voir pour autre chose ?

— Je souhaitais en effet vous remercier pour cet ours, mais je veux… Vous avez dit que je pouvais venir si je voulais…

Elle se tut, espérant qu'il dirait quelque chose pour l'aider ; mais il demeura silencieux. Elle prit une profonde inspiration.

— Je voudrais vous parler…, murmura-t-elle enfin.

Max scrutait son visage de ses grands yeux bleus.

— Et de quoi donc voulez-vous que nous parlions ? Avez-vous changé d'avis ? Avez-vous enfin envie d'en savoir plus sur votre famille ?

— Oui… je veux bien… Enfin, non…, fit-elle, la gorge nouée.

Elle poussa un soupir à fendre l'âme en secouant la tête en signe d'impuissance.

— A la vérité, j'ignore ce que je veux. Tout est si confus… Ce que je sais, c'est que rien n'est plus comme avant et que, quand vous serez reparti en Italie, je… je ne pourrai plus vous poser de questions, et qu'il n'y aura personne d'autre pour me répondre.

— Etes-vous vraiment sûre de vouloir apprendre sur votre famille et votre grand-mère tout ce que je peux vous en dire ?

— Oui, je l'avoue, répondit-elle piteusement en penchant la tête. Quoique je ne puisse comprendre comment une femme peut confier sa petite-fille à des étrangers et les payer pour l'élever à sa place.

— La personne qui s'est vu confier cette tâche se trouvait être la propre sœur de votre mère, Christina. Ce n'est tout de même pas aussi horrible que vous voulez bien le dire. Votre grand-mère ne vous a pas oubliée, elle n'a fait que continuer à vivre comme avant. Venez ici, je vais vous expliquer.

Ils s'assirent face à face sur le banc. Max croisa les jambes, sans quitter des yeux la jeune femme, et la dévisagea longuement, un vague sourire flottant sur ses lèvres finement ciselées. Elle avait l'air calme, pensive, mais, sous ce calme apparent, il sentait la colère et le ressentiment bouillonner.

— Quoi que vous puissiez dire, déclara-t-elle, sachez que lord et lady Thornton, qui m'ont aimée et élevée comme leur fille, resteront mes parents toute ma vie. Nul ne prendra jamais leur place, ni dans mon cœur ni dans ma vie. Cela étant dit… avez-vous connu ma mère ?

— Oui. Nous nous entendions bien. J'aimais énormément Lydia.

— Est-ce que je lui ressemble ?

— Oui, de façon absolument étonnante. Elle était d'une beauté… Je n'étais qu'un enfant, bien sûr, mais je me souviens parfaitement que je la trouvais adorable. Adorable et insouciante… Elle avait ce don si rare de savoir s'amuser de tout et de rien, en toutes circonstances. Elle était aussi courageuse, rebelle, spirituelle, aussi franche qu'affectueuse. Ses cheveux étaient bruns et ses yeux marron.

— Les miens sont verts.

— J'avais remarqué…

— Est-ce de mon père que je les tiens ?

— De votre père ? Oui, je crois bien.

— Est-ce que Lydia était très amoureuse de lui ?

— Je pense que c'est vraisemblable, répondit Max en souriant. Pas vous ?

— J'aimerais le croire.

— Si je vous parle de la façon dont les choses se passaient à l'époque, cela vous aidera à comprendre. Votre grand-mère était une veuve respectée. La mort de son mari, le *signor* Carletti, l'avait rendue très riche. Nous étions voisins. Mon grand-père, veuf lui aussi, l'a finalement épousée. Votre mère et Roberto — le fils unique de votre grand-mère — se sont mariés et sont allés vivre à la *Casa del Sole*, qui est la maison de famille des Carletti depuis des générations. A la mort de votre mère, on vous a ramenée au *castello* Marchesi pour que votre grand-mère s'occupe de vous.

— Et mon père ?

— C'était un homme calme et discret qui vivait dans l'ombre de sa mère. Il adorait Lydia, la vénérait même. Quand vous êtes née, je crois qu'ils ont vraiment connu le bonheur tous les deux, et, quand votre mère est décédée, il n'a tout simplement pas pu croire à ce malheur. Personne, d'ailleurs, ne le pouvait. Elle est morte soudainement, sans que l'on ait pu le prévoir, une semaine après votre naissance. Le médecin a parlé d'un caillot… Le chagrin consumait votre père si fort que par moments une violence extrême le saisissait. Il se retirait en lui-même, ne supportant plus de voir quiconque. C'est pour cela qu'il est venu au *castello* Marchesi avec vous dans les bras.

— Me reprochait-il la mort de ma mère ?

— Je crois que oui, mais il en blâmait aussi la sage-femme et tous les proches de Lydia à l'époque. Il en voulait à la terre entière.

— Comment ma grand-mère a-t-elle réagi à sa venue ?

— Comme on pouvait s'y attendre, elle lui a dit de suivre son exemple et de se ressaisir, de reprendre sa vie en main. Un jour, il est parti. Plus personne ne l'a jamais revu et, il y a deux mois seulement, une lettre est arrivée, de la part d'un capitaine de la marine marchande, informant votre grand-mère de son décès. Après avoir quitté la Toscane, il se serait rendu en France et aurait trouvé du travail sur les docks de Marseille.

— Quelle tristesse ! J'aurais tant aimé le connaître. Si ma grand-mère avait été un peu moins dure, un peu plus aimante, il ne serait peut-être pas parti…

— Nous ne le saurons jamais, Christina. Certes, votre grand-mère est une femme qui aime contrôler les choses et les gens. Elle vient d'une longue lignée de Toscans… rigides, c'est peu de le dire, des gens d'une exigence impossible pour eux-mêmes comme pour les autres, des gens enfin qui n'ont que mépris pour la faiblesse sous quelque forme que ce soit.

— Et mon père était faible, apparemment, commenta la

jeune femme. Je ne m'étonne pas qu'il soit parti, finalement. J'aimerais bien pouvoir croire que ce n'est pas moi qu'il a fuie, mais cette mère dominatrice au cœur sec.

Le chagrin de Christina fit se serrer le cœur de Max.

— Vous étiez un bébé magnifique, affirma-t-il, ému par son regard triste. Tous les jours, je me rendais à la nurserie pour vous regarder dormir dans votre berceau. Rosa, votre nurse, vous adorait. Votre départ l'a laissée inconsolable. Cela a été un coup terrible pour nous tous… Mais votre grand-mère n'est pas aussi insensible que vous le pensez. Cela vous surprendra peut-être, mais elle a placé à l'époque quelques objets appartenant à votre mère dans une boîte, que l'on devait vous remettre quand vous auriez un peu grandi.

Christina le regarda, éberluée.

— Elle a fait cela ? Mais alors… cette boîte doit se trouver quelque part à Tanglewood. J'interrogerai maman à ce sujet.

— Il est possible qu'il s'y trouve quelque chose qui vous fera vous sentir plus proche de votre mère, quelque chose qui vous apportera peut-être un peu de réconfort.

Christina poussa un long soupir et leva les yeux vers Max. Il l'observait, l'air parfaitement détendu.

— Etiez-vous très seul au *castello* Marchesi, étant enfant ? demanda-t-elle soudain. Je me souviens vous avoir entendu dire que vous n'aviez ni frères ni sœurs et que votre mère était morte à votre naissance. Qu'en est-il de votre père ?

En voyant le visage de Max se durcir, Christina comprit qu'elle s'aventurait en terrain miné, mais la curiosité fut la plus forte.

— Etiez-vous proche de lui ?

Il secoua la tête, tandis qu'un pli amer se dessinait sur ses lèvres.

— Hélas non. Mon père était un de ces hommes faibles que votre grand-mère méprisait tant. Il buvait et dépensait son argent sans compter. Il ne s'est jamais soucié du lendemain ni de personne d'autre que lui, pas même de son père. Il est mort au cours d'une beuverie, à Rome, pendant un séjour qu'il y faisait en compagnie de sa nouvelle maîtresse.

— Je suis désolée…

— Inutile. J'ai appris à vivre avec ça. Heureusement, votre grand-mère était là. Son attitude glaciale m'a toujours paru inhumaine, et je crois que je l'ai toujours détestée étant enfant, mais, en grandissant, à force de voir mon père sombrer dans l'abjection, je me suis pris à la respecter et en quelque sorte à admirer sa détermination à vaincre quoi qu'il en coûte. En fait, je l'admire énormément, pour dire les choses comme elles sont. Bien évidemment, elle exige beaucoup des autres, mais l'exigence n'est pas un péché, bien au contraire. Elle savait parfaitement qu'elle ne pourrait pas changer mon père, aussi a-t-elle affronté la situation de la seule manière qu'elle connaissait, en gardant la tête haute et en faisant ce qui devait être fait.

Perdu dans ses souvenirs, Max marqua une pause rapide avant de poursuivre :

— Elle n'a pas failli quand j'ai eu besoin de quelqu'un. A la mort de mon grand-père, elle a maintenu les choses en l'état pour moi jusqu'à ce que je termine mes études secondaires, ce dont mon père, bien évidemment, ne pouvait se charger, du fait de ses absences continuelles. Ainsi, voyez-vous, Christina, malgré sa dureté et malgré ce qu'elle vous a fait ou ce que vous pensez qu'elle vous a fait, je lui dois beaucoup, et vous aussi. Grâce à elle, vous avez eu une enfance heureuse et avez grandi au milieu de gens qui vous aimaient. Ce n'est déjà pas si mal.

— Et à présent il est temps pour moi de m'acquitter de cette dette... Evidemment, elle attend de moi que je retourne avec vous en Italie.

— Elle est parfaitement consciente de ce que de rentrer avec moi au *castello* Marchesi et de devenir ma femme constituera pour vous une épreuve, et bien sûr elle ne doute pas un instant que vous vouliez rester ici jusqu'à vos dix-huit ans.

— Une épreuve, c'est le mot juste, dit-elle en se levant et en toisant Max d'un air hautain. Toutefois ne craignez rien : je me tiendrai à ma décision de vous épouser. Je vous ai donné ma parole.

Il y eut un silence, pendant lequel elle repoussa une mèche folle derrière son oreille.

— Il me semble que je vous ai retenu assez longtemps, ajouta-t-elle d'un ton égal. Vous devez avoir pas mal de choses à faire si vous voulez partir cet après-midi.

— Lorenzo s'occupe de tout. Nous avons tout notre temps avant de partir pour Cambridge prendre le train. Venez, je vais vous raccompagner.

Christina bouillait de colère à l'idée d'être ainsi poussée au mariage, mais étrangement elle n'avait pas envie, mais pas envie du tout, de quitter Max, aussi n'essaya-t-elle même pas de le dissuader de la raccompagner.

— Eh bien, que pensez-vous de tout cela, maintenant que vous savez un peu mieux sous quels auspices vous êtes née ? demanda-t-il quand ils eurent pris le chemin de Tanglewood.

Christina demeura silencieuse un moment, puis leva les yeux vers lui.

— Je ressens tellement de choses à la fois..., répondit-elle d'une voix hésitante. Mais ce qui me chagrine le plus, c'est cette impression d'être manipulée. Cela me rend furieuse et m'attriste à la fois. J'en veux terriblement à mon père et en même temps je le plains de tout mon cœur ; il a dû être très malheureux. Si seulement les gens pouvaient ne pas avoir de secrets, la vie serait tellement plus simple. J'ai… j'appréhende aussi beaucoup l'avenir.

— N'ayez pas peur, l'exhorta Max. Vous avez du courage, Christina. Vous traverserez cette épreuve. Je vous fais confiance.

— Maman m'a dit quelque chose dans ce genre il n'y a pas longtemps… J'aimerais bien avoir autant confiance en moi que vous.

— Vous survivrez à tout cela. Rien ne dure éternellement.

— J'espère bien. En ce moment, j'ai l'impression d'être écartelée. Je trouve ça affreux et j'en veux à tout le monde. A vous le premier. Je crois qu'il me sera très difficile d'accepter tout ce qui est arrivé, d'avoir dû apprendre qui je suis et ne suis pas, ou plus. C'est comme de se découvrir une nouvelle identité… Mais moi je ne veux pas perdre celle que j'ai toujours eue, car ce serait comme me perdre moi-même. Pouvez-vous comprendre cela ?

— Oui, oui bien sûr. Si elle pouvait vous voir aujourd'hui, Lydia serait très fière de vous et de ce que vous êtes devenue.

— Même si je suis une enfant gâtée, trop fière et obstinée ? demanda-t-elle avec une pointe d'ironie.

— Ce sont des traits qu'elle aurait reconnus en elle-même.

Ils marchèrent quelque temps en silence. Max la regardait, la tête légèrement tournée vers elle, admirant la pureté classique de son visage. Décidément, il la trouvait vraiment belle, plus qu'aucune fille de sa connaissance. Il y avait chez elle une sorte de qualité sauvage, indomptable, une liberté d'esprit, comme un courant irrépressible sous la surface lisse d'un lac. Pour un Italien comme lui, elle représentait tout ce qu'une femme pouvait avoir de plus désirable.

— Vous aimerez l'Italie et la Toscane, dit-il, j'en suis certain.

— Et le *castello* Marchesi également, j'imagine ? Est-il vraiment aussi beau que vous le dites ?

— D'après moi, oui, mais c'est la maison de mon enfance, aussi suis-je assez partial. Quoi qu'il en soit, c'est le joyau du domaine. Il a été bâti comme une forteresse, et c'est ce qu'il a été dans les premiers temps. Son histoire est assez... colorée. Il se dresse parmi des collines couvertes d'oliveraies, de cyprès et de vignobles qui surplombent de petits villages et les villas des voisins.

Quand ils atteignirent le bout du chemin, Christina s'arrêta et se tourna vers lui.

— Je vous remercie. Je peux faire le reste du chemin toute seule. Vous devriez rentrer.

— Pas avant que nous nous soyons dit au revoir, dit-il dans un souffle.

Max lui prit alors les mains et la plaqua contre son corps, d'un geste impérieux mais sans aucune brutalité. Christina sentit une boule se former dans sa gorge. Elle n'avait pas l'habitude de fréquenter des hommes tels que Max Lloyd dont la vigueur toute masculine assaillait ses sens avec une violence inouïe. Elle devait lever les yeux vers lui pour le regarder tant ils se trouvaient proches l'un de l'autre. Elle s'ébroua en un geste impatient, dans une vaine tentative de repousser ou d'atténuer l'effet qu'il avait sur elle. Pourquoi diable lui avoir permis de l'escorter ? Pourquoi aussi s'être autorisée à se sentir attirée par lui ? D'où lui venait cette envie folle d'être embrassée alors qu'il avait une grande part de responsabilité dans sa détresse présente ?

Quand il pencha la tête vers elle, ses lèvres au dessin racé s'approchèrent de la bouche de Christina en une invite sans ambiguïté. Il l'embrassa doucement tout d'abord, sur la joue, comme on fait avec un enfant, et elle s'exhorta à ne pas montrer sa surprise, ni la moindre émotion, bien qu'elle fût déjà tout éblouie de ce baiser très chaste. Elle en avait la tête qui tournait.

Quand il glissa vers sa bouche, Christina sentit ses lèvres s'amollir sous cette douce pression et, dans ses bras, elle se transforma presque instantanément en une femme follement audacieuse, toute pudeur envolée. C'est à cet instant précis que Max sut que de la quitter tantôt allait être bien plus difficile qu'il ne l'imaginait. Sans vraiment se rendre compte de ce qu'il était en train de faire, il l'enlaça avec fougue, et son baiser se fit plus profond, soudain.

Christina goûtait la bouche sensuelle de l'Italien, qui prenait possession de la sienne en un baiser aussi violent qu'une drogue qui, en même temps qu'il la secouait jusqu'au plus profond de son être, la poussait à en réclamer davantage. Le monde sembla vaciller autour d'elle quand elle prit conscience de ce corps ferme et vigoureux qui s'écrasait contre le sien. Sous l'effet combiné de la peur et du désir, elle poussa un gémissement, levant les bras pour aller perdre ses doigts dans la chevelure sombre qui balayait la nuque de Max.

Soudain, il releva la tête pour l'observer.

— Regardez-moi, *cara*, dit-il en lui relevant le menton.

L'entendre prononcer ce mot italien de sa voix profonde et rauque la rendait folle. Eberluée, abasourdie, le corps tremblant de tant d'émotion et de tant de plaisir, elle rendait les armes. Les yeux perdus dans son regard d'azur, elle l'entendit murmurer :

— Et maintenant, prétendez-vous encore ne m'épouser que par devoir ?

Ce fut comme une douche froide, et il n'en fallut pas plus à Christina pour recouvrer ses esprits. Elle savait exactement ce qu'il cherchait à faire : briser ses défenses et la forcer à se soumettre à sa volonté. Bien sûr, son corps répondait avec fougue à ses sollicitations, mais elle en concevait à présent de la rage. L'impertinence de Max lui faisait horreur au même titre que sa propre faiblesse, et elle recula comme un cheval se cabre.

Le charme était rompu.

— Arrêtez, Max ! Ne me touchez pas. Comment osez-vous m'embrasser de façon si cavalière, comme si vous étiez déjà mon époux et maître ?

Il sourit d'un air calme, ses dents blanches luisant entre ses lèvres entrouvertes.

— Allons, allons, Christina, vous n'êtes pas raisonnable.

— Pas raisonnable ? répéta-t-elle, les yeux brillants de colère. Parce que je ne veux pas vous embrasser ?

— Mais si, vous en mourez d'envie. Soyez honnête avec vous-même et admettez-le une bonne fois pour toutes.

Le sang de Christina ne fit qu'un tour. Ecumante, elle lui fit face, les poings sur les hanches. Le souvenir de ce baiser brûlant et du plaisir sournois qui venait d'agiter sa chair frémissante ne faisait qu'augmenter sa colère.

— Vous pensez pouvoir me manœuvrer à votre guise, n'est-ce pas ? Eh bien, laissez-moi vous dire que vous vous trompez. Vous pouvez peut-être me forcer à me soumettre à vos caresses pour l'instant si cela vous chante, mais je ne vous appartiendrai pas plus quand nous serons mariés qu'aujourd'hui. Plus jamais vous n'userez de moi comme d'un objet. Souvenez-vous de mes paroles. Tant que je n'aurai pas dix-huit ans, cet endroit restera ma demeure, et je ne le quitterai pas. Allez-vous-en, Max, rentrez dans votre château et laissez-moi en paix.

Il n'eut pas le temps de la retenir. Sur un ultime regard assassin, elle s'éloigna vers Tanglewood à grands pas. Max secoua la tête en souriant pour lui-même, puis s'en fut lui aussi. Avant d'atteindre l'allée qui menait chez lui, il se retourna pour jeter un dernier coup d'œil en arrière. Quand il la vit disparaître au détour du chemin, il s'étonna de ce que le souvenir de leur baiser lui échauffait encore le sang… Non, rien de ce qui se passait entre eux n'était anodin ; et il semblait douteux que la distance et le temps qui les séparaient de leurs retrouvailles en Toscane puissent atténuer la violence de telles émotions.

6

Pendant les semaines et les mois qui suivirent, Christina dut grandir rapidement et éprouva par le fait même un besoin croissant de se tenir occupée. Malgré le calme qu'elle affichait, l'inexorable avancée du temps et le caractère inévitable de l'événement qui approchait l'agitaient jusqu'à la nausée. Bientôt, il lui faudrait s'arracher à l'affection des deux personnes qui comptaient le plus pour elle et qui l'aimaient le plus au monde. Sans parler de Peter.

Elle ne parvenait pas à calmer la confusion de ses sentiments ni la tempête soulevée dans son cœur par Max Lloyd. Qu'il l'ait émue à ce point la mettait en rage en même temps que cela lui donnait à réfléchir sur la faiblesse de l'âme. Pour autant, depuis le retour de l'Italien dans son pays, elle sentait en elle comme un grand vide que rien ni personne ne pouvait combler. On ne pouvait pas revenir sur le passé, de toute façon, et les bouleversements causés par la venue de Max à Tanglewood ne pouvaient être réparés. Autour d'elle, tous se résignaient peu ou prou à son départ, à son exil en Toscane et à son mariage.

Pour l'essentiel, un calme inhabituel régnait dans la maison. On n'y organisait plus de dîners ni de soirées, quand bien même les amis et les familiers continuaient d'y venir fréquemment. Peter terminait sa dernière année à l'université et rentrait chez lui chaque fois qu'il en avait l'occasion. Christina pour sa part ne voyait presque plus James Embleton et s'étonnait chaque fois qu'elle y pensait de ce que cela ne lui faisait plus ni chaud ni froid. Jamais plus elle ne cherchait à accrocher son regard ni n'éprouvait la moindre émotion en sa présence.

Sa mère lui donna la boîte offerte à son intention par sa grand-mère et mentionnée par Max au cours de leur dernière conversation. Elles l'ouvrirent ensemble, et ce fut pour toutes deux un moment poignant ; il fallut quelques minutes à Christina pour oser enfin en regarder le contenu.

La boîte était assez petite et entourée d'un joli ruban bleu. Elle n'y trouva rien qui eût une réelle valeur. Il n'y avait là en effet qu'un assortiment de babioles comme en ont toutes les jeunes filles, sans valeur pour elle, mais qui devaient en avoir eu beaucoup sans doute pour celle à qui elles appartenaient autrefois : un peigne serti de perles de couleur, une épingle à cheveux qui se terminait en bouquet, une broche ravissante en dentelle d'or sur laquelle brillaient de petits cabochons rouges agencés autour d'un autre plus gros et noir comme pour figurer un coquelicot qui brillait quand il prenait la lumière. Il y avait aussi une bague assez fine de fil d'argent tressé — l'alliance de Lydia d'après lady Audine — et enfin, tout au fond de la boîte, un rosaire et un missel.

En dépit du ressentiment qu'elle nourrissait à l'égard de sa grand-mère, Christina fut profondément touchée par l'attention de l'aïeule. Elle devait avoir passé quelque temps au moins à remplir ce coffret de toutes ces choses. Christina voyait là un geste susceptible de l'inciter à pardonner. Quand elle passa l'anneau à son doigt, elle constata qu'il lui allait parfaitement.

Au fil du temps, une appréhension pénible naissait en

elle. Bien qu'elle s'en défendît, elle comptait les jours qui la séparaient de son dix-huitième anniversaire. Le temps passait, et elle n'avait toujours aucune nouvelle de son comte italien.

En rentrant d'une promenade avec Peter, une fois qu'elle eut abandonné celui-ci dans les écuries, elle rencontra sur le perron une servante qui venait à sa rencontre.

— Vos parents sont dans le salon avec un monsieur, mademoiselle Christina, annonça la soubrette.

— Un monsieur ? répéta Christina en ôtant son chapeau, qu'elle plaça sur la crédence de l'entrée.

— J'ignore la raison de sa visite, mais il vient d'Italie.

Christina accusa le coup et se passa négligemment la main dans les cheveux pour se donner une contenance.

— En ce cas, il faut que j'aille voir de quoi il retourne.

Quand elle entra dans la pièce, le visiteur se leva d'un bond. Une grande serviette de cuir était posée contre le pied de son fauteuil.

— Christina, je te présente le *signor* Benito Massa, dit son père. Le comte Marchesi nous l'envoie.

L'intéressé s'inclina devant la jeune femme.

— C'est un plaisir de vous rencontrer, mademoiselle Thornton, dit-il d'un air affable.

D'âge moyen, le visage hâlé, cet homme ne pouvait cacher ses origines italiennes, bien que son anglais fût presque parfait.

— Vous avez fait un long voyage, *signor* Massa…

— J'arrive de Sienne. Le comte Marchesi m'a raconté en détail sa visite en Angleterre. Il a cependant omis de m'informer de votre jeunesse et de votre beauté, mademoiselle.

— C'est sans doute qu'il ne partage pas votre avis à ce sujet, *signor*, répondit sèchement Christina. Mais dites-moi : d'où connaissez-vous Max, et quelle est la véritable raison de votre visite ?

Si Massa parut surpris par le ton sarcastique de la jeune femme, il n'en montra rien.

— Je suis le notaire de la famille Marchesi depuis bien longtemps, tout comme mon père et mon grand-père avant moi, expliqua-t-il, sans se départir de son affabilité.

— Le *signor* Massa est ici pour régler les détails du mariage, Christina, intervint lord Gerald.

— Je vois… Avez-vous une lettre de la part de Max ?

— J'ai bien plus que cela, dit le notaire en tirant de sa serviette plusieurs documents.

— Et lui, quand est-il prévu qu'il arrive ?

— J'ai bien peur qu'il ne vienne pas. Le comte a eu… un empêchement. C'est pourquoi il m'a envoyé à sa place. J'ai sa procuration, bien évidemment, et, avec le père Whitfield, qui est, je crois, le curé de votre paroisse, nous pourrons procéder à la cérémonie en son absence. Le fait que vous soyez tous deux de confession catholique nous facilitera grandement la tâche.

Christina fixa l'homme d'un œil plein de rage. Elle n'avait pas souvenir d'avoir jamais entendu chose plus extravagante.

— Etes-vous en train de me dire que Max ne prendra même pas la peine d'être présent à son propre mariage ?

— Je vous le répète, mademoiselle Thornton, il a eu un… un empêchement.

— Vraiment ? Eh bien, *signor* Massa, j'ai bien envie de vous renvoyer à votre client séance tenante, pour que vous lui disiez…

— Christina ! s'écria lord Thornton en se levant. Le

signor Massa n'est ici que pour veiller à ce que la cérémonie se déroule dans de bonnes conditions et sans délai. Je pense que nous apprécierions tous que tu sois conciliante, puisque de toute façon la chose doit avoir lieu.

Christina se tourna vers son père, folle de rage et de ressentiment. Elle parvint néanmoins à se maîtriser en s'efforçant de voir les bons côtés de la manœuvre. Elle savait d'expérience que la présence de Max à cette heure n'aurait fait que susciter entre eux de violentes disputes ; à la réflexion, il valait probablement mieux, pour l'instant du moins, éviter les confrontations avec son insaisissable fiancé. Mais la déception que lui causait son absence, en ce jour qui aurait dû être le plus important de sa vie, lui taraudait le cœur affreusement.

— Fort bien, dit-elle, mais avouez que, de tous les hommes de la terre, il n'y a bien que Max Marchesi pour s'offrir le luxe d'épouser une femme à distance. Et une femme contrainte par-dessus le marché. Voilà un bien étrange mariage, qui ne présage rien de bon pour l'avenir.

— J'espère sincèrement qu'il n'en sera rien, mademoiselle Thornton, et je suis bien désolé de ce que l'absence du comte vous chagrine à ce point. Le mariage sera cependant parfaitement légal et aura force de loi devant Dieu et les hommes, affirma le notaire, soucieux de calmer la colère de la future comtesse autant que possible.

— J'en suis certaine, *signor*. Max aura pris soin de faire en sorte qu'il me soit impossible d'échapper à sa loi.

C'est ainsi qu'en l'absence du marié Christina prononça le oui fatidique devant un notaire italien et un prêtre anglais, avec au cœur cette amère sensation d'impuissance un peu fataliste qu'on éprouve parfois en se réveillant d'un étrange cauchemar.

*
* *

Christina et Molly quittèrent Tanglewood pour Londres, première étape de leur voyage, en compagnie du *signor* Massa. Molly n'aurait voulu laisser à personne le privilège d'accompagner jusqu'en Toscane sa jeune maîtresse, désormais comtesse Marchesi ; et, si la caméristе était tout excitée, elle était aussi fort bien organisée.

La séparation d'avec ses parents et Peter fut un crève-cœur pour Cristina. Il y avait de quoi. En leur disant adieu, elle croyait abandonner avec eux tout le bonheur qu'elle connaîtrait jamais dans sa vie.

L'hôtel londonien où ils passèrent la première nuit se trouvait tout près de la gare Victoria. C'est là qu'ils prirent le lendemain matin le train qui les mena au bateau d'où ils embarquèrent pour le continent. Ils ne firent que passer par Paris. Quoique effectué sans encombre, leur voyage vers l'Italie fut long mais passablement excitant. Le train parcourait une campagne magnifique où serpentaient de petites rivières, traversant d'adorables petits villages et de jolies villes qu'on imaginait animées. C'était déjà l'été, et le temps se révélait idéal pour voyager. Les Alpes offrirent aux deux jeunes femmes le spectacle de leur beauté majestueuse. Sur les parois abruptes des montagnes, des sources jaillissantes retombaient en panaches vaporeux jusqu'aux vallées en contrebas, tandis que les sommets montaient à l'assaut du ciel pur… Christina apprécia d'autant plus, après les longues heures passées sur les rails, le luxe de l'hôtel cossu et respectable où ils descendirent à Turin. Après la capitale du Piémont, ils se dirigèrent vers Sienne, la destination finale, où ils arrivèrent un jour plus tôt que prévu. Avec ses remparts médiévaux, la cité, l'un des sites les plus enchanteurs de toute l'Italie, semblait pleine de promesses cachées.

Ayant lu quelques chapitres à ce sujet dans le train, Christina se sentait impatiente d'en visiter les lieux les plus marquants, en particulier la cathédrale avec sa façade blanc et noir ainsi que la célèbre *piazza del Campo*, qui avait la réputation d'être l'une des places les plus admirables du monde. Mais le *signor* Massa, qui avait hâte de prendre la route du *castello* Marchesi et de se libérer enfin de sa charge, n'avait guère prévu de s'y attarder.

Après une dernière nuit à l'hôtel, ils se retrouvèrent tous trois le lendemain matin assis dans une voiture de louage, leurs bagages attachés sur l'arrière de celle-ci et filant hors de la ville à bonne allure. Une fois franchies les murailles de briques d'ocre brun, le cocher prit la direction de l'ouest.

— Le *castello* est-il très loin d'ici ? s'enquit Christina tandis que Molly, sagement assise auprès d'elle, observait le paysage somptueux en écarquillant les yeux telle une enfant.

— Assez, oui, répondit le *signor* Massa, tenant toujours d'une main la précieuse serviette qui contenait les documents du mariage. Environ quinze kilomètres. Nous l'atteindrons avant le crépuscule.

— A quoi ressemble-t-il ?

— Il est très grand, très imposant. Vous serez impressionnée, je vous l'assure. On y produit l'un des meilleurs vins de la région.

Christina se laissa aller sur sa banquette, tentant de profiter du reste du voyage. L'air était calme, chargé du parfum des fleurs et du bourdonnement des abeilles. Ils arrivèrent à un croisement où se dressait un petit sanctuaire — une statue de la vierge installée dans une niche de pierre, aux pieds de laquelle gisaient quelques fleurs fraîchement coupées.

Le cocher prit à droite, et la voiture s'engagea sur une pente bordée de haies d'aubépine semées de fleurs pâles. Des papillons multicolores voletaient dans l'air odorant, et le chant paisible des oiseaux conférait à ce paysage vibrant de chaleur une atmosphère merveilleusement agréable.

Les collines offraient une vue époustouflante sur la campagne alentour, sur les vignes, les prés et la forêt luxuriante qui les recouvraient ici ou là. Partout on voyait des buissons de cyprès, des châteaux, des églises romanes, des fermes splendides qui semblaient toutes vouées à la culture de la vigne et de l'olivier. Le *signor* Massa prenait la parole de temps en temps, pour leur donner le nom des villages qu'ils traversaient ou qu'on voyait au loin, accrochés au flanc des collines, quand ce n'était pas celui des monuments ou des gens d'importance qui vivaient là.

A mesure qu'ils approchaient du *castello* Marchesi, Christina sentait croître sa curiosité. Et elle était de plus en plus impatiente de retrouver Max. Assis dans le sens contraire à la marche, le *signor* Massa se retourna brusquement pour jeter un coup d'œil au loin, à l'avant de la voiture, et, quand il reprit sa position, un léger sourire s'affichait sur ses lèvres. Christina regarda par-dessus l'épaule du notaire pour voir ce qu'il pouvait bien avoir aperçu et fut sidérée par l'incroyable beauté du spectacle qui s'offrait à elle.

Comme lové dans un écrin, un village plus pittoresque encore que ceux qu'ils venaient de découvrir en chemin s'épanouissait dans une vallée constellée de fermes, de vignes et d'oliveraies tirées au cordeau. Au sommet d'un plateau surplombant l'ensemble se dressait un château. Des tourelles élégantes en marquaient les côtés ; d'innombrables vitres, sur sa façade, scintillaient comme autant de diamants.

— Qu'est-ce que c'est, *signor* Massa ? demanda Christina éberluée.

— Le *castello* Marchesi, comtesse, repartit-il d'un ton triomphant.

Christina n'en croyait pas ses yeux. Il y avait une arrogance, une force dans ce bâtiment qui évoquait irrésistiblement son propriétaire. Il était presque menaçant mais d'une beauté à couper le souffle, au point qu'elle avait du mal à en détacher son regard.

— Mais… jamais je n'aurais pu imaginer qu'il s'agissait de quelque chose d'aussi… magnifique !

Plus ils approchaient, plus la splendeur et la perfection architecturale du *castello* Marchesi lui apparaissaient. Des cyprès presque noirs en bornaient l'horizon, ainsi que des chênes et des noyers vénérables. De chaque côté de la voie qui menait à la bâtisse s'étendaient des terrasses, des allées parfaitement droites et des tonnelles couvertes de feuillage.

Plusieurs voitures étaient alignées devant le bâtiment, ce qui rendit Christina immédiatement nerveuse. Elle avait terriblement peur d'arriver à l'improviste et se tourna vers Massa.

— Max a des invités. Je ne peux entrer alors qu'il reçoit…

— Bien sûr que si, répondit le notaire avec un sourire. Vous êtes son épouse désormais, et la maîtresse de ces lieux, ajouta-t-il. Si vous ne pouvez entrer chez vous, qui le pourra ?

— Je sais tout cela, mais il n'empêche, dit-elle d'une voix suppliante. Je meurs de chaud, je suis couverte de poussière, ma robe est toute fripée, et j'ai les cheveux en bataille.

Massa éclata de rire.

— Ne craignez rien. Croyez-moi, comtesse, vous êtes ravissante. Si vous entrez avec assez d'assurance, vous impressionnerez tout le monde, et personne ne s'avisera de trouver à redire à votre tenue.

Christina hésita un instant. Elle avait en effet plus que quiconque le droit d'être là, mais cela ne l'empêchait pas d'être nerveuse, bien au contraire.

— J'aimerais être aussi confiante que vous, dit-elle, les yeux rivés sur la double porte qui lui faisait face, juste au-dessus d'un perron aux marches courtes. Souhaitez-moi bonne chance ! ajouta-t-elle d'un ton décidé.

Le notaire s'entretenait avec le cocher et Molly restait auprès de la voiture pour s'assurer qu'on traitait leurs bagages avec précaution. En arrivant devant les portes, Christina se trouva donc seule. Hésitante, elle s'apprêtait à tirer la chaîne qui manœuvrait la cloche lorsque le battant massif s'ouvrit sur un valet de pied à l'air sombre et entièrement vêtu de noir. Elle demanda à voir le comte Marchesi et fut surprise d'entendre le domestique lui répondre dans un excellent anglais. Trop nerveuse pour mentionner son nouveau titre, elle venait de se présenter sous le nom de Mlle Thornton.

L'intérieur du *castello* Marchesi l'impressionna grandement, et d'autant plus qu'elle se sentait totalement étrangère à ces lieux. Elle jugeait très intimidant d'être passée en l'espace de quelques secondes du havre de la voiture à ce hall immense rempli de fleurs et de lumière et au sol fait d'une éblouissante marqueterie de marbre noir et blanc.

Des colonnes corinthiennes soutenaient des statues de marbre blanc, et des meubles fastueux occupaient l'espace sous d'immenses chandeliers de cristal étincelant. Un large escalier tendu d'un tapis d'un bleu profond montait depuis le centre de la pièce jusqu'au premier niveau, où il se séparait en deux galeries desservant l'étage.

A travers l'embrasure d'une porte, elle aperçut une vaste pièce au milieu de laquelle trônait une grande table entourée de gens occupés à dîner et d'où émanait la rumeur joyeuse de conversations animées. Une femme aux cheveux sombres élégamment vêtue d'une robe bleu pâle et portant des boucles d'oreilles de diamant se pencha vers le gentleman aux cheveux sombres assis à côté d'elle et partit d'un rire si léger qu'on eût dit une fontaine s'élevant dans le ciel. L'homme en question n'était autre que Max. Il avait l'air si sûr de lui, si calme, et si familier avec sa voisine, que Christina en conçut instantanément une alarme aussi étrange qu'inattendue.

Elle resta suffoquée un instant, fort surprise par le pincement au cœur qu'elle venait d'éprouver. Elle n'aurait pu en jurer, mais cela ressemblait assez à de la jalousie.

Un serviteur s'approcha de Max pour lui dire deux mots à l'oreille, à quoi le maître des lieux réagit en haussant un sourcil et en tournant la tête vers la porte. Aussitôt, il s'excusa poliment auprès de ses invités et quitta la table.

Il s'avança d'un pas assuré vers la pièce où elle se tenait, faisant claquer ses chaussures sur le sol de marbre. Il lui sembla terriblement familier et tout à fait comme dans son souvenir : Dieu merci, il avait toujours les traits fins, la peau hâlée et lisse, et les yeux d'un bleu profond, ses cheveux de jais complétant le tableau avec bonheur. Inexplicablement, elle sentit son cœur battre un peu plus fort.

Max marqua le pas en la voyant. Dans sa robe blanche, sa silhouette fragile se découpant sur le jardin qu'on voyait par la porte ouverte derrière elle, elle avait tout d'une apparition. Des émotions contradictoires passèrent sur son visage en une succession rapide, l'incrédulité le disputant à la joie.

— Eh bien, Christina, que signifie ? s'exclama-t-il sans pouvoir cacher sa surprise. Je m'attendais à accueillir ma comtesse et non pas Mlle Thornton.

— C'est bien moi, rassurez-vous. J'ai oublié, voilà tout. Je n'ai pas encore eu le temps de m'habituer à ce titre.

— D'où diable sortez-vous ? s'enquit-il doucement. Je ne vous attendais pas avant demain.

Christina fit un pas vers lui non sans réticence, serrant son petit chapeau dans ses mains, un sourire incertain aux lèvres. Sa confiance l'abandonnait quand il la regardait avec ses grands yeux bleus comme pour la jauger. On eût dit qu'il pouvait lire en elle à livre ouvert. Et d'avancer vers lui semblait la seule chose qu'elle pût faire pour s'éviter de tourner les talons et de s'enfuir à toutes jambes.

— Nous sommes en avance, j'en ai peur. Le *signor* Massa avait hâte d'arriver.

A entendre sa voix douce et soyeuse, Max fut parcouru de frissons. Elle lui rappelait leurs entrevues en Angleterre, même si, lors de la dernière, elle avait eu des accents beaucoup moins caressants. Il ne pouvait décrire ce qu'il ressentait pour elle, car sans doute les mots n'existaient pas pour cela. Il ne savait qu'une chose : il éprouvait un sentiment bien différent de ce à quoi il s'était attendu. Depuis son départ de Tanglewood, il s'était préparé à leurs retrouvailles. Mais, à la voir ici, au *castello* Marchesi, il avait l'impression qu'il l'y attendait depuis des siècles.

— Je… j'espère… que cela ne vous dérange pas ?

— Me déranger ? Il était grand temps que vous arriviez. Bienvenue au *castello* Marchesi, Christina. Vous êtes ici chez vous. Permettez-moi de vous faire un compliment : vous êtes ravissante.

Son ton un peu formel et raide ébranla la jeune femme. Elle s'attendait à tout le moins à un baiser sur la joue en manière de salut ; cela n'avait rien d'extravagant quand un homme rencontrait sa nouvelle épouse pour la première fois. Mais Max ne fit pas mine de s'approcher ; aussi, se drapant dans sa fierté, et au prix d'un immense effort, parvint-elle à cacher sa déception.

Malgré cela, elle sentit monter en elle une bouffée de tendresse. L'attirance qu'elle éprouvait pour Max lui parut tout à coup si évidente qu'elle dut prendre sur elle pour ne pas se jeter à son cou. Las, il ne ressemblait à aucun autre homme, et les impulsions qui auraient été toutes naturelles avec un autre mortel devaient être tenues en laisse jusqu'à nouvel ordre. Elle commençait à comprendre que, dans les murs de ce château, l'homme rencontré à Tanglewood n'existait plus et qu'elle se trouvait en présence d'un étranger. Max Lloyd n'était qu'une illusion, et son incarnation nouvelle ne laissait pas d'être menaçante.

— Je sais que mon arrivée vous prend un peu par surprise, Max, mais vous pourriez au moins avoir l'air content de me voir, dit-elle d'un ton sec.

— Mais j'en suis ravi, Christina ! protesta-t-il en riant. Ah, je constate que vous avez amené votre femme de chambre avec vous…

Il jeta un rapide coup d'œil à Molly, qui se tenait à la porte, une valise dans chaque main, et, d'un regard, ordonna à un valet de pied de la soulager de son fardeau.

— J'espère que vous n'avez pas trouvé le voyage trop fatigant, ajouta-t-il.

— Oh, vous me connaissez, Max !, répondit Christina d'un air dégagé. Je ne suis pas du genre à craindre les épreuves. Quand à Molly, c'est plus une amie qu'une servante, vous savez. J'aurais été perdue sans elle. Le voyage depuis Sienne nous a pris plus de temps que nous pensions, car il y avait tant à voir qu'il nous a fallu nous arrêter fréquemment en chemin. En tout cas, ce château est vraiment magnifique. Pourquoi me l'avez-vous caché ? C'est un véritable palais.

Pour la première fois, Max eut un franc sourire.

— Pourquoi me serais-je privé du plaisir de voir votre surprise ?

Un éclat de rire vint troubler la quiétude du grand hall.

— Pardonnez-moi, s'excusa Christina en tournant les yeux vers la porte de ce qui semblait être la salle à manger. Je vous dérange. Vous avez des invités.

— Non, non, vous ne me dérangez nullement. Venez, je serai ravi de présenter mon épouse à tout le monde, répondit Max en lui tendant la main. Mais peut-être préféreriez-vous vous rafraîchir un peu d'abord ? Des chambres ont été préparées à votre intention. Vous nous rejoindrez quand vous serez prête. Mes invités sont plutôt sympathiques, ce sont des associés ou des voisins.

— Des associés ? s'exclama Christina, prise de court. Je ne connais rien aux affaires, et ma robe est sale et toute fripée à cause du voyage. Et puis… je ne parle pas l'italien.

Max sentit que la panique la gagnait et tenta de la rassurer d'un sourire.

— Je vous en prie, Christina, calmez-vous. Mes amis vont vous adorer. Vous êtes ravissante.

— Ne dites pas de bêtises, Max. Je me sens à peu près aussi ravissante qu'une petite mendiante des rues.

— Eh bien ! Vous devez avoir de bien belles mendiantes

dans votre pays. Tranquillisez-vous, tous mes invités ne sont pas italiens, et ils parlent anglais, pour certains d'entre eux en tout cas. Ils seront enchantés de vous rencontrer.

— Je n'en doute pas, mais j'aimerais avoir un peu de temps pour me préparer.

Christina entendit soudain le froufrou caractéristique d'une robe de taffetas, mais elle ne pouvait détacher ses yeux du visage de Max, qui la fixait avec une intensité incroyable.

— Max, fit une femme d'une voix rauque et caressante. Je ne savais pas que vous attendiez d'autres invités, ajouta-t-elle dans un anglais fortement teinté d'accent italien. Nous aurions pu passer à table un peu plus tard si nous l'avions su. Présentez-moi, je vous prie.

Max se retourna et, tendant la main à la nouvelle venue, fit apparaître dans la lumière la femme que Christina avait vue assise à côté de son époux quelques minutes plus tôt. De grande taille et visiblement très sûre d'elle-même, elle avait vingt-cinq ans tout au plus, mais la maturité d'une femme de quarante. Pas franchement belle ni même jolie, elle n'en était pas moins fascinante, et Christina se sentit tout à coup terriblement empotée et gauche en sa présence. Seigneur ! Pourquoi fallait-il que Max soit si beau et cette femme si provocante ? Par comparaison, elle se faisait l'effet d'une petite fille à peine sortie de sa campagne.

Comme dans un brouillard, elle entendit Max s'adresser à l'intruse en italien puis le vit lui prendre la main, l'attirer vers lui et lui dire, en anglais cette fois :

— Si vous permettez, Francesca, c'est avec grand plaisir que je vous présente mon épouse, Christina.

Les yeux de l'Italienne, qui jusque-là étaient pleins d'une affection chaleureuse tant qu'elle regardait Max, prirent une teinte glaciale en croisant ceux de Christina.

Il ne manquait plus que cela, songea-t-elle, une rivale ! D'un air hostile qu'elle ne cherchait même pas à cacher, Francesca la dévisageait sans aménité.

— Votre femme, bien sûr ! Vous m'en direz tant, dit-elle d'un air moqueur, avant de daigner s'adresser à l'intéressée. Max nous a parlé de son mariage, *signora*. J'imagine déjà les réactions que votre arrivée va susciter par ici.

Agacée par ce ton légèrement méprisant et en même temps suspicieux, Christina se raidit. Son intuition, celle-là même qui permet à chaque femme de savoir ce qu'en pense une autre, lui disait que dans l'attitude de l'Italienne il y avait plus que de l'hostilité, plus que de la jalousie. Chacun de ses gestes suintait la haine. Pourquoi donc ? Elle le découvrirait bien assez tôt. Pour l'heure, elle avait d'autres choses en tête, dont il lui fallait s'occuper séance tenante. Une petite bouffée de colère monta en elle cependant, sentiment qu'elle accueillit presque avec soulagement, car cela la changeait un peu du trouble qu'elle ressentait auprès de Max.

— Francesca est la fille du *signor* Cantoni, qui possède un large domaine de l'autre côté de la vallée, expliqua Max.

— Et cela fait des années que nous sommes amis, précisa Francesca en se rapprochant de lui, dans une attitude possessive.

Pendant un moment fugace mais plutôt pénible, Christina eut envie d'étrangler cette femme. Elle connaissait très bien Max, à l'évidence, mais jusqu'à quel point ? Etait-elle sa maîtresse ? Christina n'avait pas de pire ennemi que ce soupçon qui détruisait son estime de soi. « Ne te montre pas si sensible », se morigéna-t-elle. Elle ne pouvait tirer de conclusions hâtives. Mais, si en effet Francesca couchait avec Max, elle ne voyait pas comment elle allait pouvoir supporter cette humiliation... Un instant, elle se demanda sincèrement si elle pourrait prendre son courage à deux mains et tourner les talons pour rentrer chez elle, mais sa raison lui criait que la chose ne pouvait tout simplement pas se faire. Cela aurait été un aveu d'impuissance, et aussi d'une inconcevable incorrection. Et puis, elle se trouvait chez elle : elle était la femme de Max.

Cela, en tout cas, n'avait rien d'un fantasme.

— Je vois, lâcha-t-elle, ce qui n'aurait pu être plus vrai, car elle voyait effectivement très bien.

Entendant Molly approcher dans son dos, elle se tourna vers elle pour se donner une contenance, le temps de recouvrer ses esprits. Elle ne voulait à aucun prix montrer à Max à quel point il venait de la blesser ; il ne devait pas savoir comme il comptait — déjà — pour elle.

Quand elle revint vers lui, elle avait les yeux brillants et un petit sourire sur les lèvres.

— Je vous présente Mlle Chesterton, ma compagne de voyage, déclara-t-elle d'un ton ferme qui la rasséréna.

Francesca jeta un regard désinvolte sur Molly, en inclinant légèrement la tête comme l'eût fait une reine devant un courtisan sans importance, avant de se tourner de nouveau vers Christina.

La morgue de cette Italienne la déconcertait, mais elle n'en montra rien et répondit en souriant dédaigneusement à son tour, espérant par là ajouter à son mystère.

— J'espère que nos chambres sont prêtes, Max, lança-t-elle, incapable de rester une seconde de plus en présence de cette femme. J'aimerais bien prendre un bain et manger un peu.

— Bien sûr.

Ils furent interrompus par l'arrivée du *signor* Massa qui, sa sempiternelle serviette à la main, semblait ravi et soulagé d'avoir accompli sa mission. Max l'accueillit avec chaleur.

— Quel plaisir de vous voir, Benito ! J'espère que votre voyage s'est bien passé.

— Parfaitement, *signor.* J'ai quelques papiers importants à vous remettre, après quoi, si vous voulez bien, je reprendrai la route de Sienne avec la voiture.

— N'allez-vous pas passer la nuit ici ?

— Non, je vous remercie. Je veux bien un rafraîchissement, peut-être, mais ma femme doit m'attendre avec impatience…

Max donna des ordres à un valet de pied en livrée noire avant de revenir vers Christina.

— On va vous accompagner à vos chambres, mesdames, annonça-t-il.

Puis, à l'adresse de Francesca, il poursuit :

— Retournez auprès de mes hôtes, je vous en prie, chère amie, et présentez-leur mes excuses. J'ai besoin de dire deux mots à Benito en privé.

Il attendit que la jeune femme s'exécute pour s'adresser de nouveau à Christina :

— Quand vous aurez fait votre toilette et vous serez restaurée, si vous n'avez pas envie que je vous présente à mes invités, vous pourriez rendre visite à votre grand-mère, je sais qu'elle aimerait vous voir. Je viendrai vous retrouver dans peu de temps pour vous mener à elle.

Christina sourit doucement.

— Merci, Max. J'aimerais avoir un peu de temps pour me familiariser avec ces lieux sans être soumise à la curiosité des gens, même si, je le conçois, c'est presque inévitable. Après tout, c'est votre femme qui vient d'arriver d'Angleterre.

Après avoir pris congé du *signor* Massa, Christina fit

signe au valet de pied qu'elle était prête et le suivit dans le grand escalier, que bordaient deux rampes de fer forgé doré au dessin admirable, puis sur la galerie jusqu'à sa chambre, qu'elle jugea splendide et fort spacieuse.

Meublée avec goût, elle affichait des teintes douces, dans les tons pêche et ivoire. Christina inspecta les lieux. Elle avait toujours vécu dans le luxe, sans doute, mais cette demeure et cette pièce en particulier dépassaient tout ce qu'elle pouvait imaginer : les tentures de brocart brodées aux armes des Marchesi, le mobilier méticuleusement ciré, les coussins de satin, les fauteuils tendus de velours, les tableaux de maître, les miroirs aux cadres dorés, les somptueux tapis, sans compter d'innombrables bibelots et autres vases de toutes sortes, chacun d'eux valant sans doute une petite fortune. Des baies vitrées à la française donnaient sur un large balcon surplombant les jardins somptueux et, au-delà, les vignes et les oliveraies.

Avec l'aide de deux femmes de chambre, et quoique la communication fût assez difficile puisque aucune des deux ne parlait un mot d'anglais, Christina prit un bain et passa une robe couleur lavande avant de se faire servir un repas léger en attendant le retour de Max.

Celui-ci entra dans la pièce sans y être invité après avoir néanmoins frappé à la porte. Une liberté qui ne plut guère à Christina même si elle décida de ne rien dire, subjuguée par le regard qu'il lui lançait à cet instant. Il n'aurait pu lui faire plus grand compliment que le sourire admiratif qu'elle vit fleurir sur ses lèvres.

— Vous êtes ravissante, Christina...

Il la trouvait changée depuis leur dernière rencontre, et en mieux. La chaleur du bain avait mis du rouge à ses joues, et ses yeux brillaient plus que jamais. Seigneur ! Qu'il eût aimé goûter à ses lèvres carmin.

— Ce bleu vous va bien. La chambre vous plaît-elle ?

— Oui, beaucoup. La vue est vraiment superbe, répondit-elle, totalement inconsciente de l'excitation qu'elle faisait naître en lui. Etes-vous venu me chercher pour m'emmener voir ma grand-mère ? Ou bien vouliez-vous me parler d'autre chose ?

— J'ai quelque chose à vous donner d'abord, Christina, mais il est vrai que nous devons discuter de certains sujets.

— Si vous faites allusion à la manière dont nous nous arrangerons pour la nuit, il me semble que nous avons déjà mis un terme à ce débat en Angleterre.

Max serra les dents.

— Ne vous méprenez pas, Christina. Cette discussion est loin d'être close, au contraire.

— Parlons d'autre chose, voulez-vous ? Que souhaitez-vous donc me donner ?

— Ceci, dit-il en ouvrant une petite boîte de cuir qu'il tenait à la main et en en tirant une bague. Le mariage ne serait pas complet sans cela.

Il prit la main de la jeune femme et glissa l'anneau d'or sur l'annulaire.

— J'espère sincèrement qu'elle ne quittera jamais votre doigt, Christina.

— Une alliance ! murmura la jeune femme en considérant le bijou d'un air incrédule.

— A quoi vous attendiez-vous ? Est-il donc si étrange qu'un mari donne à sa femme une alliance en gage de son amour ? Je vous prie d'excuser le retard, mais voilà qui est fait.

— Elle est parfaitement ajustée à mon doigt. Comment se fait-il… ?

— J'avais interrogé votre mère avant mon départ.

— Vous avez vraiment pensé à tout, Max, n'est-ce pas ?

— Si j'avais pensé à tout, Christina, vous ne dormiriez pas seule dans cette chambre, répliqua-t-il abruptement en détournant les yeux. Bien. Allons chez votre grand-mère.

— Ne s'offensera-t-elle pas d'être dérangée à cette heure ?

— Jamais elle ne me pardonnera si je la fais encore attendre, dit-il avec un léger sourire.

— Mais… elle est peut-être déjà en train de dormir, insista Christina, dans une dernière tentative pour repousser le moment tant redouté.

— En ce cas, nous la réveillerons.

— Mais… cela risque de la mettre en rage …

— Pas quand elle saura pourquoi nous l'avons fait. Etes-vous nerveuse, Christina ?

— Pas nerveuse, non, dites plutôt terrifiée, avoua-t-elle.

— Ne le soyez pas, elle est très impatiente de vous rencontrer.

Elle le suivit sur le palier, puis ils prirent un escalier assez court qui menait au deuxième étage, où la comtesse douairière Marchesi avait ses appartements.

Max frappa à la porte et poussa le battant quand il eut entendu qu'on l'invitait à entrer, s'effaçant au dernier moment pour laisser passer sa jeune épouse. Une femme de chambre s'inclina devant eux en leur désignant une porte entrouverte de l'autre côté de la pièce. Christina s'avança à la suite de Max et pénétra dans le salon où se tenait, assise dans un fauteuil et lisant tranquillement à la lueur d'un chandelier, la femme qui avait décidé de son existence avec une précision aussi froide que rigoureuse.

Vêtue d'une robe de soie noire, ses cheveux argentés rassemblés en un chignon strict plaqué sur la nuque, l'aïeule leva la tête.

— Je vous ai amené quelqu'un, grand-mère, annonça Max en allant lui donner un baiser sur la joue. Voici Christina. Elle est arrivée à Sienne avec quelques heures d'avance.

La jeune femme sentit qu'existait entre ces deux-là un lien d'affection naturel. Il semblait évident que la grand-mère avait pendant de longues années voué tout son temps et son énergie à son petit-fils orphelin.

Max alla se placer devant la baie vitrée et, s'appuyant des épaules contre celle-ci, croisa les bras sur sa poitrine sans cesser de fixer Christina un seul instant.

Les yeux bleus délavés de la vieille dame, extraordinairement vifs et pénétrants, se posèrent sur la nouvelle venue avec une insistance diablement intimidante.

— Ainsi vous êtes Christina, dit en se levant la douairière, attendant manifestement que Christina s'approche. Je suis très heureuse de vous accueillir au *castello* Marchesi et j'espère que vous considérerez bientôt cette maison comme la vôtre.

Elle avait une voix splendide, un contralto profond et chaleureux, et son anglais, malgré un fort accent, était excellent. De taille moyenne, mince, droite, majestueuse, elle ne ressemblait en rien à l'image que s'en était faite la jeune femme. La comtesse Marchesi pouvait très bien, si le cœur lui en disait, inspirer ce respect mêlé de crainte que suscitent chez le commun des mortels les vrais aristocrates, et il semblait que, justement, le cœur lui en disait à cet instant précis. Sans en prendre la décision et comme mue par une force extérieure, Christina s'avança pas à pas vers la femme qui avait si longtemps tenu sa vie entre ses mains.

— Je vous remercie, vous êtes très aimable, répondit-elle d'un ton un peu hésitant, en se demandant comment elle devait s'adresser à la vieille dame.

Celle-ci dut deviner son trouble, car elle déclara :

— Je suis votre grand-mère, mon enfant. C'est ainsi que j'aimerais que vous m'appeliez désormais.

— Je tiens à m'excuser auprès de vous, grand-mère, pour cette intrusion à une heure si tardive, mais Max a beaucoup insisté.

La douairière parut un peu surprise, et Christina sentit le regard de Max peser sur elle.

— Il me connaît bien et sait que j'aurais été très vexée que vous ne veniez pas me voir dès votre arrivée. De toute façon, je me couche rarement avant 10 heures.

Son ton changea, devenant chaleureux tout à coup, plus détendu, plus simple.

— Ainsi vous êtes la fille de Roberto. Laissez-moi vous regarder. Vous êtes si jeune, et aussi fort belle, ma foi. Max s'est bien gardé de me le dire, déclara-t-elle en regardant la jeune femme droit dans les yeux sans s'étonner vraiment que celle-ci soutienne son regard fièrement. Vous ressemblez à Lydia, et voyez donc un peu ! Vous avez les yeux verts tout comme votre père. Vous êtes-vous jamais demandé d'où vous venaient ces émeraudes ?

— A la vérité, je ne me suis jamais posé la question.

— Votre tante et votre oncle ne vous ont-ils jamais parlé de Roberto ?

— Non, répondit Christina. Je précise que j'ai toujours considéré lord et lady Thornton comme mes parents, puisque j'ignorais la vérité, ajouta-t-elle d'un ton pincé. Pour moi, ils resteront toujours mon père et ma mère.

— Votre loyauté vous honore, commenta la vieille dame en hochant la tête. Ils auraient néanmoins dû vous dire la vérité, cela vous aurait évité beaucoup de chagrin.

— Max m'a informée des conditions que vous leur avez imposées.

— En ce cas, je n'en ferai plus mention. Le plus important est que vous soyez ici à présent, et aussi que vous soyez la femme de Max, car vous l'êtes, n'est-ce pas ? Je suis sûre que le *signor* Massa a suivi tes instructions à ce sujet, Max.

— En effet grand-mère, répondit le comte.

— Dites-moi, Christina, reprit l'aïeule, que pensez-vous de votre époux ?

— Je vais essayer de m'en accommoder, puisque de toute façon je n'ai pas le choix, dit-elle sèchement.

— Je vois que vous êtes pleine de bon sens en plus d'être très belle, repartit la vieille dame en réprimant à grand-peine un sourire. Les deux ne vont généralement pas ensemble, mais, dans votre cas, il semble que la règle a trouvé son exception. Avez-vous éprouvé beaucoup de ressentiment quand vous avez appris que vous étiez fiancée ?

— Oui, grand-mère ; le moyen de faire autrement ?

La comtesse gloussa en jetant du côté de Max un regard aussi furtif qu'amusé.

— Il y a beaucoup de jeunes femmes dans les environs, et même au-delà, qui donneraient cher pour obtenir les faveurs du comte Marchesi, voyez-vous, et qui seraient à la fois très honorées et profondément flattées d'être fiancées à lui.

— Si j'en juge par la magnificence de votre demeure, je n'en doute pas un instant, madame. J'aurais cependant préféré, je l'avoue, pouvoir choisir moi-même mon époux. Cela dit, je ne suis pas femme à me soustraire à mes obligations.

Les yeux bleus l'observaient de nouveau, avec admiration cette fois.

— Ni à cacher vos sentiments, à ce qu'il semble. J'aime ça.

Les lèvres fines de la douairière s'ouvrirent sur un sourire attendri qui aurait certainement convaincu tous ceux qu'elle aurait pu blesser, de lui pardonner, mais pas Christina.

— Pourquoi restez-vous debout, ma chère enfant ? Venez donc vous asseoir à côté de moi, nous pourrons discuter tranquillement. Et toi, Max, n'as-tu pas des invités ?

— Dites plutôt que ma présence vous gêne, repartit le maître des lieux en se dirigeant vers la porte. Très bien, mesdames, je vous laisse parler entre vous. A plus tard.

Dès qu'il eut franchi la porte, la douairière se laissa aller dans son fauteuil. Christina prit place dans un autre, identique, placé de trois quarts sur son côté. A l'évidence, sa grand-mère se sentait plus à son aise et disposée à lui parler d'égal à égal, ou presque ; mais elle-même n'était pas encore tout à fait prête à se laisser apprivoiser, ce que la vieille dame parut percevoir instinctivement, car elle lui prit doucement la main.

— Je crois que vous m'en voulez de la façon dont j'ai organisé votre vie, ma chère enfant. J'ai raison, n'est-ce pas ?

— Il m'a été très difficile, en effet, d'admettre toutes ces choses que j'ignorais. Ma vie a été bouleversée de fond en comble en l'espace de quelques heures.

— Je comprends, mais je vous en prie, ne laissez pas tout cela vous affecter par trop. Quoi que vous puissiez penser, j'ai toujours agi au mieux de vos intérêts. Cela n'a pas été facile pour moi quand votre mère est morte et que votre père… il s'est littéralement effondré, vous savez.

— Etiez-vous peinée qu'il ait épousé une Anglaise ?

— Non, pas du tout. Lydia avait du caractère, pas lui. Il avait besoin d'une femme comme elle, et sa mort prématurée a eu des conséquences tragiques. Je vois que vous portez son alliance. Audine a dû vous donner la boîte que j'avais préparée pour vous.

— Oui. Je… j'ai été très émue en la recevant. Je vous en remercie. Je la chérirai toujours.

— Les babioles qu'elle contenait n'avaient pas grande valeur, mais elles comptaient beaucoup pour Lydia, et j'ai jugé qu'il fallait que vous les ayez. Je suis si contente de vous voir de retour en Italie.

— De retour pour épouser Max et sceller ainsi l'alliance de deux vieilles familles toscanes, commenta Christina d'un ton amer en soutenant le regard de la vieille dame.

La douairière soupira en dégageant sa main.

— Dans votre bouche, cela semble horriblement froid, calculateur…

— Je n'ai pas trouvé très flatteur d'apprendre que l'homme à qui je devais vouer ma vie ne m'épousait pas pour moi-même, mais pour mon héritage. Si j'avais refusé, auriez-vous forcé mes parents à vous rembourser tout l'argent que vous leur aviez donné pour mon éducation ?

— Non, Christina, dit la comtesse avec un sourire triste. Je suis peut-être une vieille femme intimidante, effrayante même, d'après ce que j'entends, mais je ne suis pas cruelle.

— Donc… vous êtes en train de me dire que je n'étais pas obligée d'épouser Max ? s'exclama Christina d'une voix tremblante.

— Vos fiançailles faisaient partie de notre arrangement, et je suis heureuse que vous soyez mariés, mais, si l'un d'entre vous avait conçu de l'aversion pour l'autre, non, bien sûr, le mariage n'aurait pas eu lieu.

— Mais… il m'a dit…

Elle se rendait compte de la duperie de Max, mais prenait aussi conscience que, de ce fait, son attitude hostile à l'égard de sa grand-mère constituait une injustice terrible.

— Ah ! Quel arrogant personnage, et quel manipulateur ! s'écria-t-elle. Il m'a fait croire que je n'avais d'autre choix que de l'épouser. Peut-on concevoir mensonge plus éhonté ? Ah, ça, il va m'entendre ! Fallait-il qu'il en veuille à mes biens !

La douairière gloussa doucement.

— Croyez-moi, ma chère enfant, quand il veut quelque chose, il est capable de remuer ciel et terre pour l'obtenir. A ce propos, il m'a confié que, pour l'heure, puisque vous êtes encore des étrangers l'un pour l'autre, votre mariage n'était encore que… platonique.

Christina la regarda, éberluée.

— Il vous a vraiment dit ça ? explosa-t-elle. Dieu du ciel, est-il possible de garder un secret dans cette maison ? En tout cas, je ne changerai pas d'avis à ce sujet. Il va lui falloir attendre que je sois prête, et cela risque de prendre du temps, croyez-moi.

— N'y comptez pas. Ce mariage est très important pour lui, et en général il ne brille pas par sa patience. En outre, il peut se montrer très persuasif, et très résolu…

— Moi aussi.

— Soyez patiente, Christina, l'exhorta la vieille dame d'un ton plein de compréhension. Un jour ou l'autre, les choses se mettront en ordre d'elles-mêmes. Je sais que vous serez heureuse, assez en tout cas pour oublier les circonstances un peu particulières de votre union.

Christina la regarda d'un air attendri. Sa grand-mère venait de lui dire ce qu'elle avait envie d'entendre : des paroles parfaitement en phase avec le désir qu'elle éprouvait pour l'homme qui venait de faire d'elle sa femme en manifestant si peu de passion. La vieille dame la comprenait et devait s'être sentie obligée de lui parler ainsi pour l'apaiser un peu. Dans ses yeux, elle pouvait lire une inquiétude sincère et aussi un peu de cette complicité qui lie les femmes entre elles du seul fait de leur expérience commune de la féminité. Elle trouvait cela réconfortant, comme un bon feu par une soirée d'hiver.

— Merci, dit-elle en s'efforçant de sourire. Mais, comment vais-je faire, comment supporter de le voir jour après jour, et devoir sentir sur moi son regard et son désir de…

Christina rougit violemment et détourna la tête, gênée, se rappelant soudain à qui elle s'adressait. Elle ne connaissait cette femme que depuis quelques minutes, après tout.

— Je pourrais peut-être vous aider…, offrit celle-ci. Christina, que dites-vous d'habiter ici, au *castello* Marchesi ?

— Pour être franche, je trouve ça très intimidant. L'endroit est si vaste, si étouffant. Bien à l'image de son propriétaire…

— Je suis tout à fait de votre avis, répondit la douairière en soupirant. Cela ne ressemble en rien à la *Casa del Sole*…

— La *Casa del Sole* ? Est-ce ainsi que s'appelle votre ancienne demeure ?

La vieille dame acquiesça, l'air absent. Une idée lui était venue et s'imposait avec force à son esprit. Un trait de génie, plus elle y pensait… Si Christina ressemblait à son grand-père — c'est-à-dire à son premier mari —, comme elle s'en doutait, elle devait être très passionnée, ce qui ferait d'elle une épouse idéale pour Max. Mais elle avait du caractère et l'audace de lui tenir tête, et, si cela augurait bien de leur bonheur, cela promettait aussi des moments difficiles. Ses yeux brillaient quand elle se tourna de nouveau vers sa petite-fille.

— Puis-je vous faire une suggestion ? Elle pourrait bien vous plaire, quoique Max risque de ne pas partager votre enthousiasme. Voulez-vous savoir de quoi il s'agit ?

— Si cela doit bouleverser les plans de mon époux, j'en serai ravie, répondit Christina avec un sourire complice.

7

En quittant la chambre de sa grand-mère, Christina était si préoccupée par la suggestion de l'aïeule qu'elle prit le mauvais côté de la galerie, ce dont elle ne s'avisa qu'en arrivant dans le hall. Elle allait reprendre le grand escalier pour regagner sa chambre lorsqu'une voix l'interpella en italien. En se retournant, elle vit un gentleman — qu'elle supposa être l'un des invités de Max — s'approcher d'elle à grands pas.

— Je suis navrée, dit-elle, je ne parle pas l'italien.

— Moi si, répondit l'inconnu avec un sourire. Et pourtant je ne suis pas d'ici.

— Ah ! Vous êtes anglais…

— Tout comme vous. Ce qui signifie que vous devez être la femme de Max.

— C'est exact, confirma ce dernier, surgissant de nulle part et s'approchant lui aussi à grands pas, Francesca sur les talons.

Christina garda son sang-froid malgré le regard insistant de l'Italienne, dont la démarche nonchalante et silencieuse lui rappelait celle d'un félin. Elle n'aimait pas Francesca Cantoni. Comment l'aurait-elle pu, d'ailleurs, puisque à l'évidence cette femme sophistiquée et arrogante la considérait comme une intruse ?

Le gentleman inclina la tête.

— Je suis enchanté de vous rencontrer, comtesse, lança-t-il en appuyant son regard pour signifier qu'il s'agissait d'un vrai compliment. Max nous a dit qu'il vous attendait d'un jour à l'autre, mais j'ignorais que vous étiez déjà arrivée.

— Christina est ici depuis une heure, expliqua Max. En fait, je pensais qu'elle n'arriverait que demain.

Il marqua une brève pause puis, en se tournant vers elle, continua :

— Vous avez déjà rencontré Francesca, Christina. Permettez-moi de vous présenter Guy Saunders, un de nos proches voisins.

— Et aussi un vieil ami de votre époux, précisa l'intéressé. J'habite en Italie depuis de nombreuses années.

— En ce cas, j'espère que je vous verrai souvent, monsieur Saunders, répondit Christina, qui appréciait déjà ce personnage jeune et raisonnablement séduisant, pas particulièrement grand mais bien bâti et au regard amical.

— Vous pouvez y compter, et n'hésitez pas à m'appeler Guy, dit Saunders en la fixant.

— Entendu, si vous faites de même avec moi.

Max eut une moue agacée. Il n'appréciait pas vraiment que Guy dévisage sa femme de cette façon ni qu'il laisse son regard folâtrer sur ses courbes pleines.

— Ne laissez pas ce débauché prendre trop de libertés avec vous, Christina, déclara Francesca. Si vous lui donnez un doigt, il prendra tout le bras, comme de juste.

Guy sourit largement, montrant des dents impeccablement blanches.

— Je suis sûr que Christina va avoir beaucoup à faire pour s'adapter ici, et, si elle veut visiter un peu la contrée où elle va vivre désormais, ce sera avec grand plaisir que je lui servirai de guide, si Max est trop occupé, bien évidemment. Je ferai en sorte de me rendre disponible.

— Il n'en est pas question, Guy, dit Max d'un ton brusque. De toute façon, il me semble que vous avez assez à faire à la villa Candido.

— Rien qui ne puisse attendre quand il s'agit d'escorter une jolie femme, repartit Saunders sans se démonter, une lueur espiègle dans les yeux.

Christina le gratifia de son plus beau sourire.

— Merci beaucoup, Guy. J'apprécie votre offre, quoi qu'en dise Max.

— Et j'espère bien que vous en profiterez, répliqua l'Anglais. Si d'aventure vous vous lassiez de la sollicitude étouffante de votre époux, sachez que ma demeure vous est ouverte. J'avoue qu'il ne me déplairait pas de vous arracher aux griffes de mon ombrageux ami.

Christina répondit d'un sourire, mais elle semblait moins confiante tout à coup, comme si elle sentait que les choses allaient trop loin.

— Je suppose que, lorsqu'un gentleman fait une proposition aussi scandaleuse à une femme sous les yeux mêmes du mari de celle-ci, c'est qu'il parle dans le vide, fit-elle.

— C'est quand il commence à vous les faire en privé qu'il faut prendre garde, dit Francesca d'un ton ironique.

Guy gloussa, jetant des regards furtifs vers son ami tel un garnement joueur.

— Max est un tireur de première classe. Il serait dangereux pour moi de me risquer à faire la cour à son épouse.

— Je ne vous le fais pas dire, lâcha Max sans humour. Francesca a raison de vous mettre en garde, Christina. Mon vieil ami Saunders aime par-dessus tout déshonorer toutes celles qui sont assez stupides pour croire ce qu'il leur dit.

L'Anglais accueillit cette remarque par un long soupir.

— Ah ! Au moins, j'aurai essayé, dit-il en faisant mine de rester imperturbable, alors qu'en fait la colère de Max l'amusait assez. Mais honte à vous, mon cher. Quand Christina est arrivée, vous auriez dû nous renvoyer tous chez nous. En tout cas, chère comtesse, vous serez sans doute heureuse d'apprendre que hormis Francesca et moi-même, tous les invités sont partis et que, donc, votre époux peut à présent se consacrer entièrement à vous, même si je suis certain que les autres auraient été ravis de vous rencontrer.

— Je n'ai pas pu la convaincre de se joindre à nous pour le dîner, expliqua Max, sur la défensive.

— J'étais épuisée après ce voyage et j'avais désespérément besoin d'un bain, confessa Christina.

— Ah, Seigneur ! s'exclama Francesca. J'espère pour ce cher Max que vous n'allez pas détester tous ses amis et que vous n'avez pas non plus l'intention de vous enfermer chez vous avec lui.

Christina regarda fixement l'Italienne. Elle enrageait de se sentir si gauche face à cette femme si sûre d'elle-même. Cela la rendait nerveuse. En tout cas, quoi qu'elle ait pu imaginer du *castello* Marchesi, jamais elle n'aurait pu prévoir qu'elle y trouverait quelqu'un comme cette Francesca.

— Au contraire, je vous assure, répondit-elle. Je suis très impatiente de rencontrer les amis de Max. Le plus tôt sera le mieux.

Francesca tourna la tête vers son hôte et lui glissa, en riant, quelques mots en italien. Outrée par cette connivence, Christina releva le menton en un geste de défi et de fierté offensée.

— Pardonnez-moi, dit-elle. Je ne parle pas encore votre langue, mais j'ai bien l'intention de l'apprendre. Avez-vous dit quelque chose à Max que vous ne vouliez pas que j'entende ou bien s'agissait-il d'une plaisanterie que seuls les Italiens peuvent comprendre ?

Son ton sarcastique n'échappa pas à Max, aussi lui lança-t-il un regard furibond.

— Francesca voulait simplement me remercier pour cette soirée, Christina.

— Vraiment ? insista la jeune femme, le cœur affolé par le toupet insensé de l'Italienne.

Comment osait-elle la mettre dans une telle situation ? Cette femme connaissait Max depuis longtemps, elle en aurait juré. Le connaissait-elle intimement, et, dans ce cas, leurs relations duraient-elles encore à l'heure qu'il était ? Après tout, il ne semblait pas concevable qu'un homme aussi séduisant que Max ait pu vivre toute sa vie au *castello* Marchesi sans entretenir de rapports avec des personnes de l'autre sexe.

— Je ne doute pas que la soirée a été excellente et que Max s'est montré un hôte parfait, *signorina* Cantoni.

— Nous avons tous passé un merveilleux moment, dit Saunders, qui s'amusait encore plus de l'hostilité franche entre les deux femmes. La prochaine fois, ce sera encore mieux. Votre présence ne fera qu'ajouter à notre plaisir, Christina.

— Je vous remercie, Guy. Il se fait tard, ajouta-t-elle en inspirant profondément pour se donner du courage, et la journée a été longue, aussi, si vous voulez bien m'excuser, j'aimerais me retirer dans ma chambre.

Après tout, elle se moquait qu'il soit poli ou non de prendre congé si abruptement.

— Je vous présente mes excuses si nous vous avons

obligée à veiller tard. Je comprends parfaitement qu'un jeune couple à peine marié trouve ennuyeux que ses invités s'éternisent, dit Saunders en gloussant. Aussi éviterai-je de suggérer que nous restions encore un peu pour prendre le café ou un brandy. Ce serait vraiment abuser de votre hospitalité.

— En effet, approuva Max sèchement.

Christina sentit une boule se former dans sa gorge en entendant la remarque de Guy. Qu'aurait-il dit s'il avait su qu'en fait Max ne l'aimait pas, et que leur mariage ne se justifiait que par une sordide affaire de famille ?

— Pardonnez-moi, lança Saunders en se dirigeant vers la porte. Je vais voir où est passée ma voiture.

— Je crois que je devrais partir moi aussi, Max, murmura Francesca.

— Je suis désolé que votre père n'ait pas pu venir, répondit le maître des lieux. J'espère qu'il ira mieux bientôt. Transmettez-lui mes vœux de prompt rétablissement et dites-lui que je viendrai bientôt le voir.

— Je n'y manquerai pas. Comme je savais que nous serions entre amis, j'ai pensé que cela ne vous dérangerait pas si je venais seule, cependant... je... comptais sur vous pour me raccompagner, Max. Vous savez ce que c'est. Quand je suis arrivée, j'ai renvoyé ma voiture plutôt que de laisser mon cocher m'attendre indéfiniment.

Christina n'en croyait pas ses oreilles. Cette fille s'attendait sérieusement à ce que Max lui offre de la raccompagner ! Elle la soupçonnait fort d'avoir attendu ce moment depuis le début de la soirée. Quoi qu'il en fût, elle sentait bien que son mariage avec Max ne voulait strictement rien dire pour cette Italienne flamboyante qui semblait presque se croire chez elle au *castello* Marchesi. Plus elle écoutait la *signorina* Cantoni, plus elle observait la façon qu'elle avait de jouer de son corps voluptueux devant lui, plus elle se convainquait que cette femme ne pouvait pas ne pas être la maîtresse de Max. Elle en avait les joues en feu rien que d'y penser.

— Mais comment donc, répondit Max. Je vais faire sortir la voiture.

— Je vous remercie, répondit Francesca.

Christina lança à son époux un regard incrédule. La requête de l'Italienne semblait si peu le surprendre, et il venait d'y répondre d'un ton si parfaitement poli ! Francesca lui faisait-elle souvent faire ce qu'elle voulait ? En tout cas, elle était certaine de lire dans les yeux de sa rivale comme une lueur de triomphe.

— J'espère, minauda Francesca, que vous me pardonnerez de vous enlever Max encore un peu. Je vous promets de ne pas le garder trop longtemps.

— Je ne pense vraiment pas qu'il soit nécessaire que Max prenne la voiture, *signorina*, répliqua Christina, se surprenant elle-même. Guy ! Cela vous ferait-il vraiment faire un grand détour de raccompagner Mlle Cantoni chez elle ? Cela éviterait à Max d'avoir à sortir.

Saunders comprit immédiatement ce qui se passait et répondit sans hésiter :

— Je serais ravi de vous rendre ce service, comtesse.

— Mais..., il ne va pas du tout dans la même direction, objecta Francesca.

— Ce n'est vraiment pas un problème, affirma l'Anglais en enveloppant l'Italienne d'un regard caressant. Je serais ravi, au contraire. J'insiste. Je ne vois pas ce qui pourrait me faire plus plaisir qu'un tête-à-tête au clair de lune avec une jeune femme aussi gracieuse et aussi adorable.

Christina savoura la moue excédée de Francesca.

— Eh bien voilà, lança-t-elle d'un ton à la fois désinvolte et joyeux. Le problème est résolu !

Ils se dirigèrent vers la porte tous les quatre, Christina et Guy légèrement en retrait de Max et Francesca.

— Ne la laissez pas vous provoquer, Christina, murmura Guy à la grande surprise de la jeune femme. J'espère que vous ne me trouverez pas impertinent si je vous dis que Max est un heureux homme.

— Non, bien sûr, c'est une remarque charmante, Guy. J'espère seulement que Max est d'accord avec vous sur ce point.

— En dépit de tout, j'espère que vous serez heureux tous les deux.

« En dépit de tout ? » songea Christina, le cœur battant plus fort, soudain. Ainsi Saunders connaissait la vérité sur leur mariage ? Il ne pouvait la tenir que de Max, évidemment, et, s'il savait, pourquoi pas Francesca et même tout le voisinage ? Cette pensée lui laissa un goût amer dans la bouche.

— Je l'espère aussi, répondit-elle, ce qui n'avait rien d'une formule toute faite.

— Max mérite d'être heureux après tout ce qu'il a dû endurer. D'abord sa mère, puis son père…, qui est mort dans des circonstances honteuses, il faut bien le dire.

Saunders se tourna brusquement vers la jeune femme, craignant d'avoir divulgué un secret qu'elle ignorait.

— Il vous a parlé de cela, n'est-ce pas ?

— Oui.

— Vous allez être comme un souffle d'air frais dans sa vie, je le sens, affirma l'Anglais, soulagé.

Christina prit alors conscience que sa remarque de tout à l'heure portait sur Max et non sur leur mariage. Si elle n'y prenait garde, elle finirait par ne plus penser à rien d'autre…

— Je vois que vous êtes un vrai ami pour Max, Guy. Sachez que son bonheur n'est jamais très loin de mes pensées.

En saluant Francesca, puis en voyant son mari embrasser l'Italienne — sur les deux joues comme cela semblait être la coutume ici —, elle resta stoïque, refusant de se laisser envahir par la colère et de s'apitoyer sur elle-même.

Puis Christina suivit Max dans le hall, en s'obligeant presque à courir derrière lui pour rester à sa hauteur. Il bouillait de colère, manifestement. Il fit un geste de la tête en direction d'un valet de pied, qui s'empressa d'ouvrir devant eux une double porte aux poignées de cuivre tarabiscotées. La jeune femme découvrit alors un bureau luxueux aux murs tapissés de livres soigneusement rangés sur des étagères de bois ciré. Une fois le battant refermé, Max s'arrêta au milieu de la pièce et fit volte-face, la fusillant du regard.

— Pouvez-vous me dire ce que tout cela signifie ? A quoi jouez-vous à m'humilier ainsi devant mes amis ? Et pourquoi vous êtes-vous montrée aussi grossière envers Francesca ?

Une rage indicible envahit Christina devant l'injustice de ces accusations.

— Comment ? C'est moi qui vous aurais embarrassé ? En voilà une remarque hypocrite ! Ce n'est pas la première que vous me servez, Max, mais c'est certainement la plus inouïe. Comment osez-vous me faire la leçon et me reprocher de m'être montrée impolie, comme vous dites, alors que j'ai dû subir sans broncher l'humiliation d'être présentée à… à votre petite amie, qui s'est montrée insupportablement discourtoise envers moi et n'a cessé de se comporter comme si cette maison lui appartenait !

— Ma petite amie ? répéta Max en fronçant le sourcil. De quoi diable parlez-vous, Christina ?

— De la *signorina* Cantoni, voilà de quoi je parle !

— Elle n'est pas ma... petite amie, comme vous dites si joliment, ni la maîtresse de ces lieux.

— Vraiment ? En ce cas, peut-être feriez-vous bien de le lui dire, Max, car, quand une femme s'attache aux pas d'un homme comme elle le fait, c'est qu'elle a envie de le devenir.

— Vous dites des bêtises, Christina. C'est ridicule.

— Ne me prenez pas pour une sotte, Max ! explosa-t-elle.

— Franchement, ma chère, vous devriez aller vous coucher avant que je n'oublie les règles de la politesse. On croirait entendre les récriminations d'une épouse jalouse.

— Une épouse ? Eh bien, c'est ce que je suis, non ? Une femme très précieuse même, tellement d'ailleurs que vous n'avez pas condescendu à l'honorer de votre présence à son mariage ! Vous êtes toujours aussi impossible, Max, et franchement je commence à regretter amèrement d'avoir fait tout ce voyage...

— Vous êtes venue parce que vous n'aviez pas d'autre choix, asséna-t-il. Un jour ou l'autre, vous auriez été obligée de venir, de toute façon.

— Obligée ? rétorqua-t-elle en se plantant devant lui, les poings sur les hanches. Dites plutôt que j'ai été contrainte, abusée ! Vous me pardonnerez de ne pas me sentir mariée du tout. Si j'avais eu le choix, je ne le serais pas, mais vous vous êtes bien gardé de me demander mon avis. J'ai été assez stupide et naïve pour vous croire...

Elle le vit relever la tête brusquement à ces mots, comme s'il venait de recevoir un coup de poing en pleine figure.

— Que voulez-vous dire ?

— Que je ne suis ici qu'à cause de vos mensonges, répliqua-t-elle en s'approchant, les yeux fixés sur lui. Vous m'avez fait croire que je n'avais pas d'autre choix que de vous épouser, et que ma grand-mère était un tel dragon qu'elle ruinerait mes parents si je ne m'exécutais pas. Vous devriez avoir honte, Max Marchesi, pour m'avoir menti sans vergogne. Si vous aviez eu le moindre sentiment pour moi, vous m'auriez fait savoir que ma grand-mère était prête à oublier les termes de son marché si je refusais de vous épouser, et à libérer mes parents de leur dette envers elle.

— Elle vous a dit ça ? fit Max en plissant le front, l'air furieusement surpris.

— Oui. Ma grand-mère est peut-être une femme dure, mais elle n'est en aucun cas la Gorgone que vous m'avez décrite à dessein. Vous auriez pu, si vous aviez voulu, apaiser mon appréhension et celle de mes parents, mais votre désir de mettre la main sur mon héritage a été le plus fort. Vous m'avez caché ses véritables intentions, sciemment, alors même que je vivais le pire moment de mon existence !

Christina s'attendait à une réponse cinglante, mais à sa grande surprise elle vit Max lever les sourcils et la regarder, impassible, pendant ce qui lui parut un interminable moment. Quand elle retrouva ses esprits, elle se rendit compte qu'il venait de s'approcher d'elle et lui tendait la main. Son calme neutralisa quelque peu sa colère ; elle trouvait néanmoins humiliant qu'il ne réagisse pas plus que ça après s'être entendu dire son fait de si belle manière. Fièrement, elle accepta sa main sans le quitter des yeux.

En attirant Christina contre lui, Max comprit trois choses : d'abord, que malgré cette démonstration de courage elle était au bord des larmes ; ensuite, qu'à la place de la jeune fille innocente rencontrée en Angleterre il faisait désormais face à une femme dans la pleine acception du terme ; enfin, qu'elle conservait son caractère en dépit de cette transformation, et, plus déconcertant encore, qu'il ressentait pour elle une attirance décuplée si on la comparait à celle qu'il avait éprouvée huit mois plus tôt. En tout cas, il était clair qu'il pouvait abandonner l'espoir de la voir un jour soumise et obéissante. Elle avait trop de fierté pour accepter de jouer le rôle de l'épouse modèle.

— Christina, je vous présente mes excuses si vous pensez que je vous ai menti, en Angleterre. Jamais je n'en ai eu l'intention. Je n'avais vraiment aucune idée de ce que votre grand-mère consentirait à libérer vos parents de leurs obligations vis-à-vis d'elle. Elle ne m'en a pas informé, je vous l'assure.

— Cela ne change rien au fait que je n'ai jamais été qu'un pion dans votre jeu pour obtenir ce que vous vouliez, Max. Mais j'étais bouleversée à l'époque. Je sais désormais que vous êtes un homme capable de tout pour servir ses desseins, y compris employer des méthodes bien peu honorables.

— Christina, quoi que vous pensiez de moi, je vous jure que jamais je ne vous ai menti.

— Vraiment ? Je suis heureuse de vous l'entendre dire, reconnut-elle sans pouvoir réprimer le sourire qui lui montait aux lèvres.

Son soulagement n'échappa pas à Max. Comme si l'on venait de lui ôter un grand poids de la poitrine, il sentit sa colère s'apaiser d'un seul coup.

— Et moi, je suis ravi de vous voir en de meilleures

dispositions. C'est un début, en tout cas. A présent, allez vite vous coucher. Nous reprendrons cette conversation demain.

Comme ils franchissaient le seuil de la pièce, il se tourna vers elle.

— Si cela peut vous tranquilliser, Francesca est la fille d'un de mes meilleurs amis, rien de plus. Vous n'avez rien à craindre à son sujet.

Il marqua une courte pause avant d'ajouter :

— Vous avez l'air vraiment fatiguée.

— Oui, j'avoue que je suis épuisée, et pas seulement à cause de mon voyage, répondit-elle en souriant doucement.

— En ce cas, filez dans votre chambre.

— Une dernière chose…

— Quoi encore ? lança Max en levant les yeux au ciel, pas vraiment rassuré.

— C'est à propos de la maison, Max.

— La maison ? Quelle maison ?

— La *Casa del Sole*. Grand-mère m'en a parlé, et naturellement j'ai très envie de la visiter. Elle m'a dit aussi que vous en aviez les clés. Je vous serais reconnaissante de me les confier demain matin. Il se pourrait que j'aille vivre là-bas pendant un moment.

— Quoi ? Que dites-vous ? s'exclama-t-il, éberlué.

— Que j'aimerais peut-être y vivre un moment. C'est grand-mère qui me l'a suggéré, et je dois dire que l'idée me plaît assez. Pourquoi pas, après tout ?

— Parce qu'il se trouve que vous êtes ma femme et qu'il n'est pas d'usage que des époux vivent séparément, répondit-il sèchement, la voix vibrant d'une colère contenue. Chez nous, les gens mariés vivent ensemble, quoi de plus naturel ?

Une lueur assassine s'alluma au fond des yeux de la jeune femme, et un rictus de colère tordit ses lèvres.

— Quoi de plus naturel en effet ? Ce que vous voulez dire en fait, c'est que, lorsqu'on ne peut échapper à son destin, la seule chose sage à faire est de l'accepter sans se plaindre. Ne comptez pas sur moi pour ça, Max. J'ai besoin de temps. Si vous avez la moindre considération pour moi, accordez-m'en autant qu'il m'en faudra.

— Il n'est pas question que vous vous installiez à la *Casa del Sole*. Je ne veux plus en entendre parler !

— Je n'en parlerai plus, mais j'y emménagerai quand même, rétorqua-t-elle en haussant les épaules.

— Non, Christina, n'y comptez pas. De toute façon, il n'y a personne là-bas pour veiller sur vous. La maison a besoin d'être ouverte comme il faut avant que quiconque puisse songer à s'y installer.

Ulcérée par son ton dédaigneux, elle releva le menton comme pour le défier.

— Je suis sûre que Molly et moi pouvons parfaitement nous débrouiller toutes les deux.

Max reconnaissait bien là son obstination coutumière.

— C'est moi qui vais m'occuper de vous. Je suis responsable de votre bien-être, et plus tôt vous accepterez de vous comporter comme ma femme mieux ce sera pour moi.

Il hésita une seconde avant de préciser :

— J'en serais très heureux, veux-je dire.

— Je ne doute pas que vous le serez, mais je vous l'ai déjà dit : pour l'instant, notre mariage ne peut qu'être platonique. Je ne plaisantais pas en disant cela et je n'ai toujours pas changé d'avis.

— Je constate en effet que vous n'avez pas l'intention de revenir sur votre décision.

— C'est parfaitement exact, répondit-elle, une détermination indomptable dans les yeux. Grand-mère m'a dit que la maison était habitable et même plutôt confortable, aussi apprécierais-je que vous me la fassiez visiter.

— Et moi, je vous ai dit que nous en parlerions demain, rétorqua-t-il avec raideur.

— Fort bien, mais ne comptez pas que le sujet me sorte de l'esprit au cours de la nuit.

— Je vous y mènerai demain, c'est promis.

— Et vous me permettrez d'y vivre, si j'en ai envie ?

— Non.

Christina sourit tristement. Le Max qu'elle avait connu en Angleterre, capable de toucher son cœur et de l'attendrir, n'existait plus. A sa place, elle trouvait un étranger au comportement inamical et pour lequel elle n'éprouvait rien, mais vraiment rien du tout. Elle ne voulait pas d'un homme qui cherchait à la forcer à se plier à sa volonté.

— Nous verrons cela. Bonne nuit, Max.

— Ne prenez que nos affaires de nuit, Molly, et laissez le reste dans nos malles, ordonna Christina quand elle fut dans sa chambre. Il serait dommage d'avoir à tout remballer demain quand nous irons à la *Casa del Sole*.

La femme de chambre la considéra d'un air surpris.

— Comment cela ? Allons-nous vivre ailleurs, finalement ?

— Oui, dans la maison de ma grand-mère.

— Ah bon ? Et l'idée plaît à votre époux ?

— Non, répondit la jeune femme en se laissant tomber sur le lit pour en éprouver la mollesse. Mais il s'y fera.

Christina apprécia fort de se coucher enfin et, quand

elle posa sa tête sur l'oreiller, ses dernières pensées furent pour la *Casa del Sole*. Et pour Max.

Le soleil filtrant à travers les persiennes la réveilla. Elle s'étira langoureusement et repoussa les couvertures ainsi que, d'un geste charmant de la tête, les mèches qui pendaient sur son front. Refusant d'attendre que Molly soit prête à l'aider à s'habiller, elle fit sa toilette seule. Que pourrait-elle bien mettre pour aller visiter la *Casa del Sole* ? Elle jeta finalement son dévolu sur une robe couleur bouton d'or, fort bien adaptée à son humeur du matin. Quand elle l'eut passée, elle attacha ses cheveux sur sa nuque avec un ruban assorti. Elle brûlait d'aller respirer l'air de la campagne et, après avoir ordonné qu'on lui fasse monter son petit déjeuner dans sa chambre — du pain frais avec du beurre et des fruits qu'elle accompagna d'une tasse de thé —, elle s'apprêta à sortir. Mais un bruit de sabots claquant sur les pavés de la cour la fit s'approcher de la fenêtre.

Dans le silence qui régnait sur les jardins assommés de soleil, on entendait nettement le gargouillis de la fontaine qui se dressait au centre d'un carré de pelouse. Au-delà de celle-ci, elle vit un cavalier et sa monture s'éloigner en direction de quelques bâtiments de brique rouge. Christina reconnut Max instantanément. Une pointe de déception lui pinça le cœur. Qu'il ne l'ait pas attendue pour lui souhaiter le bonjour la blessait profondément… Cependant, quand Molly apparut, elle se reprit pour l'accueillir avec un grand sourire.

— J'ai peur qu'il ne nous faille gagner cette maison par nos propres moyens, Moll. On dirait que Max est occupé. Si nous pouvons utiliser la voiture, je pense qu'il serait sage de prendre quelques bagages avec nous.

L'intéressée lui lança un regard dubitatif, persuadée que la décision de sa maîtresse ne pouvait que contrarier fortement le comte.

— Pensez-vous vraiment que ce soit sage ? Ne devrions-nous pas attendre qu'il revienne ?

— Non. Il peut très bien être parti pour des heures. Je vais aux écuries pour me renseigner.

Des domestiques s'affairaient çà et là et, une chanson sur les lèvres, Christina descendit quatre à quatre les escaliers qui menaient au-dehors, impatiente de voir enfin la *Casa del Sole*. Elle surprit grandement un valet de pied en le saluant d'un sonore *buongiorno*. L'homme la regarda s'éloigner, bouche bée, incrédule en la voyant saluer l'un de ses collègues d'un petit geste de la main. C'était bien la première fois qu'on voyait une comtesse si gaie au *castello* Marchesi, et toute la maisonnée bruissait de la nouvelle de son arrivée. Perplexe, l'homme reprit son travail en secouant la tête.

Christina arrêta au passage le valet de pied qu'elle se souvenait avoir vu lui ouvrir la porte la veille au soir et lui demanda de bien vouloir aller aider Mlle Chesterton à descendre leurs bagages. Le domestique fronça les sourcils, visiblement inquiet de ce que dirait M. le comte s'il apprenait la chose, mais, convaincu par la détermination tranquille de la jeune femme, s'exécuta sans répliquer.

Après avoir demandé son chemin à plusieurs personnes et obtenu des réponses contradictoires, Christina arriva enfin aux écuries. Là, elle eut beaucoup de mal à s'enquérir de la disponibilité de la voiture puisque bien évidemment aucun des employés ne parlait anglais. Heureusement, le valet de pied arriva bientôt avec Molly, et quelques minutes plus tard elle prit place avec cette dernière dans une voiture tirée par un petit cheval apparemment fort vigoureux.

*
* *

Max rentra au château, impatient de prendre son déjeuner avec Christina. Persuadé de lui avoir donné assez de temps pour apprécier la beauté des lieux et se préparer, il espérait grandement qu'elle aurait abandonné l'idée ridicule d'aller s'installer à la *Casa del Sole*. Dès qu'il eut mis pied à terre, il tendit les rênes à un palefrenier, grimpa les marches du perron et entra dans la maison à la recherche de sa femme.

Ne la trouvant pas dans la salle à manger, il demanda si quelqu'un l'avait vue et, quand il apprit qu'elle venait de partir en voiture pour la *Casa del Sole*, il ne put contenir sa colère. A grands pas furibonds, il regagna les écuries, le visage fermé. Il ne souriait toujours pas quand il vit Christina perchée sur le siège de la voiture, les rênes à la main, flanquée de Mlle Chesterton, leurs bagages installés à l'arrière du buggy. Quand il arriva à la hauteur de l'équipage, Max tendit la main d'un geste faussement désinvolte et attrapa la bride du cheval, forçant celui-ci à s'arrêter.

— Max ! Que faites-vous ? s'indigna Christina.

Il la regarda d'un air menaçant et, d'une voix glaciale, si calme que Christina en eut des frissons, répondit :

— Et où donc croyez-vous aller comme cela ?

— A la *Casa del Sole*, répondit-elle la voix tremblante. J'ai eu beaucoup de mal à me faire comprendre de vos palefreniers, mais heureusement l'un de vos valets de pied m'a aidée. Il parle fort bien l'anglais. Il est très frustrant de ne pas pouvoir parler avec les gens. Il va vraiment falloir que j'apprenne l'italien.

— Ne vous ai-je pas dit que je vous emmènerais ?

— Je n'ai pas voulu vous déranger. En vous voyant partir tout à l'heure, j'ai cru que vous aviez du travail.

Max balaya du regard les bagages entassés à l'arrière de la voiture avant de revenir à la jeune femme.

— Il est totalement hors de question que je vous autorise à vivre là-bas, Christina.

Elle redressa la tête d'un air hautain et répliqua :

— C'est moi qui en déciderai quand j'aurai vu l'endroit. Si je n'aime pas cette maison, je vous promets de ne pas y rester.

— Et la voiture ? Etes-vous capable de la conduire ?

Très poliment mais aussi très fermement, elle répondit :

— Bien sûr, Max. Ce cheval est une bonne pâte.

— Et vous savez comment vous rendre à la *Casa del Sole* ?

— Votre valet m'a indiqué la direction, dit-elle avec un sourire confiant.

— Et la clé, l'avez-vous ?

Le sourire s'effaça d'un coup du visage de la jeune femme.

— Mon Dieu, la clé ! J'ai oublié de la demander.

— En ce cas, vous feriez bien de renoncer à votre promenade, triompha Max, un sourire cruel sur les lèvres.

— J'aimerais pourtant m'y rendre, protesta Christina.

— Plus tard, nous verrons.

— Max, je ne comprends pas pourquoi vous refusez de me laisser aller là-bas. Quel plaisir prenez-vous à m'empêcher de faire quelque chose dont j'ai une grande envie ?

— Je ne suis pas un ogre, si c'est ce que vous voulez dire, répliqua-t-il sèchement.

— En ce cas, pourquoi ne cessez-vous pas de vous comporter comme si vous en étiez un et n'allez-vous pas me chercher la clé au lieu de vous repaître de ma défaite ?

Conscient qu'il n'aurait pas la paix tant qu'elle n'aurait pas vu la maison, il battit en retraite.

— Très bien. Attendez-moi ici.

— Merci, Max. J'apprécie votre geste, dit-elle, le sourire radieux.

Max retourna dans la maison en maudissant l'obstination de sa femme. Autant l'admettre, il ne désirait rien tant que de la forcer à se plier à sa volonté. Il se promit de faire en sorte que plus jamais elle ne discute ses ordres.

Quelques minutes plus tard, il réapparut, surgissant de l'écurie sur son cheval.

— Dois-je comprendre que vous venez avec nous ? s'enquit Christina.

— Bien sûr, maugréa-t-il. Vous aurez besoin de quelqu'un pour vous ouvrir la porte.

Il les suivit à quelque distance, sans pouvoir réprimer le sourire admiratif qui lui venait en voyant Christina, bien droite sur son siège, mener la voiture avec autorité.

En son for intérieur, il riait doucement. L'effet que lui faisait cette femme ne laissait pas de l'étonner, décidément, car non seulement il ressentait le besoin instinctif de la posséder et de la dominer charnellement — ce qui ne tarderait plus, espérait-il —, mais il éprouvait également quelque chose de très tendre pour elle, et le désir de la protéger. Aucune femme de sa connaissance ne pouvait se vanter d'avoir jamais suscité en lui de tels sentiments.

Blottie à l'écart sur une terre qu'on ne pouvait voir depuis la route, la *Casa del Sole* se cachait au bout d'un sentier qui serpentait à travers bois sur près d'un kilomètre. Christina commençait à se demander si elles allaient finir par la trouver lorsque le chemin s'ouvrit soudain sur quelques arpents de vignes et d'oliviers alignés comme des soldats à la parade et surveillés par un vieux corps de ferme absolument adorable, construit avec les pierres du cru et couvert de tuiles de terre cuite rouge. Au pied de ses murs incendiés de soleil poussait une vigne vierge qui montait en volutes colorées à l'assaut de la façade, et des cyprès quasi noirs lui faisaient une haie d'honneur. Une pelouse irréprochable s'étendait devant le bâtiment, et d'énormes pots de géraniums et de cyclamens apportaient au tableau leurs brillantes taches de couleur. Une brume discrète masquait l'horizon, et l'on ne voyait pas un seul nuage dans le ciel.

Christina eut le coup de foudre.

— Quel endroit merveilleux ! Est-ce ici que mon père a passé son enfance ? demanda-t-elle en contemplant les collines ondoyantes qui s'étendaient derrière la propriété à perte de vue.

— Oui, répondit Max. Votre mère a vécu ici elle aussi, après avoir épousé Roberto.

— C'est d'une beauté à couper le souffle. On a l'impression que le temps s'est arrêté ici il y a longtemps.

Elle sentit ses yeux s'emplir de larmes, et c'est alors que Max lui prit la main pour y placer une clé. Surprise, elle se tourna vers lui et, à travers le brouillard de ses larmes, l'interrogea du regard.

— Vous seule avez le droit de rompre le silence qui règne dans cette demeure depuis des années, Christina, murmura-t-il. Hormis les gens qui viennent ici pour l'entretenir, personne d'autre que votre grand-mère n'est entrée en ces lieux depuis bien longtemps, et encore ses visites se sont espacées, ces dernières années. La maison est restée exactement telle que votre mère l'a laissée en mourant et votre père en la fuyant.

Christina fit quelques pas vers la *Casa* en s'étonnant de se voir hésiter à en franchir le seuil. Son courage la quittait tout d'un coup… Elle ravala sa peur et se tourna vers Max.

— Accompagnez-moi, voulez-vous ?

Il hocha la tête, le visage grave.

— Entendu. Venez, dit-il en la voyant hésiter encore. Nous entrerons ensemble.

Christina inséra la clé de métal ouvragé dans la serrure d'une main tremblante. Elle n'eut pas à forcer, car le pêne glissa doucement, et le battant s'ouvrit aussitôt.

— Quelqu'un aura pris la peine de huiler la serrure…

Un chat noir surgit alors de derrière l'un des grands pots de terre cuite disposés devant la maison et disparut au coin de celle-ci. Christina connaissait les histoires qu'on racontait sur les chats noirs, aussi recula-t-elle d'un pas en frissonnant un peu.

— Suivez-moi, chuchota Max en lui donnant la main et en ouvrant la porte en grand.

Christina s'avança le cœur battant dans l'entrée plongée dans la pénombre et balaya la pièce du regard. Elle était plus grande qu'on ne pouvait l'imaginer de l'extérieur, et un large escalier menant au premier étage en une courbe élégante s'élevait en son centre. Ils entrèrent dans la première pièce qui s'ouvrait sur leur gauche pendant que Molly se lançait à la recherche des communs. Max s'avança vers l'une des fenêtres et ouvrit les volets, inondant la pièce de lumière. Des poutres de noyer soutenaient le plafond et quant au mobilier, tout semblait fait d'or ou doré, les chaises, les tables, les cadres des miroirs et des tableaux, jusqu'au sofa et aux tapis aux couleurs profondes, qu'on eût dit tressés de fils d'or.

— Vous aurez sans doute remarqué que les fenêtres sont plutôt petites, reprit Max. Ce n'est pas inhabituel dans les maisons de cette région.

— En effet, mais pour quelle raison ?

— Pour combattre la chaleur l'été et empêcher celle-ci de s'échapper l'hiver. Les murs sont très épais ; et, quand la belle saison s'achève, le soleil n'étant plus assez fort pour les réchauffer, il faut entretenir le feu constamment et porter des vêtements chauds.

Christina explora la pièce, sidérée par tout ce qu'elle voyait. La paix qui régnait dans cette maison commençait à s'infuser en elle. Le silence, surtout, lui semblait merveilleux. Il y avait dans cette demeure une sérénité et une simplicité qui la rendaient bien plus heureuse que toutes les splendeurs et le luxe du *castello* Marchesi…

Soudain, elle tressaillit. Au-dessus du manteau de la cheminée se trouvait suspendu le portrait d'une jeune femme de dix-neuf ou vingt ans, aux yeux noirs extraordinairement vivants. Un léger sourire plissait ses lèvres sensuelles, et sa chevelure sombre bien dégagée faisait comme une auréole à son beau visage en forme de cœur. L'une de ses mains flattait la tête d'un petit épagneul au poil brun qui la regardait avec des yeux aimants. Elle portait une robe noire très chaste, seulement ornée d'un liseré de dentelle blanche autour de l'encolure et des manchettes, et une broche figurant un coquelicot rouge vif entouré d'un fin lacis d'or reposait sur sa gorge. Pour Christina, ce fut un moment d'émotion sans pareil, et elle sentit une boule se former dans sa gorge.

— C'est Lydia, ma mère ! murmura-t-elle dans le silence. Et cette broche qu'elle porte, c'est celle que j'ai trouvée dans la boîte que m'a envoyée grand-mère…

— Les coquelicots égaient volontiers les paysages de la Toscane. Vous vous en rendrez bientôt compte par vous-même.

— Je m'en suis déjà aperçu sur la route de Sienne.

Elle resta immobile, les yeux rivés sur le portrait de sa mère. L'instant était poignant. Jusque-là, le personnage de Lydia était resté flou dans son esprit, comme un fantôme, mais la jeune femme du tableau la touchait, l'émouvait à un point qu'elle n'aurait pu imaginer quelques secondes plus tôt.

— Votre mère venait juste de se marier quand votre grand-père a peint ce tableau.

— Ainsi, il était peintre ?

— Oui. Il avait du talent, à ce qu'on dit.

— Je l'ignorais.

— Son atelier se trouve à l'étage du dessus. Je suis sûr que vous aimerez le visiter. Je crois qu'il est exactement dans l'état où il l'a laissé.

— Comment s'appelait-il ?

— Luciano. C'est votre grand-mère qui a fait accrocher ce tableau à cette place.

— L'aviez-vous vu auparavant ?

Max hocha la tête.

— Votre grand-père est mort quelque temps après l'avoir peint. Le mien a épousé sa veuve.

— Etiez-vous déjà venu dans cette maison ?

— Une fois, oui, à l'invitation de votre grand-mère. Mais, après cela, elle l'a tenue fermée toutes ces années.

— Comme un sanctuaire…

— Oui, j'imagine que ce doit être l'impression que cela vous fait. Quand Roberto est parti, elle n'a plus jamais parlé de lui. Je crois qu'elle espérait secrètement qu'il revienne vivre ici un jour.

— Cela pourrait expliquer qu'elle ne l'ait pas louée.

Max haussa les épaules.

— Sans doute ne pouvait-elle pas supporter l'idée de voir un étranger vivre ici.

Christina tourna les yeux vers lui.

— A présent que vous m'avez épousée, cette maison vous appartiendra à la mort de grand-mère, commenta-t-elle d'une voix calme.

— Je préfère penser, répondit-il en fronçant légèrement les sourcils, qu'elle nous appartiendra à tous les deux. Mais j'aime cette demeure, c'est vrai, et vous avez raison : elle constitue une part importante de votre héritage et doit être préservée.

— Elle est tellement belle, soupira Christina en s'éloignant du tableau. Je n'arrive pas à croire que c'est l'endroit où je suis née. Si ma mère n'était pas morte, c'est dans ce lieu incroyable que j'aurais passé mon enfance.

Tournant le dos à Max, elle sortit d'un pas léger, s'arrêtant un moment sur la terrasse pour savourer la caresse du soleil sur son visage. Max la rejoignit bientôt.

— A présent que vous avez vu cette maison, êtes-vous sûre d'avoir envie d'y habiter ?

— Absolument. Pour quelque temps, en tout cas.

— Je désapprouve ce choix, Christina. Vous le savez, n'est-ce pas ?

— Oui, répondit-elle. Mais je ne suis pas prête à vivre avec vous comme votre femme, Max.

— Je sais, vous ne cessez de me le répéter, grommela-t-il. Vous pourriez néanmoins vivre au *castello* Marchesi. Ne le trouvez-vous pas à votre goût ?

Christina avait bien envie de l'envoyer paître mais, mesurant le danger qu'il y aurait à croiser le fer avec lui sur ce sujet épineux, elle se força à rester calme, et même à sourire.

— Je pense que c'est une demeure splendide, Max, et croyez bien que je vais attendre avec impatience d'y vivre avec vous… quand je serai votre femme pour de bon.

Pour l'heure, je n'ai fait qu'exprimer mon désir d'habiter ici quelque temps, en attendant que…

— Même si cela me déplaît ?

— Oui.

Max ne cacha pas son exaspération.

— Vous pourrez venir ici aussi souvent que vous voudrez, Christina, mais il n'est pas question que vous vous y installiez. Pour l'amour du ciel, vous êtes ma femme ! Imaginez un peu le ridicule de la situation quand tout le monde apprendra que nous vivons séparément.

Il parlait d'un ton plus tranchant qu'un rasoir. Pourquoi, oui, pourquoi diable fallait-il que deux personnalités aussi dissemblables habitent le même corps ?

— Si les gens rient de nous, j'en serai désolée, repartit-elle. Et je sais fort bien que je suis votre épouse, Max. Inutile de me le rappeler à tout bout de champ.

— C'est que vous semblez l'oublier trop souvent.

Christina se retourna brusquement pour lui faire face, le visage empourpré de colère.

— L'oublier ? Comment le pourrais-je ? fit-elle d'un ton amer. Vous convoitez tellement les propriétés dont je suis l'héritière que cela ne risque pas d'arriver. J'en suis parfois à souhaiter être une vigne ou une oliveraie, ajouta-t-elle, acerbe. Vous daigneriez peut-être vous intéresser un peu à moi.

Max plissa les yeux, et un sourire apparut au coin de ses lèvres.

— En établissant le contrat, votre grand-mère ne pensait pas seulement aux domaines, mais à l'alliance de nos deux familles. C'est même ça qu'elle considérait comme le plus important.

— Cette alliance, objecta Christina, ne l'a-t-elle pas scellée elle-même en épousant votre grand-père ?

— Sans doute, mais ils ne pouvaient avoir d'enfants, et c'est bien évidemment la descendance qui est essentielle en ce genre d'affaire. A ce propos, j'espère que vous voulez des enfants — à moins que vous ne teniez à vous opposer à moi sur ce point également.

— Je suis désolée si mon esprit d'indépendance vous offense, Max, mais je suis comme je suis et ne peux changer ma nature.

— Pas même pour me plaire ?

— Surtout pas pour vous plaire.

Elle sentait la tension monter entre eux. Pourquoi se comportait-il de la sorte ?

— Si vous cherchez une esclave servile et soumise, Max, j'en suis navrée pour vous, mais j'ai trop de respect pour moi-même pour me plier à la volonté d'aucun homme. Pas même pour vous faire plaisir.

Un instant, Max la contempla, dressée devant lui dans sa robe éclatante qui évoquait des jonquilles à peine écloses. Le soleil déclinant éclairait doucement son visage, que la colère colorait d'un rose délicat sous le casque de ses cheveux bruns. Avec ses yeux émeraude, elle était d'une beauté à couper le souffle. Un simple geste lui aurait suffi pour la prendre dans ses bras, mais son humeur massacrante lui interdisait de céder à son désir.

Christina soupira. Elle avait vraiment horreur de se disputer avec lui.

— Vous tenez beaucoup à fusionner les deux domaines, Max, n'est-ce pas ?

— J'ai investi beaucoup de temps et d'énergie dans la *Casa del Sole*, répondit-il en opinant. Et je suis heureux, je l'avoue, de penser qu'elle fera bientôt partie intégrante de la propriété. Mais franchement, pour en revenir à votre idée, je la désapprouve entièrement. Je n'ai pas envie de vous voir vivre seule ici.

— Ne vous inquiétez pas pour moi. De toute façon, vous ne serez pas très loin, et j'ai dans l'idée que vous passerez souvent me voir, sans compter que j'ai moi-même l'intention de rendre régulièrement visite à grand-mère. A présent que je l'ai rencontrée, j'ai très envie de mieux la connaître. Mais sincèrement, je préférerais pour l'heure vivre ici.

Max scruta son regard. Combien cette jeune femme butée était loin de la naïade à moitié nue, le visage barré d'un grand sourire, pleine de vie et de jeunesse, qu'il avait vue batifoler au bord d'un petit lac d'Angleterre ! Une nostalgie profonde monta en lui, mêlée du sentiment d'avoir perdu quelque chose à jamais. La jeune fille de l'étang n'existait plus. Hélas.

— Très bien, soupira-t-il en se passant la main dans les cheveux, à votre guise. Mais je le répète, cela me déplaît. Je vais m'y faire, notez bien, car je sais qu'un jour ou l'autre vous m'appartiendrez. Ça, je vous le promets, Christina.

Elle n'en doutait pas un instant. Il finirait par la conquérir, aussi sûrement que le soleil se levait chaque matin.

— Il va falloir augmenter le personnel ici, alors, reprit Max. Certes, il y a déjà Lucio et sa femme, Elsa, qui s'occupent de la maison depuis le départ de votre grand-mère, mais ils se font vieux et aiment bien faire les choses à leur rythme. Ils vivent dans une petite maison tout à côté d'ici. Ils ont une fille, Carmel ; je vous la recommande, car elle est très gentille. Il faudra cependant que je vous envoie un ou deux domestiques supplémentaires.

— Je vous en remercie. Sachez cependant, Max, que je n'ai pas l'intention de rester oisive.

— Je crois devoir vous prévenir que vous risquez de

susciter beaucoup d'intérêt et de curiosité. Tout un chacun va chercher à savoir qui est cette étrangère venue faire irruption dans leur monde.

— Ils apprendront bien assez tôt que je suis votre femme, répondit la jeune Anglaise en se tournant vers Molly, qui venait de les rejoindre. Eh bien, Moll ? Cette maison est-elle habitable ?

— Oui, absolument. Mais où trouve-t-on de l'eau ici ?

— Il y a un puits dans le jardin derrière la maison. Et une pompe, précisa Max. Il y a aussi des écuries, un chai et une grande grange pour les pressoirs, avec toutes les commodités, évidemment. De même qu'une très grande cave dans laquelle on peut stocker tout ce qu'on veut. A une époque, révolue malheureusement, le cuvier se trouvait sous la maison, et les gens vivaient au premier. Par la suite, on a construit tous ces bâtiments à l'extérieur. C'est plus pratique.

— Comme c'est intéressant ! Je suis très impatiente d'aller visiter tout cela, commenta Christina, enthousiaste.

— Vous aurez tout le temps de le faire. Je vais donner des ordres pour qu'on vous porte des provisions et envoyer quelqu'un vérifier que la pompe fonctionne. Si vous avez besoin de quoi que ce soit, faites-le-moi savoir par l'entremise de Carmel, et puis… Si vous changez d'avis, vous pourrez toujours revenir au *castello*.

— Je vous remercie Max, mais n'y comptez pas trop.

Il tourna les talons et s'en fut, déçu et frustré de n'avoir pu la convaincre de rentrer avec lui. Peut-être quelques jours passés à la *Casa del Sole* toute seule lui feraient-ils comprendre son erreur ? Il l'espérait…

Une fois Max parti, Christina se tourna vers Molly et demanda :

— Eh bien, Moll, qu'en dis-tu ? Aimeras-tu vivre ici ?

La servante sourit. Elle aurait eu du mal à dire non après avoir visité une demeure aussi somptueuse et si magnifiquement meublée, à la cuisine spacieuse et bien équipée, sans parler de la vue qu'on avait de quelque côté qu'on regarde.

— Je serai ravie d'habiter ici, répondit-elle. L'endroit est très plaisant. Mais il va nous falloir quelqu'un pour nous aider à tenir la maison…

— Max va s'occuper de tout ça. Allons viens, lança Christina en prenant la main de sa servante et néanmoins amie pour l'entraîner sur la terrasse. Faisons le tour du propriétaire.

Depuis la terrasse, elles contemplèrent la vue, qui ne devait pas avoir changé depuis des siècles. L'air était vif, et, dans la lumière du soleil finissant, l'argent des feuilles d'olivier virait au bleu électrique. Quel endroit magique, pensa Christina. Comment aurait-elle pu ne pas être heureuse d'habiter un tel endroit ?

Elle se remit à penser à Max, et la magie des lieux sembla s'atténuer tout à coup. Ne venait-elle pas de commettre une grave erreur ? Etait-il bien raisonnable de se séparer de lui si vite ? Sa raison lui criait que la manœuvre la mettait en danger de se voir supplanter par Francesca Cantoni.

En s'installant à la *Casa del Sole*, elle le jetait pratiquement dans les bras de l'Italienne. Elle en avait la nausée rien que d'y penser.

Si cette femme était la maîtresse de Max, quels sentiments éprouvait-il pour elle ? Leur relation allait-elle plus loin que la simple satisfaction charnelle ?

Quoi qu'il soit advenu entre eux dans le passé, Max était bel et bien son mari désormais, devant Dieu et les hommes, en dépit des motivations affreusement terre à terre ayant présidé à leur union. Cette idée lui mettait du baume au cœur, et elle sentait son naturel optimiste reprendre le dessus. De toute façon, elle avait bien l'intention de devenir un jour une épouse parfaite pour lui, ce qui ne voulait pas nécessairement dire soumise ni obéissante.

En attendant, il valait mieux qu'ils soient amis plutôt qu'ennemis, et elle ferait de son mieux pour s'adapter à cette vie étrange que le destin lui imposait.

Debout sur la terrasse du *castello* Marchesi, Max fumait un cigare en regardant sans le voir le paysage en tout point semblable ou presque à celui qu'on pouvait admirer depuis la *Casa del Sole* et qui plaisait tant à Christina. Depuis son retour d'Angleterre, il ne pensait à rien d'autre qu'à sa jeune épouse. Sa chair d'homme se souvenait de la douceur du corps de Christina ; il la sentait encore s'abandonner dans ses bras au moment de leurs adieux et se remémorait avec émotion sa surprise en la voyant lui rendre son baiser.

Depuis, ce souvenir vivait en son cœur et le consumait, le taraudant nuit et jour malgré tous ses efforts pour ne plus y penser. Il lui semblait qu'elle s'était installée dans sa vie pour longtemps. Et même pour toujours.

8

Tout, autour d'elle, scintillait dans la lumière vive du soleil toscan. Repoussant les couvertures, Christina se glissa hors du lit, traversa la pièce et ouvrit la baie vitrée. Une fois sur le balcon, elle alla s'appuyer contre la balustrade de fer forgé pour savourer la vue. Dans la quiétude du matin, la mer d'oliviers et de vignes parsemée de cyprès avait la délicatesse d'une aquarelle.

Elle passa un peignoir par-dessus sa chemise de nuit et descendit au rez-de-chaussée. Quand elle ouvrit la porte du devant, elle fut surprise de trouver en face d'elle un vieil homme édenté, qui lui souriait d'un air amène et tenait à la main un bouquet de cyclamens. Il le lui tendit après s'être poliment incliné devant elle.

— *Signorina* Thornton, je suis ravi de vous voir et de vous offrir ces fleurs, de la part de ma femme, Elsa, et de la mienne, déclara-t-il dans un anglais approximatif.

Il devait s'agir de Lucio, songea Christina. Touchée par cet accueil charmant, elle prit le bouquet et remercia le vieil homme. Il portait un vieux chapeau tout défoncé, une chemise blanche qui devait avoir connu des jours meilleurs et un pantalon très large. Christina estima qu'il pouvait avoir entre soixante et quatre-vingts ans. Elle s'étonna qu'il ait été si vite mis au courant de sa présence dans la maison et aussi de ce qu'il connaisse son nom.

D'ici peu, elle comprendrait que les choses ne restaient pas secrètes bien longtemps dans ce coin de campagne.

Une femme toute ronde apparut soudain derrière le vieillard, les joues roses et les cheveux — qu'elle avait d'un gris métallique — noués en un chignon sans complication. A la différence de son mari, elle ne parlait pas un mot d'anglais. Elle s'exprimait par gestes, comme le font souvent les Italiens à quelque classe qu'ils appartiennent. Elle entra dans la maison avec l'assurance d'une personne familière des lieux et se dirigea droit sur la cuisine où Molly essayait sans grand succès d'allumer du feu dans le fourneau.

Elsa et Lucio vivaient dans une petite maison de pierres carrée située tout près du bâtiment principal en compagnie de leur fille, Carmel, et de leur fils, Pepi, un jeune homme fort capable qui travaillait dans les vignes et dirigeait les ouvriers à la saison des vendanges et pour la récolte des olives. Ils prirent Christina et Molly sous leur aile avec tant de chaleur et de gentillesse que toutes les appréhensions de la jeune Anglaise concernant son séjour à la *Casa del Sole* l'abandonnèrent bientôt. Elle savait cependant qu'il lui faudrait apprendre la langue du pays pour mieux en comprendre les habitants et d'abord les personnes avec qui elle devrait nécessairement entrer en contact.

Curieuse de se familiariser avec la maison, elle passa la première journée à visiter les pièces de la *Casa del Sole* les unes après les autres.

Assise sur le lit tendu d'un couvre-pieds de soie de la chambre de Lydia et Roberto, elle eut le sentiment étrange que cette maison vide était encore bien vivante. Et non seulement cela : cette demeure dont elle ignorait l'existence à peine un an plus tôt lui semblait désormais faire partie intégrante de sa vie ; la quitter à présent serait comme s'infliger une blessure qui ne se refermerait plus.

La dernière pièce dans laquelle elle entra, et celle qui lui fit la plus grande impression, fut l'atelier de peinture de son grand-père, qui occupait une grande partie du dernier étage et dans laquelle la lumière entrait librement par de nombreuses fenêtres, atout indispensable pour un artiste.

En dépit des années, l'endroit sentait encore l'essence de térébenthine et la peinture. Des carnets de croquis, des pots de couleurs et des brosses innombrables jonchaient le plateau d'une table immense ; près d'un grand chevalet, des toiles de toutes tailles étaient appuyées contre un mur. Certaines d'entre elles, inachevées, offraient des vues de la campagne toscane ; des coquelicots y déployaient leurs corolles écarlates avec une telle intensité qu'ils semblaient plus vrais que nature. Il régnait encore en ce lieu étrange comme une atmosphère de travail, et elle imaginait que son grand-père y avait passé les années les plus heureuses et les plus créatives de son existence. Nul doute qu'en un tel endroit il se soit senti parfaitement à son aise et capable de donner libre cours à ses aspirations d'artiste. Tout semblait avoir été laissé en l'état, comme s'il venait juste de sortir pour aller prendre l'air. On eût dit qu'il allait revenir d'un instant à l'autre.

Christina s'adapta avec une facilité étonnante à la simplicité de sa nouvelle existence. Si Max lui manquait, elle savait très bien pourquoi il ne venait pas lui rendre visite : c'était sa façon de lui dire qu'il voulait qu'elle revienne d'elle-même. Mais elle ne se sentait pas prête à abandonner sa liberté toute neuve. Pas encore du moins.

Les premiers jours furent merveilleux, pleins de soleil,

de siestes langoureuses, de longs repas sur la terrasse avec Molly et de promenades tranquilles au milieu des oliveraies et des rangs de vigne. Elle rencontra les ouvriers et les regarda travailler avec intérêt, apprit quantité de choses sur la culture des olives et du raisin. Le domaine semblait très bien géré, et l'on y récoltait des produits de grande qualité. Les terrasses sur lesquelles on cultivait les oliviers dataient de temps immémoriaux — de l'époque romaine, sans doute, et peut-être même étrusque. Derrière la maison se dressaient de nombreux bâtiments annexes ; on y entreposait les larges filets que l'on déployait sous les arbres pour la récolte des olives et les tonneaux que l'on préparait pour la vendange à venir.

Dans le verger, de nombreuses espèces d'arbres fruitiers s'épanouissaient. D'après Lucio, il y avait là des pommiers, des poiriers, des citronniers, des amandiers et des abricotiers, dont les fruits énormes seraient mûrs à la fin du mois de juin. Juillet apporterait des cerises, des groseilles, du cassis et des pêches succulentes. Molly accueillit ces bonnes nouvelles avec joie, impatiente de récolter ces merveilles pour en faire des confitures.

La vie s'écoulait paisiblement à la *Casa del Sole,* et Christina se persuada que, pour l'instant, elle ne pouvait rien désirer de plus.

Une semaine après son arrivée, n'ayant presque reçu aucune visite, Christina sortit de la maison très tôt, à l'heure où le soleil se cachait encore derrière la brume matinale. Tandis que les oiseaux pépiaient dans les oliviers aux troncs tordus, elle s'émerveilla de la rosée dont les gouttes scintillaient comme autant de diamants sur l'herbe rase de la pelouse. De la main, elle salua les quelques travailleurs déjà occupés à biner les vignes, profitant de la fraîcheur pour vaquer à leur travail avant que la chaleur cuisante du jour ne les oblige à déserter les champs. Ils reprendraient leur tâche quand la morsure du soleil se serait faite moins vive, vers le soir. Quand on connaissait la chaleur qu'il pouvait faire en Toscane, la chose semblait de simple bon sens, même si aux yeux d'un Anglais cela pouvait passer pour de la paresse.

Elle portait sa robe de vichy bleu, un tablier blanc noué autour de la taille. Compte tenu de la chaleur, elle s'était débarrassée d'autant de jupons que le permettait la décence, s'était libérée de ses dentelles et de la cage étouffante de son corset ; elle pouvait ainsi se mouvoir librement et respirer plus à son aise. Son chapeau de paille à la main, elle se promena avec au cœur un curieux sentiment d'insouciance. Cet endroit lui semblait désormais beaucoup plus complexe qu'elle ne l'imaginait.

Sa bonne humeur s'altéra d'un coup lorsqu'une voix provenant d'une terrasse, au-dessus d'elle, la fit sursauter. Elle leva la tête, surprise de rencontrer quelqu'un à une heure aussi matinale. Aveuglée par le soleil, elle se protégea les yeux de la main et, comme dans un rêve, aperçut enfin une silhouette qui se dirigeait droit sur elle avec l'insolente fermeté d'un homme sûr de lui.

Il n'y avait que Max pour marcher de la sorte.

Immobile, éblouie par la beauté sauvage de sa chevelure noire, elle attendit qu'il arrive à sa hauteur. A la *Casa del Sole*, elle pouvait oublier qu'il habitait tout près et effacer de sa mémoire son accueil glacial ; pas entièrement, cependant, car son esprit perfide la trahissait parfois en lui rappelant l'ardent baiser échangé avec lui le jour de son départ d'Angleterre.

Il souriait, et ses dents blanches formaient un contraste

saisissant avec sa peau bronzée et le bleu intense de ses yeux. Elle sentit un frisson délicieux lui parcourir l'échine.

— Christina !

En entendant le son de sa voix, elle connut une joie douce-amère. Elle fut prise au dépourvu, n'ayant pas eu le temps de se protéger contre ses propres sentiments. Un long moment, ils se jaugèrent du regard, également conscients de l'attirance violente qui les poussait l'un vers l'autre. Christina prit une longue inspiration pour tâcher de calmer son excitation. Comme par un fait exprès, Max la surprenait toujours quand elle se sentait le plus vulnérable.

Vêtu d'une chemise de lin blanc, d'un pantalon gris et de bottines noires soigneusement astiquées, il avait l'air parfaitement détendu et tout à fait en accord avec le paysage dans lequel il évoluait. Plus encore par contraste avec sa peau mate et sombre, ses yeux étonnamment bleus brillaient dans le soleil comme deux diamants.

— Quel bon vent vous amène si tôt, Max ?

— Vous. J'avais envie de voir ma femme. Je suis toujours levé à l'aube, de toute façon.

Il avait bien du mal à cacher sa surprise. Beaucoup de choses semblaient avoir changé à la *Casa del Sole* depuis sa dernière visite, et notamment Christina elle-même. Il avait laissé une jeune femme décontenancée et un peu timorée, et voilà qu'il retrouvait une Christina pleine de santé, à la peau dorée et non plus blanche, vêtue telle une princesse bohémienne, ses cheveux défaits flottant sur ses épaules. Dans ce décor rustique, délivrée des artifices mondains qui naguère constituaient encore un aspect essentiel de sa vie, ce qu'il restait de l'oie blanche anglaise cédait la place à l'aristocrate toscane qu'elle ne manquerait pas de devenir bientôt et qui, merveille des merveilles, semblait s'être prise de passion pour la culture de la vigne.

Et pourtant, étrangement, il se sentait un peu déçu. En la quittant, l'autre jour, il avait espéré sans se le dire qu'elle se lasserait de la solitude et de l'isolement et viendrait implorer son pardon au *castello* Marchesi. Visiblement, elle n'en prenait pas le chemin. Elle le regardait fièrement, droit dans les yeux ; tandis que lui, en revanche, la fixait bouche bée, incrédule.

— J'ai pensé qu'il fallait que je vous rende visite pour voir un peu comment les choses se passaient ici, mais je ne pensais pas vous déranger à cette heure. Pour tout vous dire, je vous croyais encore au lit.

— Je suis très honorée que vous ayez fait le déplacement, Max, mais, comme vous l'aurez peut-être remarqué, je viens tout juste de me lever et ne suis pas vraiment en état de recevoir de la visite.

— Je suis votre mari, Christina, pas un visiteur, objecta-t-il, toujours prompt à lui rappeler ce qu'elle semblait obstinément décidée à oublier.

Il avait le regard brûlant et parlait lentement en la regardant comme s'il voulait garder à la mémoire chaque détail de sa silhouette ravissante. Elle était devenue une femme pleine de vie et de vigueur, une sorte d'éternel féminin, indomptable et follement attirante.

— Vous êtes exquise. Cette robe vous va à ravir.

Elle rougit, un peu gênée, et reprit sa marche.

— Merci. Je veux bien vous croire. Je me lève tôt le matin, car je pense que c'est le meilleur moment de la journée et que ce serait vraiment dommage de ne pas en profiter.

— J'en suis d'accord. Comment vont les choses par ici ?

— Fort bien, répondit-elle gaiement.

Un sourire canaille passa sur les lèvres de Max.

— Vous ne semblez pas avoir souffert de devoir vous débrouiller seule. Je ne remarque aucune cicatrice, aucune ecchymose.

Il lui prit la main et fit mine d'en examiner les ongles parfaitement entretenus. Christina le laissa faire un moment, amusée par ce manège, avant de se dégager sans brusquerie.

— Comme vous pouvez le voir, je me suis seulement cassé deux ongles. Ce n'est rien. Ils auront vite repoussé.

— Me voilà soulagé. Alors, aimez-vous toujours cette maison ?

— Oh oui ! Qu'elle porte bien son nom ! On y voit le soleil du matin au soir. Quant à Carmel, cette femme est un trésor. Je crois que j'excite la curiosité d'Elsa et de Lucio, car ils se saisissent du moindre prétexte pour aller et venir dans la maison.

— Cela ne vous gêne pas ?

— Non, j'aime avoir du monde autour de moi.

— Vous avez renvoyé les domestiques. Pourquoi donc ?

— Parce que Molly et moi n'avions pas besoin d'eux.

— Vraiment ?

— N'ayez pas l'air si surpris, Max, répondit-elle en souriant. Je ne suis pas manchote. Je peux m'habiller et tenir mon ménage. Pour ce qui est de Molly, elle est tombée amoureuse de la cuisine italienne et a fait son domaine de l'office, après avoir longuement bataillé pour arriver à y allumer du feu. Carmel l'aide beaucoup et lui apprend ses recettes. Bien sûr, la barrière de la langue est un obstacle, mais nous sommes décidées toutes deux à apprendre l'italien au plus tôt.

— Sage décision. Cela vous rendra les choses plus faciles.

Ils marchèrent un peu en silence, puis elle reprit la parole.

— J'ai beaucoup pensé à Lydia depuis mon arrivée ici. Bien sûr, il m'aurait été difficile de faire autrement puisque j'habite la maison dans laquelle elle est venue vivre après son mariage et que j'y suis entourée des choses qu'elle aimait… Mais parlez-moi un peu de mon grand-père. Est-ce lui qui a fait l'acquisition de cette demeure ?

— Oui. Ce n'était rien à l'époque qu'un vieux corps de ferme très abîmé, mais, quand il l'a vu, il a eu le coup de foudre. Et puis c'était le premier bien qu'il pouvait s'offrir sans l'aide de sa famille. Il l'a achetée avec l'argent que lui rapportaient ses peintures et l'a entièrement rénovée. C'était aussi, ne l'oublions pas, un endroit idéal pour peindre.

— J'ai vu les toiles inachevées qui sont dans l'atelier.

— Et… vous ont-elles plu ?

— Oui. Je m'attendais au travail d'un amateur, mais ce que j'en ai vu est vraiment bien. Je n'aurais pas cru qu'un peintre puisse choisir de vivre dans un endroit aussi perdu. Savez-vous d'où il venait ?

— Je crois que sa famille vivait à Rapallo, au nord du pays.

— Avait-elle de la fortune ?

— Enormément. Elle possédait depuis des siècles une carrière de marbre à Carrare. Cette variété est considérée comme la plus belle et la plus pure, et les architectes italiens se battent pour l'obtenir depuis le quattrocento. Luciano était le plus jeune des enfants — trois garçons et deux filles — et il n'avait aucun goût pour les affaires. Il a fait ses études à Gênes puis à Paris pour devenir peintre. Il avait du talent, certes, mais peut-être pas assez pour que ses œuvres passent à la postérité.

— Aimait-il grand-mère ?

— Ah ça ! Ils s'adoraient. Elle aimait cette maison tout autant que lui, comme vous le savez.

— Qu'a-t-elle dit quand vous êtes rentré d'Angleterre sans moi ? Vous a-t-elle paru en colère ?

— Elle m'a semblé déçue, mais, bah, elle savait qu'elle vous rencontrerait un jour ou l'autre…

Max devint sérieux tout à coup.

— Elle a demandé après vous. Elle a mille choses à vous dire. Vous devriez aller la voir, Christina. Je me permets d'insister.

— C'est dans mes intentions, rassurez-vous. Quand je me promène dans cette maison, je vois des choses — de petites choses qui pourraient sembler insignifiantes… Par exemple cette tache d'encre sur le tapis du salon, sans doute faite par Roberto, ou une rayure sur la table de sa chambre… Eh bien, voyez-vous, quand je les remarque, je me dis : « tiens, c'est mon père qui a fait ça. » C'est un sentiment curieux. Je ne l'ai jamais connu et ne le connaîtrai jamais, et pourtant je vis au milieu des traces qu'il a laissées sur cette terre.

Max sourit doucement.

— Demandez donc à Elsa de vous parler de lui. Quand elle aura commencé, vous aurez bien du mal à la faire taire.

— Oh, je sais, elle l'évoque constamment, mais j'ai envie de le connaître, comment dire… d'une façon différente. Comme un enfant connaît sa mère… Voyez-vous ce que je veux dire ?

— Oui, Christina, je crois, mais, comme je n'ai jamais connu la mienne, je ne pourrais en jurer.

La jeune femme rougit, gênée de s'être montrée aussi indélicate.

— Bien sûr, Max. Pardonnez-moi, j'ai oublié... Je n'ai pas voulu vous blesser.

Ils firent encore quelques pas en silence, puis elle reprit :

— J'ai beaucoup apprécié ma rencontre avec Guy l'autre jour. Il semble être un garçon très agréable. Habite-t-il loin d'ici ?

— Nos domaines sont mitoyens.

— Il cultive la vigne lui aussi ?

Max opina du chef.

— Comme c'est intéressant ! Je ne m'attendais pas à rencontrer un viticulteur anglais en Toscane.

— C'est son père qui a acheté le domaine. Quand la mère de Guy est morte, il a décidé de réaliser son rêve et a quitté Londres pour venir vivre au soleil.

— Et il a acheté un vignoble dans les collines de Chianti ?

— Exact. Il ne parlait pas un mot d'italien à l'époque et ne savait rien de la culture de la vigne, mais à force de travail il a fait de la villa Candido un domaine dont il peut être fier. Son vin est remarquable.

Max marqua une brève pause avant de poursuivre :

— Vous avez apprécié Guy, mais pas Francesca, à ce qu'il semble, déclara-t-il en lui jetant un regard en coin.

— En effet, Max. Elle ne m'a pas plu du tout, et j'espère sincèrement que nous nous verrons le moins possible à l'avenir.

Le visage de Max se tendit, et il regarda droit devant lui.

— Vous n'avez jamais mâché vos paroles, Christina. Sachez cependant que je dois beaucoup au père de cette fille. Quand le mien est mort et que mon grand-père l'a suivi dans la tombe presque aussitôt, le *signor* Stefano

Cantoni a été le seul de tous mes voisins à me venir en aide. Il est arrivé de Sicile il y a quarante ans. Sa famille vit encore là-bas, d'ailleurs. C'est un homme bien, juste, et pour qui j'ai un grand respect. Quant à Francesca, je la connais depuis ma plus tendre enfance.

— Et bien évidemment elle vous aime depuis sa plus tendre enfance.

— Peut-être pas depuis aussi longtemps…

— Mais elle vous aime, n'est-ce pas ?

— Pour dire la vérité, je n'en sais rien. On ne sait jamais, avec elle.

Christina resta silencieuse. Elle commençait tout simplement à se rendre compte qu'elle ne savait strictement rien de la vie de Max avant son arrivée en Angleterre. Elle avait envie de lui demander quels sentiments il éprouvait pour la jeune Italienne, mais s'abstint. Elle ne voulait pas savoir, finalement, car la vérité risquait de lui faire mal. En sortant de l'oliveraie, elle aperçut Molly, qui dressait la table pour le déjeuner sur la terrasse, sous une tonnelle où croissait un superbe lierre.

— Je crois que le petit déjeuner est prêt. Avez-vous déjà mangé, Max ? Peut-être aimeriez-vous vous joindre à nous ? offrit-elle. Je ne peux pas vous promettre que ce soit aussi appétissant que ce à quoi vous êtes habitué. Molly m'a semblé s'être levée tôt pour travailler une recette de biscuits qu'elle ne maîtrise pas encore, mais je crois que, si l'on y étale généreusement du beurre et de la confiture, ça ne peut pas être mauvais.

— Je suis certain que ce sera délicieux, protesta Max. En tout cas, je lui tire mon chapeau pour sa curiosité, car il n'est pas simple d'apprendre des recettes étrangères quand on est déjà bien établi dans la cuisine de son pays. Je serais ravi de me joindre à vous. J'apprécierais grandement une tasse de café.

Molly se réjouit d'avoir un convive supplémentaire à qui faire goûter ses biscuits, qui se révélèrent excellents. Une fois qu'elle eut servi le déjeuner, elle se retira discrètement dans la cuisine en prétextant de nouvelles recettes dont elle voulait obtenir le secret de Carmel.

Une brise légère et chaude agitait doucement la campagne alentour. Les bougainvillées déployaient leurs corolles violettes sur la façade de la maison, leur feuillage luxuriant offrant à la terrasse une ombre salutaire. Assise dans son fauteuil de rotin, en face de Max, Christina sirotait son café. Max l'observait, et le bleu de ses yeux semblait prendre une teinte plus profonde à chaque minute.

— Cela me chagrine de le dire, puisque je ferais n'importe quoi, je l'avoue, pour vous arracher à cette maison, mais cet endroit vous va bien, Christina, déclara-t-il calmement.

Il s'avisait soudain, à son propre étonnement, de toutes les qualités qu'elle possédait et dont, d'une certaine façon, il s'était douté dès leur première rencontre, au bord de l'étang de Tanglewood.

— Je sais, répondit-elle avec un sourire mutin. J'aime la solitude de ces lieux. D'un seul coup, ma vie est devenue toute simple. Les petites tâches qui la remplissent me donnent un sentiment d'apaisement et de plénitude. Je me lève le matin, je viens m'asseoir sur la terrasse pour boire mon premier café avec Molly, j'arrose les plantes et je vais me promener à travers les oliviers. Même le chat s'est entiché de moi, après des débuts un peu difficiles. Il me suit partout où je vais, chassant les oiseaux et les lézards. La nuit, les terrasses autour de la maison bruissent du vol des chauves-souris ; j'aperçois parfois des lucioles voletant au-dessus des vignes. On dirait les fanaux d'une flottille perdue en mer.

— Vous commencez à parler comme une vraie Toscane, Christina.

— Oh, je ne me fais pas d'illusion. Je ne le serai jamais vraiment, même si j'habite ici le reste de mes jours. Que diraient mes parents de tout cela ? Je me plais à penser qu'ils sont heureux pour moi. Quoi qu'il en soit, je leur serai éternellement reconnaissante de tout ce qu'ils ont fait pour assurer mon bonheur.

— Je suis persuadé qu'ils viendront vous rendre visite bientôt.

— Je l'espère… En attendant, j'ai envie de mieux connaître la région. J'aimerais avoir un cheval, et un autre peut-être pour tirer la voiture que j'ai trouvée dans la grange. Ce serait bien pratique pour Molly. Elle pourrait aller au marché.

— Ne vous inquiétez pas, je m'en occupe.

— Vraiment ? Oh, merci ! Chez moi, en Angleterre, on a toujours pourvu à tous mes besoins, quoique en contrepartie je n'aie jamais rien pu faire sans devoir m'en expliquer, mais, à présent que j'ai goûté au plaisir d'agir à ma guise…

— Dans les limites du raisonnable, j'espère, dit Max en lui rappelant son rang d'un regard.

— Bien sûr. Vous pensez bien que je ne ferais jamais quoi que ce soit dont vous puissiez avoir à rougir.

— Il est bon que vous appreniez à connaître l'endroit où vous vivez et que vous cherchiez à le découvrir par vous-même, commenta Max avec un sourire. Je suis un peu partial quand il s'agit de ce lien mais, franchement, j'espère que vous en tomberez amoureuse et ne voudrez jamais plus le quitter. Je parle de la Toscane et non pas de cette maison, qui n'est pour vous qu'une résidence temporaire, bien sûr…

— N'ayez crainte, je sais bien que cette étrange lune de miel ne peut durer indéfiniment et que je ne peux continuer à vivre encore longtemps comme une paysanne. Mais, pour ce qui est d'être tombée amoureuse de la Toscane, je crois bien que c'est déjà fait, affirma-t-elle avec un sourire, prenant conscience à sa grande surprise que c'était la pure vérité.

— Je suis impatient de vous montrer le *castello* Marchesi. Puisqu'un jour ou l'autre il deviendra votre foyer, plus tôt vous vous familiariserez avec lui mieux ce sera… Le cuvier et les chais sont installés directement à l'intérieur du château, et je ne doute pas que cela vous intéresse.

— Soyez sûr, Max, que je serai ravie de visiter tout cela.

Il reposa sa tasse sur la table puis se leva et s'étira discrètement.

— Je ferais mieux de rentrer. Merci pour le déjeuner, Christina. Puisque vous voulez visiter la région, nous commencerons par aller au village, ce soir.

— Mais… je n'ai pas encore de cheval, objecta-t-elle.

— Je vous apporterai une monture, et il doit être possible de trouver un petit cheval de trait dans mes écuries pour Mlle Chesterton.

— Ce serait merveilleux. J'accepterai sinon l'offre de Lucio. Il m'a proposé de me prêter son âne. C'est une vieille bête très obstinée, d'après Carmel, et je ne suis pas certaine que Molly soit ravie, mais enfin…

— Nous pourrons faire mieux que cela. A ce soir. Je passerai vous chercher.

Christina se leva à son tour et le regarda s'éloigner vers

sa monture. Quand il passa devant elle, elle lui fit un petit signe de la main. Molly venait de s'approcher sans bruit. L'amitié qui la liait à sa femme de chambre lui semblait vitale à présent. Molly la comprenait comme personne.

— Eh bien, pour une surprise..., dit la servante. Voyez donc un peu ça : le comte Marchesi, ici, pour le déjeuner !

Christina sourit d'un air satisfait.

— Pour ma part, je n'en suis pas surprise. Je savais qu'il viendrait, un jour ou l'autre, et, comme il est d'une impatience proverbiale, ce qui m'étonne le plus c'est qu'il ne l'ait pas fait plus tôt... Je crois qu'il espérait que je finirais par céder. Il a dû être très déçu que je ne donne pas signe de vie... Il a dit qu'il reviendrait ce soir. Il veut me montrer la région et m'a proposé d'aller au village avec lui.

— Et comment ferez-vous, si ce n'est pas trop demander ? Aurez-vous une voiture ? Ou bien monterez-vous cette mule de malheur qui ne fait que braire toute la nuit ?

— Non, j'irai à cheval.

— En ce cas, il va falloir vous habiller un peu...

Quand Max arriva, perché sur un étalon alezan, et tirant derrière lui une jument grise et une autre plus petite à la crinière hirsute, Christina était déjà prête.

Il la regarda sortir de la maison après avoir tendu à Pepi les rênes des deux bêtes qu'il tenait en remorque et la jaugea sans même se cacher. Elle portait sous sa veste entrouverte un gilet bordeaux et une chemise blanche ; ses cheveux étaient noués sur sa nuque par un ruban assorti au gilet. Il admira la pureté de ses traits et la courbe prononcée de ses cils noirs. Ravissante ! Plus encore qu'aucune femme qu'il ait jamais rencontrée. Elle gardait ce côté sauvage qui l'avait séduit au début, et qu'on devinait sous la surface apparemment lisse de son visage, de même qu'une liberté d'esprit qu'il lui enviait, parce qu'il s'en trouvait peut-être un peu privé lui-même.

— Vous êtes éblouissante, dit-il en lui prenant la main pour la guider vers la jument.

— Cela me change un peu de pouvoir m'habiller et monter à cheval. Je me demande comment j'ai fait pour m'en passer si longtemps, repartit-elle en caressant le museau de l'animal.

— Il fait un temps délicieux, remarqua Max une fois qu'ils furent en selle. Pour aller au village nous ferons le grand tour, cela vous permettra d'apprécier la campagne.

L'air embaumait, et Christina se sentait merveilleusement heureuse, gaie et insouciante. Tout semblait différent quand Max se trouvait à son côté. Il lui fallait veiller toutefois à ne pas laisser l'insouciance prendre le pas sur la raison. Avec un homme comme Max, mieux valait se méfier…

Il lui fit faire le tour des vignobles, la guidant à travers un dédale de sentiers et de chemins creux ouverts à tous les promeneurs qui désiraient s'y aventurer, leurs montures projetant un nuage de poussière derrière eux. Il lui montra quelles variétés de raisin poussaient ici ou là, desquelles on tirait le meilleur vin, comment les Etrusques puis les Romains, les Médicis et d'autres familles nobles de Toscane à travers les siècles avaient fait de l'endroit l'une des régions viticoles les plus réputées au monde. Il répondit sans impatience aux innombrables questions de Christina, avec autant de compétence que d'enthousiasme. A l'évidence, il adorait son métier.

Perché sur une colline, le village offrait le spectacle de ses rues sinueuses et étroites et de ses tours surplombant une mer de toits de tuiles orange. La place principale, de dimensions modestes, s'enorgueillissait, comme partout ailleurs dans ce pays, d'abriter l'église, un bâtiment baroque d'aspect austère construit dans un grès sombre et orné d'une porte de chêne sculpté. Toute la population du village semblait s'être donné rendez-vous en ce lieu.

— Seigneur ! Je ne m'attendais vraiment pas à voir tant de gens à cette heure de la journée.

— Cela se passe ainsi tous les soirs dans les villes et les villages d'Italie. Les gens sortent pour faire une promenade. Nous appelons cela *la passagiata*. C'est une bonne occasion de rencontrer ses voisins, ses amis…

Comme ils longeaient le bord de la *piazzetta*, Christina sentit monter en elle une subite appréhension. Max chevauchait auprès d'elle, presque à la toucher, à cause de la foule qui se pressait autour d'eux, et cette proximité la rendait nerveuse. Il avait des mains fortes à la peau hâlée, et, comme il montait légèrement penché en avant, elle pouvait voir son cou, aussi sombre que ses mains, et que caressait sa chevelure noire. Son dos large et musclé semblait mettre à rude épreuve les coutures de sa veste, et il serrait les flancs de son cheval entre ses cuisses puissantes dont elle devinait, sous l'étoffe fine de son pantalon, les muscles souples et déliés.

— J'aimerais bien mettre pied à terre et marcher un peu, dit-elle à voix basse, gênée du trouble qu'elle ressentait tout à coup et qui colorait ses joues.

— Bonne idée, approuva Max, qui sauta aussitôt à terre et lui tendit la main pour l'aider à descendre.

Force gens les saluèrent, et Christina s'aperçut rapidement qu'on l'observait, mais aussi que tous faisaient preuve à l'égard de Max d'une déférence teintée de respect. Elle l'entendit s'adresser à plusieurs personnes, en italien bien évidemment. Elle ne comprenait rien à ce qu'il disait, mais se doutait que les gens du cru devaient beaucoup s'intéresser à l'épouse anglaise du comte Marchesi. Cela la gênait un peu qu'ils s'arrêtent souvent de parler ou de marcher pour lui jeter un regard et la dévisager sans aucune gêne. Sa tenue d'équitation à la mode anglaise devait les intriguer.

— Venez, lança Max en lui prenant galamment le bras. Un petit rafraîchissement nous fera du bien. Le vin d'ici est un vrai nectar. Bien sûr, on le consomme généralement avec le repas, mais partager une bouteille avec des amis, le soir, juste pour le plaisir, fait partie des traditions de ce pays.

— Présenté comme ça, comment refuser ?

— En effet. Je serais offensé si vous décliniez mon invitation, répondit-il, taquin.

Il la guida vers quelques tables dressées sur la terrasse d'un restaurant. Le propriétaire vint aussitôt accueillir Max avec de grandes effusions. Ils échangèrent quelques mots, puis Max commanda du vin avant de s'asseoir auprès de la jeune femme, croisant les jambes très haut d'un air suprêmement détendu, les yeux fixés sur elle.

Par-dessus le bruit de la foule, on entendait une mandoline, et bientôt une voix d'homme se mit à chanter. Près d'eux, des messieurs attablés conversaient en jouant aux cartes. Max prit dans sa poche intérieure une jolie boîte d'argent dont il tira un petit cigare. Presque immédiatement, le propriétaire fit craquer une allumette et attendit patiemment que son prestigieux client souffle une première bouffée de fumée odorante pour servir le vin. Max leva son verre et fit tourner le liquide aux reflets de rubis devant ses yeux pour en jauger la couleur d'un air absorbé, puis but une longue gorgée. Christina se décontracta et savoura tranquillement le vin et l'odeur entêtante du cigare de Max. Soudain, elle sursauta : quelqu'un venait de tirer une chaise à côté d'elle et de s'asseoir à leur table. Elle allait protester quand elle reconnut Guy Saunders. Un grand sourire éclaira son visage.

— Guy ! s'écria-t-elle. Quel plaisir de vous voir !

L'Anglais rougit un peu, les yeux brillants, et lui rendit son sourire en s'installant dans son fauteuil et en croisant les jambes, sans lâcher la cravache qu'il tenait à la main.

— Moi aussi je suis ravi, Christina. Votre beauté illumine cette place.

— Quel charmeur vous faites, Guy, répondit-elle en souriant de plus belle.

— Je me fais un point d'honneur de l'être toujours autant que possible. Au fait, avant que j'oublie… J'ai une sœur — Caroline — qui aimerait beaucoup vous rencontrer. Il faudra que vous passiez à la maison. Nous habitons juste au-dessus de la colline qui surplombe la vôtre.

— Comment cela ? Sans invitation ? s'étonna Christina.

— Bienvenue en Toscane, Christina ! Les règles de l'étiquette s'appliquent ici comme ailleurs, mais, entre amis, nous ne faisons pas de manières. N'est-ce pas, Max ?

— Absolument, répondit l'intéressé d'une voix traînante.

— En ce cas, que Caroline me rende visite quand cela lui chante, repartit la jeune femme. Moi aussi j'aimerais bien la rencontrer.

L'idée d'avoir une amie anglaise, et une voisine par-dessus le marché, la séduisait grandement.

— Avez-vous fait des progrès en italien ? Trouvez-vous cette langue difficile ?

— Oui, très, avoua Christina. Molly en revanche se débrouille très bien. Il faut dire qu'elle passe le plus clair de son temps avec Carmel et Pepi et, comme ils ne parlent pas anglais du tout ou presque, elle est bien forcée de communiquer avec eux. Elle tient absolument à apprendre le nom de tous les ustensiles et de tous les ingrédients qu'elle utilise, et elle les répète à longueur de journée à voix haute en m'exhortant à faire la même chose.

— C'est une manière d'apprendre qui donne de bons résultats.

— Je vous promets de m'y atteler, dit Christina en riant. Etes-vous ici pour rendre visite à quelqu'un au village ?

— Je rentrais chez moi quand je vous ai vus arriver sur la *piazza*. Je me suis dit que cela ne vous dérangerait pas que je me joigne à vous.

Max hocha la tête sans enthousiasme particulier.

— Vous ne pouvez pas faire moins que de m'inviter à partager votre bouteille, mon vieux, reprit l'Anglais.

— Servez-vous, fit Max en pointant du doigt le flacon et en poussant un verre en direction de son ami. Que je vous invite ou pas, vous le ferez de toute façon. Il me semble pourtant que vous avez déjà passablement bu ce soir.

— Oh, quelques gorgées à peine, Max, pas plus, je vous l'assure, répliqua Saunders en remplissant le verre jusqu'au bord avant d'y porter ses lèvres. Avez-vous appris beaucoup de choses sur les techniques de fabrication du vin, Christina ?

— J'en sais à peu près autant que le chat de la maison, s'esclaffa-t-elle. Ne craignez rien, je ne serai jamais une autorité sur la question. J'imagine que, quand viendra le temps de la vendange, les choses se feront à la *Casa del Sole* comme elles se sont toujours faites et que Pepi suivra les instructions de Max, comme de juste.

— C'est un garçon fort capable et il sait beaucoup de choses, intervint Max. Les parcelles de la *Casa del Sole* sont un peu mieux exposées que les autres, aussi la vendange y commence-t-elle une semaine plus tôt qu'ailleurs, en général. Le temps venu, nous embaucherons des travailleurs itinérants, pour renforcer nos troupes.

— J'ai encore tant à apprendre ! soupira Christina d'un ton théâtral. J'ai bien peur de ne jamais tout savoir sur le sujet.

— Personne ne sait jamais tout, dit Guy en dévisageant la jeune femme sans se soucier de l'agacement que son manège commençait à provoquer chez Max. Plus que le savoir, c'est l'expérience qui compte.

Il se pencha en avant, les coudes sur la table, en faisant tourner son verre entre ses doigts.

— Vous êtes vraiment ravissante, ce soir, Christina. Franchement, j'envie à Max sa bonne fortune. Si vous n'étiez pas déjà mariée, je crois bien que je vous enlèverais.

Christina rit doucement, amusée par les fadaises que débitait l'Anglais d'un ton à la fois sérieux et goguenard.

— Voulez-vous bien cesser, Guy ? Je vais finir par croire que vous êtes un coureur de jupons sans vergogne.

— C'est exactement le cas, maugréa Max en faisant tomber la cendre de son cigare. Et il est d'autant plus dangereux qu'on peut le croire inoffensif. Vous feriez bien de vous méfier.

— Mais je suis inoffensif ! protesta Saunders en écartant les bras comme un homme qu'on accuse faussement. Ne l'écoutez pas, Christina. Max a toujours été un affreux jaloux.

— Et vous un gredin de la pire espèce, rétorqua Max. La liste de vos conquêtes ferait pâlir d'envie Casanova lui-même, aussi vous prierais-je de cesser de lorgner ma femme comme vous faites.

Christina manqua de s'étouffer de rire à ces mots.

— Voulez-vous cesser, tous les deux ? se récria-t-elle

en les regardant l'un et l'autre, sans comprendre pourquoi Max se montrait aussi discourtois. On dirait des enfants qui se chamaillent.

— Vous êtes complètement dérangé, Guy, lança Max sèchement.

Saunders accueillit cette remarque désobligeante avec un sourire nonchalant et fit un clin d'œil appuyé à l'adresse de Christina.

— Je vous serais reconnaissant de garder vos réflexions pour vous, Max, sans quoi je me verrais obligé de vous en servir quelques-unes à mon tour.

— A Dieu ne plaise ! grommela Max.

Guy leva son verre.

— A la vôtre, mon cher. On dirait que vous avez meilleur goût en matière de femmes.

— Je suis vraiment ravi que vous approuviez mes choix. Ce n'est pas nouveau, remarquez…

La curiosité de Christina était piquée.

— Cela vous dérangerait-il de m'expliquer pourquoi vous êtes toujours à couteaux tirés ? Vous êtes voisins, je vous le rappelle, et amis aussi. Car vous l'êtes, n'est-ce pas ?

— Les meilleurs du monde, répondit Guy, sarcastique. Et, puisque mon ami Max se montre réticent, c'est moi qui vais vous expliquer les choses. Dans nos jeunes années, nous avons été élevés quasiment comme des frères. Nous avions le même âge et étions tous deux orphelins de mère. A onze ans, on nous a envoyés en Angleterre, dans la même école. Nous revenions ensemble en Toscane pour les vacances, l'été, nous sortions ensemble chez les uns ou les autres, en fait nous faisions presque tout ensemble, n'est-ce pas, Max ? Mais, ensuite, lui est allé à Cambridge, et moi je suis resté ici.

— Mais alors, pourquoi cet antagonisme ? s'étonna Christina, qui ne comprenait toujours pas.

Une lueur de compréhension s'alluma soudain dans son regard.

— Est-ce qu'il s'agirait d'une femme, par hasard ?

Les deux hommes se regardèrent.

— Vous êtes perspicace, ma chère, dit Guy en riant sous cape. Au fait, Max, comment va cette charmante Francesca ?

— Ah ! dit Christina, qui sentit une colère froide la gagner tout à coup. La *signorina* Cantoni ! Cela m'aurait étonnée.

Depuis leur première rencontre, cette femme éveillait en elle un sentiment de méfiance et une animosité instinctive.

Le visage soudain grave, Guy considéra son verre en souriant, un pli amer au coin des lèvres.

— Nom : Cantoni, prénom : Francesca. Extravagante, enfant gâtée, trop sûre d'elle-même, habituée à obtenir tout ce qu'elle veut d'un claquement de doigts… C'est bien ça, Max ?

L'expression de Max se fit glaciale.

— Je préfère ne pas ennuyer Christina en parlant de Francesca, si vous le voulez bien, Guy. Il ne vous aura pas échappé que ces dames ne se sont pas exactement jetées au cou l'une de l'autre lors de leur première rencontre.

Christina se laissa aller contre le dossier de son siège. Max n'avait pas tort ; elle n'avait plus envie d'entendre parler de cette créature.

— Oublions cela, voulez-vous, fit-elle d'un ton sans réplique. De toute façon, cela ne me concerne en rien.

Elle se força à sourire avant de poursuivre :

— Max me fait visiter la contrée, Guy. Cette région est magnifique.

— Vraiment ? Excellente initiative. Eh bien, si d'aventure ses affaires l'occupent trop pour continuer à le faire, je serai ravi de vous rendre visite à la *Casa del Sole*... Pour vous tenir compagnie en son absence.

Max, impassible, regarda Guy, puis, lentement, ôta le cigare de sa bouche et, le tenant entre ses doigts, en observa le bout rougeoyant.

— En ce cas, je vais devoir m'organiser pour que mes obligations professionnelles ne viennent pas faire obstacle à mes promenades avec Christina, dit-il d'une voix égale. Et il faudra aussi que mon épouse n'oublie pas qu'elle a des devoirs envers moi.

Christina ne parvenait pas à déchiffrer l'expression de Max. Etait-il chagriné ? Irrité ? Bien qu'il parût maître de ses émotions, elle voyait les muscles de ses joues se contracter et nota le pincement de ses lèvres lorsqu'il écrasa son cigare dans le cendrier.

D'un geste brusque, il repoussa sa chaise et se leva.

— Excusez-nous, Guy, mais je pense qu'il est temps que je raccompagne Christina. Il fera nuit quand nous arriverons.

Les deux autres se levèrent en même temps. Guy semblait un peu surpris.

— Avec un peu de chance, je vous reverrai bientôt, Christina. Pardonnez-moi si j'ai dit quelque chose de déplacé. Je ne voulais certainement pas vous offenser. Peut-être Max avait-il raison quand il disait que j'avais un peu trop bu ce soir.

— Vous n'avez rien dit d'offensant, Guy, rassurez-vous, affirma Christina avec un sourire amical. Bonsoir. J'ai été très heureuse de vous revoir. N'oubliez pas de dire à votre sœur de me rendre visite.

Le crépuscule étendait son manteau de ténèbres sur la campagne ; d'un moment à l'autre, le disque rouge du soleil allait disparaître.

Ils chevauchaient en silence, conscients tous deux de la tension créée par leur rencontre avec Guy. Christina ne comprenait vraiment pas pourquoi les choses s'étaient envenimées de la sorte. Elle trouvait Guy tout à fait amusant et appréciait sa compagnie. Elle en voulait un peu à Max de s'être montré si ombrageux et surtout de s'être comporté comme si elle lui appartenait. Quand ils atteignirent la *Casa del Sole*, ils se rendirent directement aux écuries. Elle sentait la fureur de Max grandir à chaque seconde.

— Inutile de mettre pied à terre, Max, lança-t-elle en plaçant sèchement ses rênes dans la main de ce dernier, une fois descendue de son cheval. Merci pour la jument.

Décidée à rentrer dans la maison sans rien ajouter, elle commençait à tourner les talons quand elle vit Max sauter à terre et lui agripper le bras pour la forcer à lui faire face.

— Ne vous avisez plus jamais de me parler sur ce ton ! intima-t-il d'une voix vibrante de colère.

— Je vous parlerai comme bon me semble, rétorqua-t-elle en se dégageant.

Tels deux éclats d'émeraude acérés, ses yeux lançaient des éclairs. Elle le défiait du regard, sidérée par sa colère.

— Comment osez-vous me parler comme si vous étiez mon maître ? Je sais fort bien qu'il serait inconvenant que Guy me visite seul, mais, s'il vient avec sa sœur, vous n'avez rien à y redire.

— Détrompez-vous. Que cela vous plaise ou non, vous

êtes ma femme, et il est hors de question que d'autres hommes s'invitent chez vous. Est-ce clair ? Je connais Guy Saunders, ajouta-t-il. Il cherchait à me provoquer.

Christina prit immédiatement la défense de l'Anglais.

— Selon moi, c'est plutôt vous qui l'y avez poussé. Il n'est pour rien dans votre dispute. Peut-être avait-il bu un peu trop, je vous l'accorde, mais il ne faisait que badiner. Vous vous êtes montré ombrageux et affreusement impoli envers lui, et je m'étonne qu'il ait pris la chose aussi bien. A sa place, je vous aurais donné un coup de poing en pleine figure. En tout cas, il a eu assez de tact pour s'excuser auprès de moi.

— A juste titre. Comme vous le dites si justement, il était soûl.

— Vous avoir rencontré l'aura dessoûlé, répliqua Christina en relevant le menton et en secouant sa crinière noire.

Max sentit le sang bouillonner dans ses veines devant ce geste provocant. Elle le défiait avec une impudence inouïe. Il fallait que cela cesse.

— Vous avez été odieux, enchaîna-t-elle. Comment peut-on se disputer comme des chiffonniers quand on est supposé être les meilleurs amis du monde ?

— Nous avons eu quelques différends…

— Des différends ? répéta-t-elle d'un ton moqueur. Voyez-vous ça ! Eh bien, j'espère bien ne pas être là quand vous déclencherez les hostilités, Max. Qu'est-ce qui vous a pris, bonté divine ?

Max savait qu'il allait trop loin, mais il continua sans se démonter.

— Ce débauché n'a pas perdu de temps pour vous mettre dans sa poche, à ce que je vois. Vous lui plaisez, c'est évident. Ne comptez pas sur moi pour le regarder sans broncher vous poursuivre de ses assiduités.

Max comprit, mais un peu tard, qu'il venait de faire une grave erreur en prononçant ces paroles. On ne pouvait réveiller un volcan sans prendre le risque qu'il vous explose à la figure.

— Eh bien, vous n'aurez qu'à détourner les yeux, voilà tout, repartit Christina sans se soucier de la pâleur mortelle qui envahissait le visage de Max. Vous ne pourrez pas m'empêcher de faire ce que je veux. Ecoutez bien ce que je vais vous dire, Max Marchesi : je ne serai jamais un pion dont un homme peut se servir à sa guise. Jamais, m'entendez-vous ? Et cela vaut pour vous comme pour les autres.

— Vous ne verrez pas Guy hors de ma présence, dit-il en maîtrisant sa voix tant qu'il pouvait.

— Je le ferai si cela me chante. Pourquoi pas ?

— Parce que je vous le demande.

— Vous me l'avez ordonné, et je n'aime pas ça.

— Entendu. Pardonnez-moi. Mais, s'il vient vous rendre visite en mon absence, refusez de le voir.

— Cela dépendra des circonstances. Il n'est pas question, pas même pour vous faire plaisir, que je sois discourtoise avec lui et le congédie s'il vient me voir seul à la *Casa del Sole* ; mais je suis persuadée qu'il a assez de bon sens pour ne pas s'y risquer. S'il le fait, je vous promets que Molly ne me quittera pas une seconde. Etes-vous satisfait ?

— Non, mais je m'y résigne.

— Merci. Il se trouve que j'apprécie beaucoup cet homme. En tant qu'ami, bien sûr. Je suis peut-être votre femme, Max, mais je ne vous appartiens pas. Je veux bien respecter vos désirs, mais pas votre autorité, et j'espère que vous me ferez la faveur d'en user de même avec moi. D'ailleurs, à propos de faveur, n'y a-t-il pas quelqu'un qui vous poursuit de ses assiduités, comme vous dites, et sans vergogne ?

— Je m'étonne de vous voir parler comme une épouse, Christina, et jalouse par-dessus le marché, riposta-t-il.

Il y avait du vrai dans cette remarque, assez en tout cas pour que Christina s'en irrite.

— Je ne suis pas jalouse du tout et j'espère sincèrement n'avoir aucun motif de l'être. Du reste, si vous êtes amoureux de cette femme, notre mariage ne signifie rien, et je n'ai donc pas de raison de me lamenter.

— Il est pourtant scellé par un contrat qui vous lie à moi, un contrat que vous honorerez, j'y compte bien.

De s'entendre rappeler ainsi ses devoirs d'épouse ne fit qu'augmenter encore la colère de la jeune femme.

— Je ne pense pas que vous ayez quoi que ce soit à craindre de ce point de vue, Max. Je n'ai pas d'autre choix que de l'honorer, vous le savez très bien.

Elle fit un pas en arrière pour prendre congé, mais il la rattrapa par la main et l'attira vers lui une nouvelle fois.

— Je crains qu'il ne nous faille lever certaines ambiguïtés avant que je m'en aille, Christina.

— Des ambiguïtés ? Lesquelles ?

— Celles-ci, répondit-il en approchant son visage.

Christina vit le désir embraser le regard de Max et sa bouche se jeter avidement sur ses lèvres. Son souffle brûlant sur son visage et l'odeur mâle qui émanait de son corps se liguaient pour la subjuguer. Son propre corps s'enflammait aussi, et le sang se ruait dans ses veines comme une coulée de métal en fusion, balayant ses doutes et ses peurs. Dans un dernier sursaut, elle détourna la tête.

— De grâce, lâchez-moi, Max. N'essayez pas encore une fois de me soumettre en m'embrassant. Je ne veux pas… Pas comme ça.

Il lui prit le menton et la força à le regarder. Ce qu'il lisait dans ses yeux démentait ses propos. Son corps tremblait si fort qu'il désavouait par avance tout ce qu'elle pourrait dire pour le repousser. Son parfum capiteux l'enivrait, et il sentait aussi au fond de lui une force sauvage prendre peu à peu, irrésistiblement, le contrôle de sa volonté. Il la serra dans ses bras comme pour la mouler contre son corps.

— Christina !

Sa voix rauque s'infiltra en elle jusqu'au plus profond de son âme, délivrant d'un coup ses passions interdites. Elle vit son regard descendre sur sa bouche et s'y attarder un instant.

— Pourquoi faut-il que vous me repoussiez toujours ? Je veux vous embrasser. J'en ai envie.

Elle tenta de s'arracher à lui, mais il la retint facilement, un sourire vague sur les lèvres.

— N'êtes-vous pas aussi curieuse que moi de découvrir si ce sera aussi agréable que les autres fois ? Je vous l'affirme, Christina, les Italiens savent embrasser comme personne.

— Non ! murmura-t-elle, une boule dans la gorge. Je ne veux pas. De toute façon, vous êtes à moitié anglais.

— Pour ce qui est de l'amour, je peux vous assurer que je suis italien à cent pour cent.

Elle ne savait pas exactement à quoi elle s'attendait en rentrant chez elle, mais certainement pas à se retrouver prisonnière de l'étreinte d'acier de Max et encore moins dans un coin sombre, soumise à la caresse affolante de sa langue, qu'il dardait entre ses lèvres pour les forcer à s'ouvrir.

Vacillant sur ses jambes, grisée par le parfum viril de Max, Christina gémit mollement pour protester contre cette intrusion ; la bouche de son amant hésita alors brièvement, pour reprendre sa caresse de plus belle, avec une lenteur affolante cette fois et une charge érotique infiniment plus troublante, au point qu'elle se mit à trembler de tout son corps. Sa colère s'apaisa rapidement, dissoute dans le crescendo fiévreux du désir, et elle s'abandonna à la magie de cette étreinte, savourant la force des bras qui la serraient à l'étouffer ; et pourtant plus le baiser durait et plus elle se sentait déchirée. Elle avait l'impression d'être deux personnes à la fois, l'une ivre de désir, l'autre folle d'anxiété.

Les mains de Max glissèrent sur la peau frémissante de son dos, remontant jusqu'à son cou pour lui prendre la tête comme en un merveilleux étau. Elle jouait avec le feu en le laissant l'embrasser, mais, dans ce feu, tel un papillon, elle ne songeait qu'à se jeter. Ses mains qui, l'instant d'avant, luttaient pour se libérer se perdaient à présent sur le torse puissant et la nuque de Max. Quand il leva la tête pour s'arracher à elle, elle se sentit comme désorientée, perdue.

— Je n'imaginais pas que vous cachiez en vous de tels trésors de désir et de passion, Christina, fit-il, moqueur. Etes-vous d'avis que je n'aurais pas dû vous embrasser ?

A ces mots, la conscience de la jeune femme se réveilla brutalement, et sa révolte aussi. Il voulait la dominer, sans doute, et lui imposer sa volonté.

— Vous le pensez, n'est-ce pas ? Eh bien, que vous arrive-t-il ? Est-il possible que je vous aie enfin rendue muette ?

Il venait de remporter une bataille, songea-t-elle, rouge de confusion et de colère. Pourquoi ces débordements la laissaient-ils toujours aussi faible et impuissante qu'un frêle chaton ? Et pourquoi cela n'advenait-il qu'avec Max

Marchesi ? A cet instant, elle aurait aimé le fuir à l'autre bout du monde.

— Je préférerais que vous partiez, à présent, dit-elle d'une voix étranglée.

— Ne croyez-vous pas que nous devrions parler, au contraire ?

— Non, pas maintenant, pas ce soir. Je ne pourrais pas. Je vous en conjure, Max, allez-vous-en.

Il s'éloigna calmement et, après avoir installé dans l'écurie la jument qu'il avait promis de laisser sur place, s'en retourna chez lui, non sans préciser qu'il la reverrait le lendemain. Il n'essaya pas de la toucher encore, quand bien même il avait dans les yeux une lueur qui disait nettement que les choses n'en resteraient pas là, comme s'il voulait lui promettre que bientôt il la tiendrait plus serrée encore, et plus longtemps, dans ses bras.

Le clair de lune nimbait les oliviers. Christina cherchait à comprendre ce qui venait de se passer et la nature des émotions que cet homme parvenait immanquablement à susciter en elle. Quel gâchis ! Jusqu'à l'arrivée de Guy, elle s'était sentie parfaitement heureuse, seule avec Max.

Et par le fait même totalement désarmée.

9

Christina passa toute la nuit à penser à Max, à revivre leur baiser et à sonder les sensations que lui inspiraient leurs étreintes. Elle était parfaitement consciente que la rencontre de cet homme bouleversait tout, absolument tout dans sa vie depuis le premier jour. Elle l'avait senti en Angleterre déjà, ce qui expliquait qu'elle se soit rendue chez lui avant son départ pour l'Italie. Max n'avait eu aucun mal à subjuguer son âme innocente, d'autant plus facilement qu'elle venait de subir un vrai cataclysme en apprenant la vérité sur sa naissance.

A chacune de leurs rencontres, un courant violent passait entre eux, qui les attirait l'un vers l'autre et auquel elle tentait de résister de toutes ses forces. Mais, la veille au soir, elle avait rendu les armes. Elle se souvenait parfaitement qu'une étrange langueur, chaude et profonde, l'avait envahie, et qu'elle avait eu envie que ce baiser ne s'arrête jamais. Pour la première fois, elle éprouvait une attirance physique pour un homme ! Une attirance violente, impétueuse…

Tout à coup, sans savoir pourquoi, elle se mit à songer à Francesca Cantoni, et la morsure de la jalousie vint malmener son cœur…

Cette femme croyait avoir, dans la vie de Max, une place particulière et définitive. Hélas pour elle, Christina n'avait aucune intention de partager Max. Elle le voulait pour elle seule. Cette vérité la fit frémir, et, quand bien même elle tâchait d'éviter que ses émotions ne prennent le pas sur sa raison, comme elle savait la bataille perdue d'avance, elle savoura finalement le bonheur de s'abandonner à ses désirs.

Son cœur exultait, exalté par la force irrésistible de ses sentiments. Comment avait-elle pu en arriver là ? Cela dit, avait-elle seulement eu le choix ?

Max arriva tôt le lendemain et se montra, contrairement à la veille, d'une politesse exemplaire quoiqu'un peu froide. Si cela soulagea la jeune femme, elle n'en craignait pas moins qu'il n'ait décidé que le temps était venu pour leurs relations de prendre une direction nouvelle.

Elle ne se trompait pas.

— Christina, lança-t-il quand ils se furent assis sur la terrasse pour prendre le café, sachez qu'après-demain nous nous rendrons à un dîner. Ce sera une soirée plutôt informelle, avec simplement quelques amis. Comme je n'ai pas l'intention de vous laisser languir à la *Casa del Sole*, ce sera une bonne occasion de vous initier aux mœurs toscanes. Il est grand temps que je présente ma femme à la bonne société de la région. Vous n'y voyez pas d'inconvénient, j'espère ?

— Bien sûr que non, Max. Je suis très impatiente de rencontrer vos amis.

— Par ailleurs, la tradition veut qu'une semaine avant la vendange on donne un bal au *castello* Marchesi ; vous aurez donc du pain sur la planche d'ici peu. En attendant, venez demain à la villa. J'aimerais que vous vous familiarisiez avec cette demeure qui sera un jour la vôtre, et aussi que vous alliez saluer votre grand-mère. Je vous organiserai également une visite guidée des vignobles et des caves. Je suis sûr que vous trouverez tout cela très intéressant.

La bouffée de joie qui envahit Christina à l'idée de revoir le *castello* Marchesi — et d'être avec Max — lui sembla un peu excessive. Pourquoi tenait-elle tant à garder ses distances avec lui si elle se mettait en émoi chaque fois qu'il se montrait gentil avec elle ?

— J'ai hâte d'être à demain, Max.

Ce jour-là resterait gravé à jamais dans sa mémoire.

Il faisait chaud et, quand la voiture vint la chercher, elle avait fait sa toilette et passé une robe légère. Au *castello*, Max l'attendait sur le perron, l'air détendu, vêtu d'un costume de lin blanc cassé et d'une chemise ouverte.

En voyant Christina descendre du buggy, le souffle lui manqua : on aurait dit un ange dans sa robe jaune et blanc, son chapeau de paille légèrement penché sur la tête, sa petite ombrelle à la main. Quand elle s'approcha, il put voir dans ses yeux verts une lueur d'excitation qui, elle, n'avait rien d'angélique. Longuement, sans pouvoir s'en empêcher, il la caressa du regard.

En arrivant à sa hauteur, Christina marqua une hésitation, comme si elle le voyait pour la première fois. Sa haute stature et le bleu intense de ses yeux la surprenaient toujours. Un instant, elle en fut un peu désorientée. Pourquoi lui semblait-il encore si étranger ? Beau sans doute, désirable assurément, mais étranger tout de même.

Elle se ressaisit néanmoins dès qu'il lui prit la main et l'attira à lui, en lui dédiant un sourire engageant.

— Bienvenue au *castello* Marchesi, Christina, murmura-t-il en lui donnant un baiser sur la joue. Vous êtes ravissante.

Venez, j'ai pensé que nous pourrions marcher un peu dans les vignes avant que le soleil ne soit trop haut, si cela vous dit, bien entendu.

Sous la désinvolture de cette invite, elle sentait bien la fierté qu'il éprouvait pour son domaine.

— J'espérais que vous me le proposeriez, répondit-elle en souriant à son tour. C'est l'une des raisons pour lesquelles je suis ici, n'est-ce pas ?

Il fronça un peu le sourcil, en souriant mystérieusement.

— Je crains que d'être si près de vous ne mette à mal mes bonnes résolutions, aussi vaut-il mieux que nous restions bien en vue en nous promenant. Ensuite, je vous emmènerai visiter les caves.

— Je suis sûre que ce que vous allez me montrer est cent fois plus impressionnant que ce que j'ai déjà vu à la *Casa del Sole*.

— Pas du tout. Les caves là-bas sont bien meilleures ; votre grand-mère a tout fait pour cela. Les miennes, cela dit, ont été largement rénovées au fil des ans. J'ai beaucoup investi dans du matériel récent. Ce qui explique que je sois toujours très impatient de les faire admirer, chaque fois que j'en ai l'occasion.

Christina s'appuya sur son bras pour descendre les marches qui menaient au jardin. Visiblement ravi, Max garda néanmoins le silence et la guida tranquillement le long d'un sentier ombragé qui menait aux vignes en lui désignant d'un geste ample les bois dans lesquels il aimait chasser le faisan, le sanglier et le chevreuil.

Ni l'un ni l'autre ne remarqua que la comtesse douairière les observait depuis sa fenêtre, un sourire satisfait aux lèvres.

Christina, elle, se détendait peu à peu. La journée

commençait bien. Il n'y avait plus qu'à espérer que Max saurait modérer ses ardeurs et ne se risquerait pas à mettre sa résistance à l'épreuve.

Ils passèrent une heure très agréable à arpenter les vignes. Séparées les unes des autres par des oliveraies, les parcelles offraient aux regards la vaste palette de leurs couleurs d'été. Max présenta sa jeune femme à quelques ouvriers aux visages luisant de sueur qui arrachaient les mauvaises herbes entre les rangées d'arbres et de ceps. Il en profita pour lui expliquer encore certaines techniques de greffe, insistant sur l'importance d'une taille sévère au printemps.

— Si un pied de vigne produit trop de grappes, le vin sera maigre et dilué, mais s'il n'en porte pas assez le vin risque d'être déséquilibré par excès de concentration.

Il lui expliqua encore que la récolte pouvait être sérieusement affectée par le gel au printemps et la pluie en été, et que, de ce point de vue, certaines variétés résistaient mieux aux agressions que d'autres, ce qui avait conduit son grand-père à s'essayer au mélange des cépages, comme cela se faisait à Bordeaux depuis des temps immémoriaux, mais pas en Toscane jusque-là. En matière d'œnologie, Max semblait être un vrai puits de science, et Christina l'écouta avec le plus grand intérêt.

Quand le soleil approcha de son zénith, ils rentrèrent au château et s'assirent sur l'immense terrasse qu'ombrageait une tonnelle couverte de vigne vierge. Presque aussitôt, un valet de pied leur apporta des rafraîchissements et quelques douceurs.

Levant les yeux vers Max, Christina s'avisa qu'il la dévisageait, les paupières mi-closes, tel un fauve observant sa proie.

— A quelle époque votre famille s'est-elle établie en

Toscane, Max ? s'enquit-elle, consciente que, si elle ne prenait pas en main la conversation, son esprit se mettrait à divaguer dangereusement.

— Cela remonte à l'an neuf cent, figurez-vous, à ce qu'on sait. L'histoire du *castello* Marchesi est un peu en dents de scie. Mes ancêtres étaient de puissants seigneurs alliés aux Florentins contre les Siennois, et le *castello* a été détruit à plusieurs reprises. On l'a reconstruit pour la dernière fois au XVe siècle.

Il s'enfonça dans son fauteuil.

— C'est agréable d'être ici tous les deux, ajouta-t-il dans un murmure.

Il continuait à la dévisager. En se laissant aller, elle aussi, contre le dossier de son siège, elle avait adopté une position un peu provocante, qui plaquait le tissu de sa robe contre les contours voluptueux de sa poitrine et de ses hanches. Max appréciait en connaisseur ce délicieux spectacle.

Instinctivement, Christina se raidit.

— Ne vous a-t-on jamais appris qu'il était impoli de fixer ainsi les gens sans retenue ?

— Cela m'est arrivé souvent, étant jeune, répondit-il sans cesser de sourire.

Le bleu de ses yeux semblait plus intense, tout à coup.

— Je ne faisais que vous admirer…

— Avec bien trop d'audace, déclara-t-elle doucement.

Bizarrement, elle ne se sentait pas offensée, bien au contraire. Elle se décontracta un peu et le regarda à son tour, admirant sa bouche souriante, son cou viril sur lequel saillait sa pomme d'Adam, son torse puissant, ses jambes élancées tendues devant lui, ses mains aux doigts longs et fins posées sur ses genoux. En se demandant l'effet qu'elles lui feraient si elles s'aventuraient sur sa peau nue…

— Cela vous gêne-t-il ?

— Non, je trouve ça flatteur, repartit-elle, incapable de repousser le plaisir que lui causait cette conversation risquée.

— C'est parce que vous me plaisez, Christina.

Sentir son regard brûlant sur elle la faisait frémir d'une façon exquise. Comment pouvait-elle prétendre ne pas s'intéresser à un homme dont le regard et la voix la bouleversaient à ce point ? Quand elle le vit suivre des yeux la ligne tendre de son cou jusqu'à la naissance de ses seins, elle eut soudain le souffle court et s'agita, gênée. Heureusement, il releva la tête pour la fixer de nouveau dans les yeux.

— Peut-être ne l'avez-vous pas remarqué, mais je ne suis pas du genre à courir deux lièvres à la fois. Quand je vous ai vue à Tanglewood, je ne vous ai pas seulement trouvée belle, mais aussi follement attirante de par votre innocence même, et, quand je vous ai quittée ce jour-là, ce fameux jour où nous avons échangé notre premier baiser, j'ai eu envie de vous traîner derrière un arbre séance tenante et de vous y faire mienne. J'ai eu assez de scrupules pour ne pas céder, mais je dois vous avouer que je m'en cogne la tête contre les murs, parfois.

Elle sentait une chaleur dangereuse l'envahir des pieds à la tête, en même temps que l'espoir fou qu'il pourrait bien finalement l'aimer un jour autant qu'il aimait ses vignes.

— Vraiment ? Vous pensez ce que vous dites ?

Max hocha la tête sans la quitter des yeux. Son cœur s'affola alors dans sa poitrine, et, quand il se leva, elle crut défaillir. Lentement, il s'approcha d'elle et lui prit la main pour l'aider à se lever, en la caressant de ses yeux de velours.

— Ne vous approchez pas trop près, s'il vous plaît, murmura-t-elle, affolée.

Max sourit et lui répondit d'une voix calme et enjôleuse :

— Je ne peux pas vous embrasser si je reste assis de l'autre côté de la table.

Elle n'arrivait même plus à déglutir. Tout allait trop vite.

— Vous allez m'embrasser ?

— J'en ai terriblement envie. Un mari a le droit d'embrasser son épouse de temps en temps, non ?

— Mais… je viens à peine de vous pardonner votre dernier baiser.

— En ce cas, j'ai bien peur que vous deviez bientôt m'en pardonner un autre, dit-il en l'attirant contre lui et en se penchant sur elle. Et puis, soyons francs, la dernière fois que je vous ai embrassée, si je me souviens bien vous m'avez semblé apprécier la chose. Ne le niez pas.

L'instant d'après, il prenait sa bouche, et Christina eut l'impression de recevoir une décharge électrique. Les mains de Max glissèrent vivement le long de son dos, la pressant contre lui avec fougue tandis que son baiser se faisait plus impérieux à chaque seconde, provoquant dans le corps de Christina une succession rapide de sensations plus étonnantes les unes que les autres. Un grand frisson la saisit quand la bouche de son amant se mit à tracer un sillon ardent sur sa joue, son front, s'arrêtant un instant sur ses paupières fragiles avant de replonger vers ses lèvres. Vaincue, elle s'abandonna à l'exigence de ses mains et de sa bouche et, plaquée contre lui, sentit sa raison s'abolir quand sa langue s'empara d'elle avec une sauvagerie qui portait témoignage du désir fou qui brûlait en lui.

Jusqu'à présent, Max était parvenu à se convaincre que

son souvenir de la passion que Christina suscitait en lui avait quelque chose d'étrange, d'exagéré même ; mais, à présent, ce baiser et le bonheur de sentir ses seins ronds et fermes pressés contre sa poitrine, de savourer le goût de ses lèvres exquises, dépassaient tout ce qu'il croyait avoir ressenti par le passé. Pour un homme comme lui, les plaisirs de la chair n'avaient pas de secrets ; il savait ce qu'il pouvait en attendre. Mais, avec Christina, l'innocente et pure Christina qu'aucun homme n'avait jamais touchée, il fallait procéder avec mille précautions.

A regret, il releva la tête. Aussitôt, elle plaqua le visage contre son torse tout en le caressant frénétiquement, les mains ouvertes, incapable de réprimer son envie de le toucher à travers l'étoffe fine de sa veste de lin.

— Vous êtes un scélérat, Max Marchesi, et n'avez qu'une seule idée en tête !

— Un scélérat ? répéta-t-il avec un rire grave. Non, Christina, je désire seulement partager avec vous un moment d'extase et vous initier à la douce caresse de la passion.

Sa voix légère comme un souffle frais lui faisait tourner la tête. Lentement, elle sentit son cœur retrouver son rythme normal et son souffle s'apaiser.

— En ce cas, tâchez de vous contenir, Max, dit-elle en souriant d'un air mutin et en s'écartant toutefois. Je ne suis pas venue ici pour être séduite, mais pour visiter vos caves et votre splendide demeure.

— C'est le prétexte que j'ai trouvé pour vous faire venir ici. Vous feriez se damner un saint, Christina, et j'ai absolument l'intention de vous séduire.

— C'est bien ce que je redoutais.

Elle détourna les yeux pour éviter son regard. Qu'avait donc cet Italien qui bouleversait ses sens à ce point ? Il était beau et très intelligent sans doute, et le souvenir de ses baisers passionnés faisait naître en elle une excitation délicieuse qui lui donnait envie d'en recevoir d'autres, et même d'aller plus loin, peut-être ...

Max lui prit le visage entre les mains et plongea ses yeux dans les siens, comme s'il voulait la sonder jusqu'au fond de son âme.

— Ne vous effrayez pas de ce qui est en train de se passer entre nous, Christina. En fait, c'est sûrement plus la vitesse de la chose que la chose elle-même qui vous surprend, déclara-t-il en lui caressant la joue du bout du pouce. Vous savez, quand vous avez fait irruption dans ma maison, cette fameuse nuit, il m'a fallu un moment pour comprendre que je ne rêvais pas. Quand je vous ai aperçue sur le seuil, j'ai vraiment cru voir un ange. Vous en aviez l'air en tout cas, et je craignais que , si je fermais les yeux, vous ayez disparu quand je les rouvrirais.

— Je ne suis pas un ange, Max. Je suis bien réelle au contraire, et, quand vous m'embrassez, mes pensées n'ont rien d'angélique, affirma-t-elle avec un sourire coquin.

— C'est donc que vous éprouvez quelque chose à mon égard.

Elle opina sans répondre. Oui, tout allait trop vite. Et il avait raison, elle éprouvait envers lui une attirance irrépressible depuis le premier jour. Et, depuis le premier jour, elle essayait de s'en défendre. En vain.

— Voulez-vous me montrer les caves à présent ? demanda-t-elle, perturbée par les pensées qui lui venaient. Mais d'abord, promettez-moi que vous vous tiendrez comme il faut. J'ai votre parole ?

Il lui tendit la main avec un sourire provocant.

— Venez, je vais vous montrer tout ça, l'invita-t-il, ignorant sa requête.

Ils entrèrent dans les caves par une porte massive dont

la serrure était sans doute la plus grosse que Christina ait jamais vue. Elle suivit Max dans un escalier imposant, et ils se retrouvèrent bientôt dans le chai proprement dit, où s'alignaient comme à la parade d'innombrables tonneaux de chêne. C'était là que les vins du domaine atteignaient leur pleine maturité. Max lui montra ensuite les cuves de fermentation ainsi que les pressoirs gigantesques d'où sortait, les soirs de vendange, le jus sombre et capiteux appelé à devenir l'un des nectars les plus prestigieux de la Toscane. Christina se sentait à l'abri dans ce dédale blotti sous la grande maison. Il lui semblait remonter dans le temps, comme cela arrive parfois quand on se trouve dans une église vénérable. Les plafonds voûtés, les murs de brique épais lui évoquaient l'atmosphère d'un confessionnal, et elle se sentait fort impressionnée.

Une partie d'elle-même écoutait les explications de Max tandis que l'autre se concentrait sur l'homme lui-même et ce qui venait de se passer entre eux. En ces lieux, il était dans son élément. Sa voix emplissait l'air de son ronronnement tranquille, et il se comportait comme un homme pleinement confiant. Elle le suivait, silencieuse, éblouie par la fierté qui perçait dans chacun de ses mots. Il avait une façon de parler du travail de la vigne et de la production du vin qui dénotait chez lui une réelle passion pour son métier.

Plus elle l'écoutait, plus il l'étonnait. Décidément, cet homme-là était bien plus complexe qu'elle ne l'avait pensé jusqu'alors. Il ne faisait rien à moitié et recherchait l'excellence en tout. Perdue dans ses pensées, elle sursauta presque en l'entendant rire doucement.

— Pardonnez-moi, dit-il. J'ai tendance à me laisser emporter par mon enthousiasme quand je parle du vin. J'espère que je ne vous ennuie pas. J'ai peur de vous avoir assommée de détails au cours de cette visite. Mais, à présent que vous êtes l'épouse d'un viticulteur, il est bon que vous soyez mieux informée de ce que nous faisons ici. Cela vous permettra de répondre aux questions qu'on pourra vous poser à ce propos.

— Je ne savais pas qu'il existait tant de variétés différentes de raisin. J'avoue que je m'y perds un peu.

— Venez, répondit-il en lui prenant le bras pour la guider jusqu'en haut des marches. Je vous emmène voir la maison, après quoi il sera temps de déjeuner. Nous pourrons savourer un verre de mon meilleur vin.

L'intérieur du *castello*, du moins les parties qu'elle découvrit ce jour-là, ne déparait pas les lieux. Ils traversèrent une série d'appartements somptueux ainsi qu'une grande salle de bal, qui brillait de toutes ses dorures et dans laquelle les artisans plâtriers semblaient s'être livrés à un concours d'extravagance.

Pour le déjeuner, ils se régalèrent de *bruschetta* arrosée d'un filet d'huile d'olive odorante et de tomates fraîches écrasées, d'une salade verte et d'un plat de viandes froides. Ensuite, ils dégustèrent des fraises sauvages, celles qui poussaient l'été dans les collines alentour ; trempées dans du mascarpone relevé d'une pointe de vinaigre de Modène, elles constituaient un mets de choix.

L'atmosphère n'aurait pu être plus agréable. Le vin rendait Christina un peu groggy, achevant de la détendre complètement. Le calme de l'endroit la gagnait ; elle aurait pu fouiller sa mémoire pendant cent ans qu'elle n'y aurait pas trouvé le souvenir d'une journée plus parfaite. Pendant qu'ils mangeaient et buvaient, elle devinait vaguement le regard de Max posé sur elle, mais elle se sentait si bien que cela ne la gênait plus.

— Alors, Christina, comment trouvez-vous le *castello* Marchesi ?

— Comment ne pas le trouver enchanteur ? C'est vraiment un palais de conte de fées.

— Vous auriez grandi bien différemment si vous aviez vécu ici. Les Anglais sont moins cérémonieux que les Italiens.

— Je suppose que ça leur rend la vie plus agréable.

— Possible. Quand je vous ai vue pour la première fois à Tanglewood, répondit-il en plissant légèrement les yeux, batifolant dans l'étang avec Peter et James, j'ai pensé que vous étiez diablement délurée de vous comporter ainsi sans vous soucier de rien.

Le visage de la jeune femme s'assombrit légèrement.

— J'étais totalement insouciante, en effet.

Il y eut un court silence.

— L'insouciance constituait même un trait marquant de mon caractère, à l'époque, ajouta-t-elle avec un sourire. Je pensais que vous vous en doutiez. Je déteste les conventions et j'ai toujours suivi mes impulsions…

Max éclata de rire en plissant les yeux.

— Il m'avait semblé en effet que le poids des conventions ne vous étouffait pas vraiment. Sans doute en raison de votre éducation anglaise. Nous autres Italiens sommes plus stricts mais aussi plus fiers et ombrageux. C'est à cause du sang latin qui coule dans nos veines. Vous en avez vous aussi, même si votre milieu en a quelque peu atténué la fougue.

— Pas tant que cela. J'ai tendance à m'emporter assez vite. D'ailleurs, vous avez déjà fait l'expérience de ma colère par le passé et vous la ferez encore à l'avenir, soyez-en sûr.

Max eut une petite moue.

— Certes, je n'en doute pas.

— Cela m'ennuyait, autrefois, de ne pouvoir être la fille qu'aurait voulue ma mère ; vous savez, le genre qui préfère la mort au déshonneur et place Dieu avant son roi et son pays. J'ai essayé, mais, quand je me suis aperçue que je n'avais pas cette fibre-là, j'ai choisi de ne pas insister.

— Je vois, fit-il, moqueur, en lui décochant un sourire désarmant. Vous n'êtes pas une fille ordinaire, Christina, et je dois dire que vous m'avez fait passer une journée délicieuse. Je suis très impatient de vous présenter à mes amis.

Il disait vrai, car il pensait que, dès qu'elle commencerait à s'intégrer à la bonne société du cru, elle se rendrait rapidement compte que sa place était à ses côtés. Pour l'heure, il se contentait de suivre le conseil de sa grand-mère, s'exhortant à la patience chaque jour. Il respectait l'innocence de Christina, sa naïveté et aussi son inexpérience, mais jamais il n'aurait pu imaginer que ce serait si difficile.

Il voulait bien admettre que son impertinence outrancière, son comportement de femme-enfant capricieuse, son refus de se plier à son autorité et son désir de prendre résidence ailleurs qu'au *castello* étaient le châtiment qu'il méritait pour l'avoir forcée à l'épouser contre son gré. Car, si l'on songeait à l'épreuve que cette union devait avoir été pour elle, cela semblait un prix bien raisonnable à payer ; mais il n'avait pas pour autant envie d'attendre toute sa vie qu'elle lui pardonne.

— Oh, j'y pense…, dit la jeune femme, l'interrompant dans ses pensées. Qu'est-il advenu de Rosa, ma nurse ? Est-elle toujours vivante ?

— Oui absolument, répondit Max, un peu surpris par cette question inopinée. Nous l'aimions tous beaucoup ici, mais, quand il n'y a plus eu d'enfants au château, elle est repartie vivre avec sa famille, à Naples. Je lui ai écrit pour lui annoncer notre mariage, et elle m'a répondu en me disant la joie que cela lui faisait de savoir que tout s'arrangeait si bien.

— En ce cas, je vais lui écrire, moi aussi.

— Je m'en doutais, dit Max avec un sourire.

Le reste de l'après-midi se passa tranquillement. Ils firent une petite promenade dans les jardins du *castello* Marchesi. On y trouvait force merveilles plus variées les unes que les autres, et Christina fut contente de se laisser guider à travers les allées de gravier bordées de parterres luxuriants. Elle admira çà et là d'élégantes statues ainsi qu'une fontaine à l'eau cristalline qui chantonnait entre deux haies de buis centenaires. Max se comporta comme un vrai gentleman et avec tant d'égards qu'elle eut vraiment l'impression d'être pour lui la seule femme qui comptât au monde. Le *castello* Marchesi était absolument splendide et la remplissait d'étonnement. Quand on en franchissait la porte, on croyait réellement pénétrer dans un autre monde.

Lorsqu'il fut l'heure de rentrer à la *Casa del Sole*, Christina poussa un long soupir. Max se tourna vers elle pour scruter son visage.

— Pourquoi soupirez-vous ainsi ?

Le timbre de sa voix émut la jeune femme. A présent qu'elle s'était convaincue de devenir sa femme pour de bon, elle se sentait un peu intimidée.

— Je pensais à quel point il semblait incroyable que ma vie ait pu changer autant en l'espace de quelques semaines, ou plutôt en l'espace d'un instant, finalement, car c'est votre arrivée en Angleterre qui a tout déclenché, si l'on y songe. Dès les premiers mots que nous avons échangés sur le bord de l'étang, mon existence a pris une direction complètement différente.

— Ne croyez-vous pas au destin, Christina ?

— Non, pas vraiment, quoique... J'avoue n'y avoir jamais vraiment songé.

Lorsqu'il la raccompagna chez elle et qu'il lui donna un baiser très chaste sur les lèvres avant de reprendre la route, elle se dit que oui, en vérité, la journée n'aurait pu être plus exquise.

Elle regarda la voiture disparaître au bout du chemin puis tourna son regard vers l'horizon, le souffle un peu court. Le bleu profond du ciel se parait lentement des couleurs du soir. Elle serra ses bras autour d'elle, incapable de contenir sa joie et son bonheur. Demain, Max viendrait lui rendre visite de nouveau, et ils pourraient reprendre le fil de l'avenir radieux qu'ils venaient de commencer à tisser tous les deux. Etait-il possible d'être plus heureuse ?

Elle rentra dans la maison, le sourire aux lèvres, le rose aux joues. Molly l'attendait dans le salon, un livre à la main, seule depuis le départ de Carmel, qui rentrait chez elle le soir une fois son travail terminé.

— Vous êtes rayonnante, Christina, commenta la femme de chambre, ravie. Je n'ai pas besoin de vous demander pourquoi.

Christina répondit d'une voix presque tremblante d'excitation, en jetant son chapeau sur une chaise.

— Je n'ai jamais rien pu te cacher, Molly. J'ai passé une journée merveilleuse !

Elle aurait voulu clamer son bonheur à la terre entière.

***

Les semaines suivantes, elle fut très occupée, et son bonheur ne fit qu'augmenter à mesure qu'elles passaient. Personne dans la région n'ignorait plus sa présence, ni qu'elle était la femme de Max. Jusqu'alors, son identité réelle et ses liens de parenté avec la comtesse douairière étaient demeurés un mystère sur lequel on spéculait abondamment ; désormais tout le monde, ou à peu près, savait de quoi il retournait.

Elle paraissait régulièrement dans les soirées mondaines et devint bientôt la coqueluche de la bonne société, au point que beaucoup se vantaient de la connaître déjà qui n'avaient pas encore eu le privilège de la rencontrer. Elle faisait partie du cercle très fermé des proches de Max et se lia rapidement d'amitié avec Caroline Saunders, la sœur de Guy, une jeune femme d'à peine vingt-deux ans, mince, blonde, intelligente, aux yeux gris pétillants et à la conversation étourdissante. Chaque fois qu'elle rendait visite à des amis ou des voisins, Christina bavardait avec qui voulait bien l'écouter. Heureusement pour elle, on ne lui en voulait pas de méconnaître l'italien, et tous s'efforçaient de lui répondre en anglais. On parlait le plus souvent des vendanges qui approchaient et s'annonçaient excellentes, si le temps voulait bien se maintenir au beau. De fortes pluies à cette époque de l'année eussent été un désastre.

Max appréciait avec quelque fierté l'accueil que réservaient ses amis à son épouse. D'ailleurs, plus elle voyait de gens, plus elle semblait prendre confiance en elle.

Il la quittait rarement. A eux deux, ils formaient un couple superbe et admiré, la grande taille et l'élégance raffinée du comte s'accordant merveilleusement avec la beauté et la grâce de sa jeune épouse. Ils riaient ensemble avec une spontanéité et une sincérité telles qu'un observateur un peu au fait des circonstances de leur union aurait pu en conclure qu'il y avait entre eux plus que de l'affection. Quand Christina se souvenait du comportement arrogant et tyrannique de Max avant leur mariage, elle se félicitait de ce qu'il ait accepté de lui donner du temps pour se faire à l'idée qu'ils devraient cohabiter un jour ; mais cela ne l'empêchait pas de mesurer pleinement la passion brûlante qu'elle pouvait susciter en lui par un simple baiser, et elle savait fort bien que, pour un homme aussi viril que Max, leur petit arrangement ne pouvait plus continuer très longtemps. Il la désirait follement, bien sûr. Comment l'ignorer d'ailleurs, puisqu'il lui disait sans cesse l'orgueil qu'il éprouvait à la voir à son bras ? Mais, entre le désir et l'amour, il y a un abîme.

Il ne l'aimait pas, elle le savait.

Inéluctablement, cette certitude la renvoyait à Francesca Cantoni. Max ne mentionnait jamais le nom de la fougueuse Italienne, et Christina ne se cachait pas son soulagement de ne jamais la voir dans les soirées auxquelles ils assistaient. Mais, quoi qu'elle fasse pour ne plus y penser, Francesca était comme une ombre planant sur son bonheur fragile.

Et Christina se doutait qu'elle ne tarderait pas à affronter ses pires craintes.

Il faisait une chaleur insupportable. Christina rentrait à la maison après avoir ramené auprès d'Elsa une jeune chèvre qui semblait avoir un goût particulier pour le linge fraîchement lavé étendu avec soin par Molly. Plus préoccupée de se protéger de la chaleur que de son élégance, elle portait une robe défraîchie, ainsi qu'un chapeau à large bord sans le moindre ornement. Elle avait pleinement conscience qu'elle avait l'air d'une souillon, mais n'en avait cure. C'est alors qu'apparut, à l'autre bout du chemin qu'elle avait emprunté, un couple de cavaliers. Le visage de l'homme ne lui disait rien, mais il ne lui fallut pas deux secondes pour reconnaître Francesca Cantoni.

Elle savait depuis leur première rencontre que l'Italienne était une fauteuse de troubles dont elle devait se méfier, aussi aurait-elle de loin préféré ne pas la croiser. Hélas, il était trop tard pour tenter de se dissimuler derrière un arbre quelconque. Tant pis, se dit-elle en avançant à leur rencontre d'un pas résolu.

— *Signorina* Cantoni, quel bon vent ? Puis-je vous aider ?

— Cela dépend. En passant par ici, je me suis dit que ce serait une bonne idée de venir voir si vous vous plaisiez à la *Casa del Sole*.

Elle parlait du ton assuré des gens qui sont en terrain connu, ce qui avait le don de mettre Christina en rage, car cela la faisait se sentir étrangère.

Pire, l'Italienne l'observait avec une insistance presque grossière et une moue critique qui la mettaient encore plus mal à l'aise. Christina éprouvait un terrible sentiment de vulnérabilité devant cette femme. Comment faisait-elle pour avoir l'air aussi impeccable par ce temps ? Elle portait ses cheveux rassemblés sous un chapeau assorti à sa robe, une écume de dentelle blanche sur la gorge. Tout en elle semblait parfait ; même son cheval, avec sa robe blanc de neige, sa longue crinière et sa queue majestueuse, avait l'air d'avoir posé pour une des superbes statues qui ornaient les jardins du *castello* Marchesi.

— J'aime beaucoup cet endroit, répondit Christina. Je suis flattée que vous ayez fait un détour pour venir prendre de mes nouvelles.

— Rassurez-vous, nous nous rendions simplement au village, et le domaine est sur notre chemin.

— En ce cas, je ne voudrais pas vous retarder, répliqua-t-elle, tout en notant que le compagnon de Francesca, un garçon à l'expression morose, se tenait prudemment à l'écart.

— Il n'y a pas de risque, remarqua l'Italienne avec un regard hautain, tandis qu'elle essayait de maîtriser son cheval, qui semblait quelque peu énervé.

« Est-elle la maîtresse de Max ? se demanda Christina pour la énième fois. Et quelle place tient-elle au juste dans sa vie ? »

« Cesse de te torturer ! » se morigéna-t-elle. Elle devait se forcer à penser à autre chose sinon elle deviendrait folle.

— Puis-je vous demander ce que vous êtes venue faire ici, *signorina* Cantoni ? s'enquit-elle abruptement.

— Oh, rien de particulier. Rien en tout cas qui doive vous alarmer, je vous l'assure.

Christina perçut la moquerie dans cette remarque, et toute l'animosité qu'elle inspirait à Francesca. Mais il y avait autre chose, elle ne savait quoi. Quelque chose dans la voix très particulière de l'Italienne l'étonnait : profonde et rauque, elle semblait vouloir littéralement hypnotiser ceux qui l'entendaient — surtout les hommes ! — et les soumettre inexorablement comme le chant des sirènes.

— Je ne m'alarme pas, repartit-elle sèchement.

La morsure du soleil se faisait plus vive, aussi Christina désigna-t-elle la maison d'un geste du menton.

— Il fait extrêmement chaud. Un rafraîchissement vous ferait-il plaisir ? proposa-t-elle, malgré elle, résolue à se montrer courtoise jusqu'au bout.

Francesca parut réfléchir un instant.

— Bonne idée, répondit-elle avec un sourire. Cela nous permettra de parler un peu toutes les deux et de faire mieux connaissance, en quelque sorte.

— Dans quel but ? s'enquit trop précipitamment Christina.

A peine avait-elle prononcé ces mots qu'elle les regretta. Elle savait qu'elle venait de commettre un impair.

— Je crois que nous nous comprenons, vous et moi, dit Francesca avec un sourire énigmatique. Nous avons tant de choses en commun.

— Vraiment ? Lesquelles ?

La réponse tomba comme un coup de hache :

— Max.

Christina la fusilla du regard sans même chercher à cacher son ressentiment.

— Je vois…

Elle voyait très bien, en effet.

Pour conserver son avantage, Francesca ne daigna pas mettre pied à terre et suivit Christina jusqu'à la maison juchée sur sa monture.

— J'espère que cela ne vous dérange pas si nous nous asseyons à l'intérieur, reprit Christina, soulagée de trouver un peu de fraîcheur à l'abri des murs de sa maison, en ôtant son chapeau et en secouant ses cheveux. J'ai passé un long moment dehors et je dois dire que la température a beaucoup monté depuis ce matin.

— Cela ne me dérange pas du tout. Moi aussi je préfère être à l'intérieur.

— Et votre ami ? s'enquit Christina en voyant l'intéressé s'installer dans un fauteuil sur la terrasse.

— Il sera très bien dehors, répondit Francesca en haussant les épaules comme si elle se moquait totalement du sort de son compagnon.

— En ce cas, je lui ferai porter à boire sur la terrasse.

Christina se rendit aux cuisines où elle demanda à

Molly de leur servir des boissons fraîches. Cette dernière, toujours perspicace, se pencha pour regarder la visiteuse avant de se tourner vers sa maîtresse, un pli dédaigneux sur les lèvres.

— Gardez-vous de celle-ci, dit-elle en baissant la voix. Je suis sûre qu'elle vous veut du mal.

— J'espère qu'elle ne va pas rester trop longtemps, soupira Christina en se passant la main dans les cheveux pour les coiffer un peu avant de retourner vers son invitée et lui offrir de s'asseoir.

Francesca la regarda de côté en s'installant dans un grand fauteuil de cuir dont un coussin de brocart carmin protégeait le haut du dossier.

— Je vous remercie. Cette pièce est magnifique, observa-t-elle en balayant les meubles d'un regard morne.

Le portrait de Lydia accroché au-dessus de la cheminée semblait l'intéresser beaucoup plus.

— Oui, j'aime bien ce salon. Grand-mère, outre ses nombreuses qualités, a un goût très sûr, affirma Christina.

Francesca jouait au chat et à la souris avec elle, et elle aurait préféré la savoir loin d'ici.

Molly entra et posa sur la table un plateau portant des verres et une cruche de terre vernissée contenant de la limonade qu'elle venait de faire à l'instant.

— Portez-en aussi à ce monsieur sur la terrasse, Molly, dit Christina avant de servir son invitée ainsi qu'elle-même.

Puis il y eut un court silence.

— Eh bien, pourquoi êtes-vous ici, *signorina* ? demanda enfin Christina de but en blanc. Je suis bien certaine que ce n'est pas pour discuter du confort de cette maison.

D'un coup, l'atmosphère était devenue électrique. Pourtant, si Francesca s'étonnait de la rudesse de son hôtesse, elle n'en montra rien.

— Votre relation avec Max est un peu étrange, déclara l'Italienne. Elle fait beaucoup jaser.

— Vraiment ? Et qu'en dit-on, je vous prie ?

— Que vous vivez dans une maison, et Max dans une autre, répondit Francesca d'un petit air méprisant. Ce n'est pas exactement ce que l'on appelle une situation propice au bonheur conjugal.

— La façon dont Max et moi choisissons de vivre ne concerne personne d'autre que nous-mêmes, et je m'étonne que les gens d'ici n'aient rien de mieux à faire que d'en parler. Je me préoccupe avant tout du bonheur de Max et du mien, et peu m'importe ce qu'on en pense.

— Max est un personnage important dans la région, il est naturel que les gens s'intéressent à ce qu'il fait.

Christina contenait avec peine la rage qui montait en elle, aussi se donna-t-elle une contenance en sirotant une gorgée de sa limonade.

— Vous et mon mari êtes amis depuis fort longtemps, d'après ce que j'ai cru comprendre, *signorina*, dit Christina après un bref silence.

Francesca rit doucement.

— C'est ce que je me plais à croire.

— Il a beaucoup d'amis, et j'en ai rencontré une grande partie. J'aimerais pouvoir penser d'ailleurs qu'ils sont à présent les miens.

— Je suis sûre que c'est le cas. J'ai entendu parler des soirées auxquelles vous avez assisté, de ce que vous y portiez et même avec qui vous vous êtes entretenue. Comme vous le voyez, je suis bien renseignée. Mais laissez-moi vous dire que Max a le droit d'avoir ses propres amis. Le mariage ne signifie pas qu'un homme doive passer sous la coupe de sa femme. Ce serait le meilleur moyen de le jeter dans les bras d'une autre.

Elles s'affrontèrent du regard.

— Voyez-vous ça ? grommela Christina. Ces choses-là arrivent-elles souvent dans votre monde, *signorina* ? Je puis vous assurer que ce n'est pas le cas dans le mien.

Francesca porta son verre à ses lèvres, perplexe. Elle commençait à se dire qu'il ne fallait pas sous-estimer cette jouvencelle. En buvant, elle observa la jeune Anglaise à travers le prisme du verre de cristal.

— Vous finirez par vous faire à nos coutumes et à les apprécier autant que nous-mêmes, vous verrez, dit-elle dans un souffle. Avec modération, bien entendu…

Christina sut alors que l'Italienne venait de dévoiler ses cartes ; elle lui signifiait clairement que sa présence ne changeait rien à ses relations avec Max et qu'elle comptait bien rester sa maîtresse, quoi qu'il arrive. Comment allait-elle supporter la situation s'il devait en être ainsi ? Elle s'en voulait de ne pas rester calme, mais elle ne pouvait tout simplement pas. Après tout, elle se battait pour son bonheur, pour sauver son mariage, et il n'était pas question qu'une autre femme, séduisante ou non, vienne s'interposer entre elle et son mari.

— Vous êtes bien trop jeune et inexpérimentée pour un homme comme Max, asséna Francesca, forçant son avantage. Il aime les femmes… plus mûres, plus pulpeuses.

Christina la regarda bouche bée, interloquée, les yeux lançant des éclairs. Elle sentait le venin de cette Italienne se répandre dans la quiétude de la pièce.

— Les femmes comme vous, autrement dit, rétorqua-t-elle en se retenant de jeter l'intruse à la porte. Vous vous êtes introduite chez moi sous un faux prétexte, *signorina* Cantoni. J'avoue que je n'aime pas cela du tout.

Francesca soutint son regard sans broncher.

— Ce n'est pas vrai. Je suis venue en toute bonne foi.

— Je n'en crois pas un mot.

— Décidément, vous êtes trop arrogante, déclara Francesca en plissant les yeux, l'air menaçant. Comme tous les Anglais.

Christina se leva, serrant les poings pour s'empêcher de trembler.

— Il vaudrait mieux que vous partiez. Nous n'avons plus rien à nous dire.

Francesca se leva à son tour, lentement, comme un chat qui s'étire, l'œil aux aguets.

— Je ne pense pas que vous soyez assez naïve pour ignorer que vous êtes pour Max un atout formidable, et que vous possédez quelque chose d'infiniment plus précieux à ses yeux que votre petite personne, quelque chose qu'il convoite depuis des années.

— Mais encore ?

— Je parle de cet endroit, évidemment : la *Casa del Sole*. Cette maison, et ce domaine, il les veut avec passion depuis longtemps, comme on désire une femme.

— Je sais cela, il me l'a dit la première fois que nous nous sommes rencontrés.

— Vous le tenez grâce à cela. Mais ne vous méprenez pas : ce n'est pas vous qu'il veut.

— Vous n'en doutez pas, dirait-on.

— Certainement. Ce n'est pas un secret, de toute façon.

Christina savait déjà que la *Casa del Sole* avait bien plus d'importance aux yeux de Max qu'elle-même n'en aurait jamais. Elle mesurait douloureusement ce qu'il y avait de cynique dans leur union et avec quel sang-froid il avait profité de son innocence et de sa vulnérabilité ; mais l'entendre de la bouche de cette femme lui était une insulte insupportable. Sans parler du mépris qu'affichait

Francesca en osant venir le lui dire ici même avec un sourire goguenard.

Elle releva la tête, s'exhortant à rester calme et à se tenir droite. Il ne fallait pas laisser cette créature voir à quel point ses propos l'affectaient et la mettaient en rage. L'intensité de sa colère l'effrayait, et elle avait l'impression de devenir folle, quoique aussi plus forte en même temps, comme si cette rage qui lui fouaillait le ventre l'obligeait à se dépasser pour se maîtriser. Elle pouvait peut-être s'en faire une alliée pour survivre. En tout cas, il ne fallait pas compter sur elle pour jouer les victimes silencieuses.

— *Signorina* Cantoni, je vous ai demandé de partir.

Avec un haussement d'épaules désinvolte, Francesca s'avança vers la porte, avant de se retourner une dernière fois vers son hôtesse.

— Je vous verrai ce soir au *castello*, lança-t-elle. J'y serai en compagnie de mon père. Je me fais déjà une joie de ce bal.

Sans rien ajouter, elle sortit, laissant derrière elle les effluves entêtants de son parfum.

Rouge de colère, Christina ouvrit les yeux. Elle les avait fermés un instant pour effacer de sa mémoire le visage de Francesca Cantoni. Il lui semblait être au milieu d'un champ de ruines. Trop abasourdie pour réfléchir et trop choquée pour ressentir quoi que ce soit, elle entendait encore au fond d'elle, tel un implacable écho, les paroles brutales et haineuses que l'Italienne venait de prononcer, espérant sans doute ternir à jamais le bonheur de Christina.

Sa douleur prouvait toutefois à l'évidence que sa colère et sa déception ne pouvaient venir à bout de l'amour qu'elle éprouvait pour Max qui, à présent, la fascinait autant qu'il la révulsait.

Désormais, tout ce qu'elle pouvait ressentir à son égard

lui semblait comme une mauvaise herbe qu'il allait lui falloir arracher jusqu'à la racine, même si pour cela elle devait se déchirer le cœur.

Il fallait absolument qu'elle parle à quelqu'un.

Elle trouva Molly dans la cuisine, occupée à préparer un de ses merveilleux repas. L'immense table était jonchée d'herbes et de légumes fraîchement cueillis, de bottes d'oignons et d'ail tressé, et un délicieux parfum d'origan et de thym frais montait d'une cocotte qui bouillottait sur le fourneau. La cuisinière sentit immédiatement que quelque chose n'allait pas, aussi dénoua-t-elle son tablier avant d'accompagner Christina dans le salon. Là, en arpentant la pièce, les bras croisés sur la poitrine, incapable de contenir sa colère, la jeune femme lui rapporta les ignominieux propos de Francesca Cantoni. Quand elle eut terminé son récit, elle se jeta sur le sofa avec une violence qu'elle ne se connaissait pas, le cœur battant la chamade.

— Comment vais-je pouvoir affronter le regard de tout le monde, si je vais au château ce soir ? Je me sens si insultée que je ne pourrai pas m'empêcher de lui faire une réflexion si je la croise, ce qui ne fera qu'envenimer les choses.

Molly la dévisageait, troublée par la colère et l'amertume inhabituelles de sa jeune maîtresse. En termes clairs, elle enjoignit à Christina d'ignorer les paroles de cette méchante femme, à qui elle en voulait terriblement d'avoir semé le doute dans l'esprit de sa protégée. A la vérité, elle n'appréciait pas beaucoup non plus la réaction de celle-ci et se promettait en tout cas de faire en sorte qu'elle ne se laisse pas aller à la mélancolie.

— Eh bien ! Jamais je n'aurais cru que vous réagiriez comme une poule mouillée à la première difficulté, s'écria-t-elle. Quelle excuse donnerez-vous si vous décidez de ne pas vous rendre à cette soirée ? Comptez-vous prétexter une migraine ? Allez-vous prétendre que vous êtes alitée ? Cela ne vous ressemble pas. Si vous ne vous montrez pas ce soir, vous pouvez être sûre que le comte viendra frapper à votre porte demain matin et qu'il ne sera pas de bonne humeur.

Christina la regarda d'un air déterminé.

— Tu as raison, Molly. J'irai à ce bal et je vais montrer à cette femme que je suis l'épouse de Max, et comtesse par-dessus le marché ! Et, ce soir, j'ai bien l'intention d'être plus rayonnante que jamais.

Un grand sourire illumina le visage de Molly, ravie de voir Christina se reprendre et retrouver sa combativité. Elle décelait de nouveau dans les yeux émeraude la lueur canaille qu'elle aimait tant y voir.

— Rayonnante ? Mais vous n'avez rien à vous mettre pour ça, objecta-t-elle néanmoins.

— Oh que si ! fit Christina avec un sourire triomphant.

Elle prit Molly par la main et l'entraîna jusqu'à l'étage, pour aller fouiller dans sa garde-robe à la recherche, dit-elle, de quelque chose de spécial. Dès qu'elle vit la robe bleu saphir, elle sut qu'elle venait de trouver la perle rare. C'était une robe magnifique, au décolleté profond et à la taille haute. Elle la tint contre elle un instant, appréciant du regard la dentelle de soie légère brochée de fils d'argent qui en ornait l'encolure.

— Ce sera parfait. Une robe blanche serait bien trop sage pour l'occasion. Tu peux être sûre que mon panache va flotter au-dessus de la mêlée et que personne ne pourra manquer de le voir !

Du bout du doigt, elle caressa la soie fine. Plus que toutes les autres qu'elle possédait, cette robe évoquait en elle des souvenirs très forts, au point qu'elle sentit une boule se former dans sa gorge.

— Oh Molly ! Tu te souviens de la fois où j'ai voulu porter cette robe pour impressionner James Embleton ? Je l'avais choisie parceque je savais que le saphir était sa pierre favorite. Et maman n'a pas voulu que je la mette, car cela risquait de choquer la femme du vicaire.

— Lady Audine avait raison, commenta Molly. Il y a un temps et un lieu pour toutes choses. Si à Tanglewood cette robe ne convenait pas, je crois que pour ce soir elle est fort bien choisie.

— Elle est un peu plus osée que ce que je porte d'ordinaire, repartit la jeune femme, une lueur mutine dans les yeux, mais à la guerre comme à la guerre !

Molly hocha la tête en gloussant, hilare.

10

Christina se sentait tout excitée à l'idée de ce bal, mais aussi plus anxieuse qu'à aucune autre occasion depuis son arrivée en Toscane. Ayant passé l'après-midi au *castello* pour s'occuper des arrangements floraux et veiller à ce que tout soit prêt pour l'heure où arriveraient leurs invités, elle s'occupait à présent de sa toilette, à la *Casa del Sole*, avec l'aide de Molly et de Carmel, lesquelles s'affairaient autour d'elle sans prendre une seconde de repos.

Elle agrémenta la toilette la plus osée qu'elle se soit jamais permis de porter, c'est-à-dire sa robe de soie bleu saphir, d'un collier de diamants et de boucles d'oreilles assorties. Une fois parée, elle se tourna vers Molly et lui fit un coup d'œil complice.

— Vous êtes ravissante, Christina, déclara cette dernière. Votre mari va vous trouver irrésistible.

Le soleil plongeait derrière l'horizon quand Max vint la chercher. Dans un froufrou, elle apparut sur le seuil du salon. Son époux s'y versait un verre, resplendissant dans un costume noir parfaitement taillé qu'égayait une cravate d'un blanc éblouissant. Il était beau comme jamais, mais une violente colère s'alluma dans ses yeux dès qu'il se tourna vers elle, arrêtant son regard sur le décolleté plongeant qui mettait en valeur la poitrine généreuse de

Christina. A l'évidence, il n'appréciait pas du tout qu'elle expose ainsi sa chair.

Il s'approcha lentement, plus redoutable qu'un faucon survolant son territoire de chasse. Il la dépassait de la tête et des épaules et profitait de cet avantage pour l'écraser de toute sa hauteur. Cela lui donnait un point de vue particulièrement ébouriffant sur ce que dissimulait le corsage si peu discret de Christina, et elle savait qu'à chaque fois qu'il baissait les yeux sur cette partie de son anatomie — c'est-à-dire à peu près tout le temps — il mesurait à quel point ce spectacle serait plus que tentant pour tout homme normalement constitué. Et que d'aucuns risquaient fort de s'en régaler ce soir. Ils se mesurèrent du regard un long moment.

— Allez vous changer, ordonna-t-il enfin d'une voix cinglante qu'elle ne lui connaissait pas.

— Je vous demande pardon ? répondit Christina, éberluée.

— Je vous ai dit d'aller vous changer.

— Mais pourquoi ? Cette robe est parfaite, protesta-t-elle, jouant les innocentes.

— Si nous avions prévu un dîner en tête à tête, je n'aurais aucune objection à ce que vous la portiez, bien au contraire, mais, si vous croyez que je vais vous autoriser à paraître en public dans cette tenue, vous vous trompez. Si vous vous présentez comme ça ce soir, tous les hommes vont vous suivre comme une meute de chiens enragés. Pour la dernière fois, allez vous changer !

— Pas question, explosa Christina, rouge d'indignation.

Max serra les dents.

— Bonté divine, Christina ! Cherchez-vous vraiment à me provoquer ?

— Non, absolument pas.

— En ce cas, allez passer quelque chose de plus convenable pour une comtesse Marchesi.

Son impatience ne le desservait-elle pas ? Il savait bien, pourtant, ce qui arrivait quand on s'opposait frontalement à la jeune femme. D'ailleurs, les regards furibonds qu'elle lui lançait auraient dû le mettre en garde.

— Max Marchesi, marmonna-t-elle, je n'ai aucune intention de me changer. Je ne montre pas plus de ma personne qu'aucune de vos invitées ne le fait d'ordinaire et j'avoue ne pas comprendre votre réaction.

— Ah non ? Eh bien je vais vous l'expliquer, alors : les Italiennes sont plus réservées que les Anglaises dans leur façon de se vêtir et ne manqueraient pas de critiquer vertement une femme qui oserait offrir tant de peau nue aux regards de leurs époux. Il se trouve également que vous êtes ma femme, et je ne souffrirai pas que tous mes invités vous guignent en se demandant comment vous vous comportez au lit. D'autant que je ne le sais pas encore moi-même.

Christina soupira, un peu calmée mais bien décidée à ne pas céder.

— Je vois que vous êtes en colère.

— Vous êtes perspicace, railla-t-il sèchement.

Ignorant ce sarcasme, elle insista, d'un ton qu'elle jugeait raisonnable, tout en prenant sur le sofa une étole de soie blanche qu'elle drapa autour de ses épaules pour cacher un peu son décolleté :

— Ne comptez pas sur moi pour changer de robe, Max, je n'aime pas que vous me donniez des ordres et je préférerais que vous vous en absteniez à l'avenir. Si vous croyez avoir épousé une oie blanche prête à se plier à vos moindres désirs, permettez-moi de vous dire que vous n'avez pas fait une affaire.

— Je commence à m'en apercevoir. En tout cas, réfléchissez bien avant de me défier, Christina, dit-il d'une voix qui se voulait menaçante.

— Pourquoi cela ? Avez-vous l'intention de me frapper ?

— Ne soyez pas ridicule.

Avec ses yeux brillants comme des diamants, ses seins palpitants, qui se soulevaient au rythme de sa respiration rapide, et sa rage contenue, il la trouvait magnifique, tellement d'ailleurs que sa colère se transforma rapidement — quoique à son corps défendant — en une admiration sans bornes pour son courage. Depuis son arrivée en Toscane, elle avait beaucoup changé, beaucoup mûri. Physiquement, aussi. Avec sa peau légèrement hâlée par le soleil et le grand air, le vert de ses yeux se faisait plus intense chaque jour, et ses lèvres plus roses.

Il avait beau scruter son regard, il n'y trouvait pas la moindre trace de malice. Il se prenait souvent à regretter la jeune fille rieuse et délurée de l'étang de Tanglewood et s'en voulait aussi parfois de se montrer si réticent devant la transformation qu'il voyait s'opérer en elle. Furieux contre lui-même, il fit volte-face et se dirigea vers la porte, s'arrêtant sur le seuil pour lancer :

— Allons, venez, il ne faut pas que nous soyons en retard pour accueillir nos invités.

Elle prit son petit réticule assorti à sa robe et le rejoignit en trois pas, l'âme déchirée par des émotions contradictoires. Elle s'étonnait qu'il batte ainsi en retraite, même si cette victoire la soulageait. Mais elle n'éprouvait aucun sentiment de triomphe et le suivit sans joie dans la voiture.

Quand elle se fut assise dans le buggy, elle tourna la tête vers Max. Il avait l'air grave, la mâchoire serrée.

— Je suis sincèrement désolée à propos de cette robe, Max. Mais faut-il vraiment que vous vous mettiez si fort en colère ? Ce bal est important pour moi, et je tiens vraiment à ce que les choses se passent bien.

Elle faisait de son mieux pour sourire et aborder le sujet de sa tenue comme s'il s'agissait d'un détail sans importance.

Max lui lança un regard si intense qu'elle eut un petit mouvement de recul. Ses yeux semblaient terriblement durs. La gaieté et l'humour qu'elle y voyait d'ordinaire quand ils étaient ensemble semblaient les avoir complètement désertés.

Pourtant, la fureur que Max sentait bouillir en lui s'apaisa rapidement. Il se rendait compte des efforts qu'elle déployait pour s'intégrer dans son monde et pour se plier autant qu'elle pouvait à ce qu'il attendait d'elle et à ses devoirs de comtesse. Il risquait de la blesser encore s'il insistait et il ne le voulait pour rien au monde.

— Nous avons tous deux envie que les choses se passent bien, Christina, c'est justement pour cela que votre tenue me préoccupe.

— Mais enfin, Max, je suis une personne, pas une de vos propriétés.

— Certes, mais l'un des devoirs d'une épouse est de se montrer une hôtesse parfaite pour faire honneur à son époux.

— C'est ce que j'entends faire, au mieux de mes capacités.

— Je n'en doute pas et je suis fier de vous de ce point de vue.

Il marqua une pause, puis reprit d'un ton plus plaisant :

— Il reste néanmoins une petite chose que vous devez absolument faire avant que nous arrivions au château.

— Ah bon ? Et quoi donc ?

— Embrasser votre mari.

La voix rauque de Max et le désir qu'elle lisait dans ses yeux époustouflèrent Christina. Elle le vit lui tendre la main et, presque comme dans un rêve, accepta celle-ci, attendant la suite sans bouger.

Max remarqua cette hésitation.

— Venez par ici, murmura-t-il sans se départir de son sourire.

Une petite voix exhortait la jeune femme à s'exécuter. Après tout, il méritait un baiser pour l'avoir laissée le défier. Une autre voix, cependant, la mettait en garde, lui criant de ne pas faire le premier pas. Une boule dans la gorge, elle jaugea la distance qui les séparait.

— Approchez-vous plutôt, chuchota-t-elle.

Max faillit céder, subjugué par la douceur de sa voix, mais se força toutefois à secouer la tête.

— J'ai très envie de vous embrasser, Christina, mais, après vous être montrée si désobéissante, si vous le voulez aussi, il va vous falloir venir à moi et non le contraire. La distance n'est pas bien grande.

Trop naïve pour pouvoir cacher ses sentiments, elle leva vers lui des yeux dans lesquels il pouvait lire son désir d'accepter cette invite.

— Je … je ne suis pas sûre de savoir ce que je veux, répondit-elle avec une franchise touchante, mais, là, tout de suite, j'ai envie que vous m'embrassiez.

Comme mue par une volonté plus forte que la sienne autant que par la légère pression qu'il imprimait sur sa main, Christina s'approcha et tomba presque dans les bras de Max, qui l'enlaça aussitôt avec une fougue étonnante. Un instant, il la couva de ses yeux brûlants tout en affirmant son étreinte puis, penchant la tête, il prit ses lèvres en un baiser où se mêlaient la violence du désir et la tendresse de l'amour, tandis que ses mains glissaient sur ses flancs pour remonter vers ses seins frémissants.

Perdue, s'abandonnant à la vague de chaleur qui montait en elle, Christina sentit toutes ses résistances l'abandonner d'un coup et s'agrippa à lui de toutes ses forces.

Un long frisson secoua le corps puissant de Max comme il donnait libre cours à sa passion, et il connut de nouveau l'incontrôlable besoin de la posséder qu'il éprouvait chaque fois qu'il la voyait depuis leur première rencontre au bord de l'étang. Il ressentait pour son adorable épouse une attirance incroyable, immensément plus forte que pour aucune autre femme avant elle.

Quelques instants plus tard — qui lui semblèrent durer une éternité —, il s'arracha à ses lèvres ; la voiture arrivait devant le château. Ebahie par ce baiser, le souffle court, Christina le regarda sans comprendre. Il avait l'air un peu hagard et un peu alangui lui aussi, un sourire pensif sur les lèvres. « Comment fait-il pour enflammer mes sens ainsi ? » Elle sentait son cœur cogner follement dans sa poitrine.

L'instant d'après, il l'embrassait de nouveau, plus tendrement cette fois. Quand il s'écarta, elle discerna dans ses yeux quelque chose de profond et de calme qui la fascina et qui ressemblait à une promesse. Mais laquelle ?

Ce fut à ce moment-là qu'elle comprit qu'elle l'aimait. Pour de bon. Son cœur devait battre pour lui depuis le premier jour, mais elle ne s'en apercevait que maintenant.

Essayant de cacher le tremblement de sa voix après ce baiser fougueux qui la laissait pantoise, elle murmura :

— Je crois que nous ferions bien d'en rester là, Max, sans quoi nous ne serons pas en état de recevoir nos invités.

— J'en suis d'accord. Nous reprendrons cela plus tard.

— Voulez-vous vraiment que nous recommencions ? s'enquit-elle en le fixant de ses grands yeux verts.

— Et pourquoi pas ? répondit-il en fronçant le sourcil. J'ai hâte de connaître enfin mon épouse, comme un mari se doit de le faire, Christina. Il est grand temps que nous concluions notre marché pour de bon. Ma patience a des limites. Avez-vous la moindre idée de la torture que vous m'infligez ?

Il parlait d'une voix profonde et rauque, si envoûtante qu'elle dut lutter de toutes ses forces contre elle-même pour ne pas se jeter sur lui.

— Il n'a jamais été dans mes intentions de vous causer du chagrin ou de vous faire souffrir, Max, mais le moment est mal choisi.

Dans l'obscurité du soir tombant, son visage devenait plus sombre à chaque seconde, mais la flamme du désir rougeoyait encore au fond de ses yeux.

— Vous avez raison. Comme je le disais, nous reprendrons cela plus tard. A présent, il faut songer à ce bal. Cette soirée va être votre triomphe, Christina.

— Je suis un peu anxieuse.

— Vous vous en sortirez très bien. Une femme moins forte que vous y échouerait peut-être, mais pas vous.

Elle prit quelques secondes pour digérer ce qu'il venait de dire.

— Je vais essayer, promit-elle en inclinant légèrement la tête.

— Je vous fais confiance, dit-il en lui serrant la main pour l'encourager.

Après avoir quitté la voiture, ils marchèrent ensemble jusqu'au perron et entrèrent dans le château au moment même où les premières voitures des invités commençaient à arriver.

Le *castello* Marchesi brillait de mille feux et croulait sous les guirlandes et les fleurs. On avait gardé ouvertes les portes donnant sur le jardin, lequel était somptueusement éclairé d'innombrables lanternes. Partout, dans les allées et sur la terrasse, étaient disposées des tables autour desquelles les invités désireux de se reposer de leurs danses pouvaient converser tranquillement. Quant à ceux qui n'aimaient pas danser, ils avaient le loisir de se rassembler dans quelque salon pour y jouer au whist ou au *faro*. La soirée s'annonçait parfaite.

Max alla dire quelques mots au valet de pied qui se trouvait dans l'entrée. Aussitôt, la douairière, vêtue d'une robe noire toute simple agrémentée d'un seul rang de perles qui en soulignait l'encolure, traversa le damier de marbre qui marquait la piste de danse pour rejoindre Christina. En apparaissant au bal, la comtesse douairière Marchesi — qui comptait parmi les personnages les plus illustres et les plus influents de toute la Toscane — marquait en quelque sorte de son sceau l'union de sa famille avec celle des Carletti. Et, à ce titre, elle tenait à donner quelques conseils utiles à sa petite-fille.

— Vous êtes absolument ravissante, ma chère enfant, et cette couleur vous va à ravir, surtout depuis que vous avez pris un peu de soleil. Je gage que cette soirée va être la plus agréable à laquelle j'aie assisté depuis bien longtemps. Toutefois, je voudrais vous conseiller de ne vous fâcher avec personne en traitant tout un chacun avec la même déférence et la même politesse, y compris ceux — ou celles — dont vous ne souhaitiez pas la présence ce soir.

Christina n'avait pas besoin d'une longue explication pour comprendre que sa grand-mère faisait allusion à Francesca Cantoni. Elle tiqua un peu cependant, à quoi la vieille dame réagit avec un sourire en lui tapotant le bras de son éventail.

— Je ne suis plus jeune, hélas, mais j'ai encore toute ma tête, chère Christina, et je peux encore très bien repérer le danger quand il rôde.

Elle marqua une pause, comme si elle attendait un commentaire de la part de Christina, mais celle-ci se contenta de la regarder en silence.

— Si Max affichait un penchant quelconque pour une autre femme, je serais extrêmement inquiète, reprit la douairière. Mais, comme ce n'est pas le cas, amusez-vous bien, Christina, ajouta-t-elle en voyant Max approcher.

Quand sa grand-mère fut partie, la jeune femme vint se placer au côté de son époux pour recevoir leurs invités, en s'exhortant au calme. Dans ce décor opulent, elle se savait proprement délicieuse et attendait avec impatience de recevoir chez elle tout ce que la Toscane comptait d'aristocrates. Elle connaissait déjà certains membres de cette caste de privilégiés, mais devait en rencontrer d'autres pour la première fois ce soir.

Tout le monde s'accordait pour lui trouver un sourire charmant.

— J'ai l'impression que je fais des envieux, ce soir, murmura Max en se penchant à son oreille.

— Et moi des envieuses, répondit Christina en souriant.

Aucun homme, en la voyant se mouvoir dans sa robe de soie bleue, n'aurait pu dire si l'admiration qu'il lui portait tenait à sa silhouette harmonieuse, aux diamants qui scintillaient sur sa peau ou bien à l'orbe sublime de ses lèvres quand elle souriait. Un silence soudain accueillait chacun de ses déplacements, et Max Marchesi partageait l'étonnement de tous devant la beauté radieuse de sa femme. Elle avait quelque chose de légèrement éthéré, d'un peu absent, qui la rendait absolument fascinante, et tous se pressaient autour d'elle pour la saluer.

Elle gardait du baiser de Max une lueur dans les yeux et un peu de rose sur les joues. En réalité, ce souvenir radieux lui donnait du courage et de l'optimisme. Elle se sentait plus forte que jamais, ce soir, et capable de déplacer des montagnes. Du moins jusqu'à ce que le majordome annonce de sa voix de stentor l'arrivée du *signor* Cantoni et de sa fille.

Christina se raidit instinctivement en voyant l'Italienne, drapée dans une robe échancrée d'un rouge époustouflant, traverser la pièce dans leur direction. Sans même un regard pour son hôtesse, Francesca fondit sur Max. Christina sentit son sang se mettre à bouillir dans ses veines. Encore une fois cette femme jouait un de ces jeux mondains dont elle avait le secret, destiné sans doute à la remettre à sa place ou à lui rappeler qui dans le cœur de Max avait toujours eu — et aurait toujours — la première place.

Conscient de ce qui se passait, celui-ci prit Christina par le bras et l'attira plus près de lui, le visage sombre.

— Vous vous souvenez de Christina, Francesca.

L'Italienne tourna la tête vers elle et lui adressa un regard hostile et dédaigneux, comme si elle venait tout juste de s'apercevoir de sa présence.

— Bien sûr, dit-elle avec hauteur. Vous êtes splendide, Christina, et je suis ravie de vous revoir.

Les deux femmes échangèrent un sourire compassé. Toutes deux pensaient à leur dernière rencontre.

— Je vous remercie, répondit poliment Christina comme si elle s'adressait à une petite fille récalcitrante, bien décidée à ne pas se laisser intimider, ce qui n'échappa nullement à Max.

En regardant s'éloigner Francesca et son père, Christina eut l'intuition qu'un danger la menaçait. Il ne fallait en aucun cas permettre à sa rivale de prendre l'avantage sur son territoire, et l'empêcher à tout prix de la mettre dans l'embarras devant tous ces gens, qui n'attendaient sans doute que d'assister au prochain scandale pour s'en régaler.

Elle fut grandement soulagée en voyant arriver Guy et Caroline. Max accueillit la sœur de son ami avec chaleur, mais se montra moins démonstratif avec lui.

— Je pensais que vous aviez un empêchement, remarqua-t-il d'un air surpris à l'adresse de l'Anglais.

— Je ne croyais pas pouvoir rentrer à temps, c'est exact, mais je ne pouvais raisonnablement pas laisser mes affaires m'empêcher d'assister à un bal au *castello* Marchesi, répondit Guy d'un air jovial. Je ne voulais pour rien au monde manquer l'occasion de danser avec votre ravissante épouse, mon cher.

— Désolé de vous décevoir, mais je crains que son carnet de bal ne soit déjà plein, répliqua sèchement Max en enserrant la taille de Christina d'un geste ostentatoire, comme pour signifier à l'Anglais qu'elle lui appartenait.

— Je suis certain qu'elle m'en aura gardé une, n'est-ce pas, Christina ? déclara Saunders en baisant galamment la main de la jeune femme.

Christina manqua d'éclater de rire devant le sourire outrageusement grivois qu'il lui décochait dans le but évident d'agacer Max, qui mordait toujours généreusement à l'hameçon.

— Je serai ravie de danser avec vous, Guy. Il doit rester en effet une place ou deux sur mon carnet de bal.

Max et Christina passèrent la première partie de la soirée ensemble à s'occuper de leurs invités, mais finirent par se retrouver séparés, car tout le monde voulait parler à Christina. S'apercevant soudain de l'absence de son mari, elle le chercha des yeux un moment et le trouva, après avoir balayé la salle d'un long regard circulaire, occupé à parler avec le *signor* Cantoni de l'autre côté de la pièce. Francesca se tenait auprès des deux hommes et lui tournait le dos. Max était plus beau que jamais et, malheureusement, l'Italienne ne manquait pas de charme non plus dans sa robe écarlate.

Don Cantoni s'éloigna, laissant les deux jeunes gens à leur conversation. La façon dont Francesca regardait Max dans les yeux, une moue aguicheuse sur ses lèvres pourpres, fut pour Christina comme une gifle. La jalousie s'insinuait dans son cœur et son âme tel un poison malfaisant ; quoi qu'elle fasse pour se calmer, elle en voulait terriblement à Max de passer tant de temps à parler avec l'Italienne. Tout à coup, elle sentit quelqu'un lui toucher doucement le bras et, se retournant, elle se trouva nez à nez avec Guy, qui la considérait gravement.

— Ne laissez pas ces choses vous affecter, Christina, chuchota-t-il. Cela n'en vaut pas la peine.

— Ma rage se voit-elle donc tant que ça ?

— J'en ai bien peur. Que diriez-vous d'aller boire un verre du meilleur vin de Max sur la terrasse, ou peut-être du champagne ? Nous pourrons admirer le coucher du soleil et verrons peut-être quelques lucioles.

Christina repoussa la tentation de lui demander de prendre une bouteille entière. Elle venait de croiser le regard de Max et de tourner la tête précipitamment. Mue par cette impulsion qui porte les femmes amoureuses à rendre coup pour coup en matière de cœur, elle posa la main sur le bras de Guy et lui adressa son plus beau sourire.

— Ce sera avec plaisir, dit-elle en tournant délibérément le dos à Max et à Francesca.

Elle marqua une pause, puis reprit avec un petit rire :

— Je commence à penser que vous êtes un incorrigible coureur de jupons, Guy Saunders…

— Je fais de mon mieux.

Quand ils s'éloignèrent au bras l'un de l'autre, la tension qui venait de faire frémir le corps de Max ne lui échappa pas. En sortant sur la terrasse, elle vit encore Francesca mollement appuyée contre lui et le guidant langoureusement vers la piste de danse. L'orchestre jouait une valse. A travers la baie grande ouverte, Christina regarda son époux tournoyer avec l'Italienne, hilare, en suivant les accents de la musique. Ce spectacle affligeant lui déchira le cœur comme une lame acérée.

Sans le désir de sa grand-mère d'unir les Marchesi et les Carletti, et pour peu que Francesca Cantoni ait été l'héritière de la *Casa del Sole* à sa place, nul doute qu'elle aurait été la femme de Max à cette heure et qu'elle aurait partagé son lit. Cela du reste n'aurait pas changé grand-chose à la situation présente.

Sur la terrasse, l'un des valets de pied chargé de servir les boissons lui tendit un verre de jus de fruits arrosé de rhum dans lequel il avait fait tomber quelques éclats de glace. Tranquillement attablée, elle savoura ce breuvage étonnant en conversant gentiment avec Guy dans l'air doux et parfumé de la nuit estivale. Elle luttait contre elle-même pour éviter que son esprit ne s'égare ; Dieu merci, Guy était un compagnon fort agréable, même s'il ne lui faisait aucun effet en tant qu'homme. Avec quelqu'un comme lui, elle n'aurait pas risqué d'avoir le cœur brisé, ni de connaître les transports de la passion.

De là où ils se trouvaient, ils pouvaient embrasser du regard la plus grande partie de la salle de bal. En jetant un coup d'œil distrait vers Guy, Christina remarqua qu'il avait l'air préoccupé ; d'ailleurs, son bavardage constant s'était tari. Intriguée, elle suivit son regard et fut grandement surprise de s'apercevoir qu'il était dirigé vers Francesca.

Elle commençait à comprendre.

— Bonté divine ! s'exclama-t-elle. Ça alors ! Vous êtes amoureux de Francesca, Guy, n'est-ce pas ?

L'Anglais se raidit à ces mots, puis baissa les yeux sur le verre qu'il tenait à la main et mumura avec un rire amer :

— Vous n'imaginez pas à quel point j'aimerais pouvoir vous dire qu'il n'en est rien, Christina.

— Je commence à voir plus clair, d'un seul coup. Vous devriez l'oublier. Cette femme ne mérite pas d'être aimée par un homme tel que vous.

— Je vous remercie, Christina, mais, à votre place,

j'éviterais de dire cela devant Max ! dit-il en riant, comme s'il venait de faire un calembour amusant.

Il faisait de son mieux pour avoir l'air joyeux, mais sans grand succès, car son visage restait sombre malgré tout.

— Certes, Francesca a la langue trop bien pendue, et il lui arrive par conséquent de dire des choses qu'elle ne pense pas vraiment. Il n'empêche, malgré tous ses défauts, j'avoue que j'aimerais passer le reste de ma vie avec elle.

— Lui avez-vous fait part de vos sentiments ?

— Au risque d'être humilié publiquement ? Merci bien.

— Je suis vraiment navrée, Guy, mais l'avez-vous seulement invitée à danser ?

— Non, mais je compte bien le faire. Si seulement…

— Si vous en avez envie, l'interrompit doucement Christina, pouvez-vous m'expliquer ce que vous faites ici alors qu'elle est sur la piste de danse ?

— Et qu'elle danse avec votre mari…

— Touché, admit Christina d'un air abattu.

Elle savait pertinemment qu'interroger Saunders pouvait placer celui-ci dans une situation délicate vis-à-vis de Max en l'obligeant à prendre parti pour l'un ou pour l'autre, et que cela ne se faisait pas ; mais l'heure semblait trop grave pour se soucier des bonnes manières. Il fallait qu'elle sache.

— Répondez-moi franchement, Guy. Max et Francesca se connaissent depuis de nombreuses années, mais quelle est la nature exacte de leurs relations ? Est-elle oui ou non la maîtresse de mon époux ?

— La réponse est non, Christina, du moins à ce

que je sais, et j'avoue que pour vous comme pour moi j'espère qu'il en est ainsi. Francesca a longtemps rêvé — je le sais sans doute possible — de devenir comtesse Marchesi, ce qui explique qu'elle vous en veuille, mais ce qui l'intéressait dans la chose, c'était plutôt le prestige qui s'attache à ce titre que le fait d'être effectivement l'épouse de Max.

Guy marqua une pause, les yeux rivés sur le couple qui dansait dans la grande salle.

— Le père de Francesca se trouve être l'un des amis les plus proches de Max. Il a trop de respect pour lui pour déshonorer sa fille en en faisant sa maîtresse.

— Cela signifie qu'elle est respectable elle-même.

— Tout comme vous, Christina, et n'oubliez pas que vous devez respecter Max, vous aussi. Je n'ai pas à intervenir dans votre relation conjugale, mais ne croyez-vous pas qu'il est temps pour vous de remercier enfin l'homme qui vous a donné son nom en vous montrant respectueuse de lui et de sa position ?

Cette vérité brutale fit pâlir Christina, qui ne s'attendait certainement pas à s'entendre dire de telles choses par Guy Saunders.

— A vous entendre, on pourrait croire que j'ai choisi mon destin, répondit-elle d'une voix cinglante. Et en quoi diable ai-je pu manquer au respect que je dois à mon nom ?

— Max vit ici, répondit l'Anglais en haussant les épaules, pendant que son épouse vit à la *Casa del Sole*. Ne croyez-vous pas que la chose parle d'elle-même ? Comment donc croyez-vous que Francesca a pris cette nouvelle ?

Christina resta silencieuse, considérant le bon sens de

ces paroles. Le temps semblait venu en effet de quitter la *Casa del Sole*. Ce serait le début d'une nouvelle vie...

Quand la valse s'acheva, Max quitta sa partenaire, considérant avoir fait son devoir vis-à-vis du *signor* Cantoni en invitant sa fille pour une danse ; à présent, il avait hâte de rejoindre sa femme. Francesca, qui ne l'entendait pas de cette oreille, le saisit brusquement par le bras. Mais il se dégagea fermement et, voyant Christina et Guy revenir de la terrasse, alla à leur rencontre.

— Excusez-moi, Guy, je crois qu'il est temps que je danse avec mon épouse.

— En effet, Max, fit Saunders en regardant Francesca, il est temps. Peut-être voulez-vous vous joindre à moi pour la prochaine danse, chère amie ? Le valseur hors pair que je suis vous promet de ne pas vous marcher sur les pieds.

L'Italienne regarda Max, prête à protester, mais ce dernier s'éloignait déjà, Christina à son bras. Elle se tourna alors vers Guy.

— Pourquoi pas après tout ? lança-t-elle, un sourire dédaigneux aux lèvres. Et, si vous êtes libre quand nous aurons dansé, vous pourrez aussi bien m'emmener dîner.

Aux accents d'une nouvelle valse, tout le monde s'assembla sur la piste. Max prit Christina dans ses bras et laissa la musique les emporter. Le pied sûr, il la faisait tourner à un rythme étourdissant. A côté d'eux, les autres couples semblaient gauches et maladroits. A mesure que le temps passait, Christina remarqua que Max prenait soin de garder ses distances avec Guy et sa cavalière. En le voyant tout à l'heure revenir de sa danse avec celle-ci, beau comme un dieu dans son costume noir qui moulait ses larges épaules et ses longues jambes, elle se souvenait d'avoir ressenti un choc, comme si son cœur s'arrêtait tout à coup, et d'avoir voulu se précipiter vers lui pour lui annoncer sa décision et s'offrir à lui. Mais elle voyait encore son regard sombre et soucieux, et Francesca accrochée à son bras.

— On ne peut pas dire que vous soyez discret…

— Plaît-il ? fit Max en levant la tête d'un air surpris. Que voulez-vous dire ?

— Pourquoi évitez-vous Guy ? Il est inoffensif.

— Je ne l'évite pas, vous vous trompez.

— En ce cas, se pourrait-il que vous évitiez sa cavalière ? demanda Christina, pleine d'espoir.

— Je sais que Francesca ne fait pas partie des gens que vous préférez en Toscane, Christina, et je tâche simplement de nous épargner un affrontement entre vous deux.

— C'est très sage, Max, et croyez que j'apprécie cette attention, répondit-elle doucement en baissant les yeux.

Lassé de parler de Francesca et peu désireux de se disputer une nouvelle fois avec Christina à son propos, Max contempla sa jeune épouse, oubliant presque son irritation de l'avoir vue revenir de la terrasse au bras de Guy. Elle ne semblait même pas consciente de sa beauté, ni de l'effet qu'elle avait sur lui.

— J'ai eu tort de vous ordonner de changer de robe ce soir, admit-il. Cette couleur est superbe et vous va à ravir.

— Vraiment ? s'étonna-t-elle.

— Oui, vraiment, répondit-il, une lueur intense et passionnée dans le regard. Je ne dis jamais de choses que je ne pense pas, vous devriez le savoir, depuis le temps.

Christina se sentait toute tremblante. Mais elle avait peur d'être confrontée au désir de Max à cet instant précis, peur surtout de la douleur que le souvenir de celui-ci lui causerait, plus tard, quand elle y repenserait.

— Et vous dansez merveilleusement, aussi, ajouta-t-il en la faisant tourner de plus belle. Je suis heureux que vous valsiez avec moi enfin, car j'avoue avoir été sur des charbons ardents en vous voyant au bras de vos cavaliers.

— C'est mon devoir d'hôtesse, Max, comme vous le savez. Il n'a jamais été dans mes intentions, cependant, de vous mettre à la torture. Vous auriez dû m'inviter plus tôt à danser.

— Oui, j'aurais dû, en effet. Je le regrette.

Il marqua une brève pause, puis s'enquit d'une voix plus douce, en scrutant son visage :

— Etes-vous heureuse, Christina ?

Surprise par cette question, elle fronça le sourcil.

— Oui, je crois. Et vous, Max ?

— Je le suis. Et déçu, également, car j'espérais que vos sentiments auraient changé… à propos de…

Si elle ne souhaitait rien d'autre que de passer sa vie entière avec lui désormais, elle peinait toujours à lui pardonner de l'avoir forcée à l'épouser.

— Ils changeront, Max, bientôt. Je vous le promets.

— En attendant, je dois me contenter de la moindre faveur que vous m'octroyez, rétorqua-t-il, sans pouvoir dissimuler son amertume.

— Cessez, Max, je vous en prie. Cela ne vous ressemble pas. Quand vous parlez ainsi, vous n'avez pas l'air sincère.

— Bien au contraire, je ne fais que dire la vérité, même si je ne vous blâme pas de me repousser. J'éprouve pour vous des sentiments très profonds, Christina, même si je n'ai pas fait grand-chose pour vous le prouver. J'ai beaucoup parlé de devoir et d'obligations, quand j'aurais dû évoquer la passion et l'amour, vous faire la cour et vous couvrir de fleurs…

— Je ne veux pas de fleurs, Max. Elles ne changeraient rien au contentieux qui existe entre nous.

— Un contentieux ? Et lequel, Christina ?

— Pas maintenant, Max. Dansons, et oublions le reste.

Quand la musique s'arrêta, il la guida jusqu'à la salle à manger. Les invités s'y restauraient déjà ; une armée de domestiques s'affairaient autour d'eux en une sorte de ballet féerique. De l'autre côté de la pièce, Guy tirait une chaise pour Francesca.

La soirée était proprement magnifique. Les plats délicieux se succédaient en un carrousel étourdissant et avec toute la pompe requise, comme on pouvait s'y attendre dans un endroit aussi prestigieux que le *castello* Marchesi.

Francesca ne quittait presque jamais le champ de vision de Christina. Après sa conversation avec Guy, cette dernière ne se sentait pas plus rassurée qu'avant à son propos et éprouvait toujours la même colère et le même désespoir. Ah, tous ces faux-semblants, ces demi-vérités lui semblaient plus destructeurs que la vérité elle-même… Chaque fois qu'elle voyait Francesca regarder Max, lui adresser la parole, ou simplement lui tapoter l'épaule d'un petit coup de son éventail quand elle passait près de lui, elle sentait une nausée lui monter dans la gorge. Sûre de l'amour de Max, elle n'aurait pas été aussi inquiète, mais, en l'état actuel des choses, il lui suffisait de voir l'Italienne couver son époux du regard pour savoir que, malgré tout ce que Guy pouvait en dire, elle était bel et bien sa maîtresse.

Max, de son côté, se rendait compte à quel point Christina semblait à sa place au *castello* Marchesi. Radieuse, rayonnante, elle y évoluait telle une jeune reine. Et elle aimait à l'évidence ce monde qui l'accueillait si parfaitement. Pour autant, quelque chose clochait. Depuis leur arrivée dans la salle à manger, pas une fois elle ne l'avait regardé, tandis que lui ne la quittait pas des yeux un seul instant.

Sans se douter de l'inquiétude de son mari, Christina, suivant en cela le conseil de sa grand-mère, se montra charmante et sociable envers tous ses invités et, quand la nuit s'acheva, elle s'était fait de nombreux amis.

— Félicitations, ma chère enfant, lui lança la douairière comme elle venait de prendre congé d'un groupe d'invités. Vous avez gagné le cœur de tout le monde ce soir. Cette soirée vous a-t-elle plu ?

— Oh oui ! répondit Christina. Cela a été magnifique.

— Ne vous étonnez pas si je vous dis que, dans les jours qui viennent, vous serez vraisemblablement soumise à un véritable siège à la *Casa del Sole*. Les gens vont venir vous voir pour faire mieux connaissance, mais, pour parler franchement, c'est loin d'être une bonne chose.

— Que voulez-vous dire, grand-mère ?

— Qu'il est temps pour vous de venir vous installer au *castello* Marchesi, avec Max, et de vivre avec lui comme mari et femme.

La vieille dame marqua une pause, pour scruter le visage de sa petite-fille, attendant sa réponse comme si le sort du monde en dépendait.

Christina détourna les yeux pour éviter le regard perçant

et rusé de sa grand-mère, cherchant à gagner du temps. Cette femme n'avait pas idée de ce qu'elle lui demandait. Certes, elle l'avait envisagé durant sa conversation avec Guy, mais était-elle vraiment prête pour cela ?

— J'espère sincèrement que vous y avez déjà réfléchi, Christina, reprit la vieille dame en plissant le front. Vous ne pouvez pas demander à Max de patienter éternellement. Bien, je vous laisse, je vois qu'il vous attend pour vous raccompagner. Je crois qu'après une soirée comme celle-ci nous avons tous besoin d'une bonne nuit de sommeil.

Christina inspira longuement l'air parfumé. Haute et pleine, la lune éclairait de sa pâle lumière la campagne tandis que la voiture filait vers la *Casa del Sole*. Regardant droit devant elle, elle écoutait le chant des criquets dans la nuit.

Depuis leur départ du château, elle traitait Max avec cordialité, mais sans parvenir à lui cacher son irritation. Conscient de la chose, il voulut absolument avoir une explication franche à ce propos.

— Christina ? fit-il après quelques minutes de silence.

— Oui, Max ?

— Quand comptez-vous me dire ce qui vous tarabuste ?

Elle le considéra avec un sourire maussade.

— Ce qui me… ? Mais rien, Max. Tout va bien. Pourquoi en irait-il autrement ? répondit-elle, les yeux fuyants. J'ai passé une soirée très agréable.

— Est-ce que cela aurait à voir avec Francesca, par hasard ? insista-t-il d'une voix inquiète et tendue.

Elle se retourna brusquement pour soutenir son regard.

— Eh bien, puisque vous me le demandez, la réponse est oui ! Cela a quelque chose à voir avec cette femme en effet. Elle s'accroche beaucoup trop à vous à mon goût.

— Et le peu de temps que vous passez avec moi, répondit-il avec un sourire moqueur, vous n'avez pas envie de le partager avec elle. Est-ce ce que vous tentez de me dire, Christina ?

— Oui, si vous voulez, repartit-elle, ses grands yeux verts lançant des éclairs. Je suis contrariée chaque fois que je vous vois avec elle, c'est vrai. Je la trouve affreusement arrogante, et cette façon qu'elle a de se pavaner quand elle se trouve à votre côté m'exaspère profondément. Pour tout vous dire, sa compagnie m'est insupportable, et je ne me réjouis pas du tout que mon mari ne fasse rien pour la dissuader de se comporter comme elle le fait.

Décontenancé de la voir si ulcérée, Max recula un peu la tête pour scruter son visage.

— Juste ciel, Christina, seriez-vous jalouse de Francesca ?

La jeune femme le fusilla du regard. Elle avait beau se forcer à oublier les allusions blessantes de l'Italienne, elle ne pouvait s'empêcher de l'entendre se vanter devant elle d'avoir été — et d'être encore — la maîtresse de Max. Toute cette affaire la mettait dans une rage noire, et la jalousie qui brûlait en elle ne semblait pas près de s'éteindre.

— A peine ai-je mis le pied dans votre demeure…

— Notre demeure, corrigea Max.

— Peu importe. A peine arrivée, disais-je, j'ai compris que cette femme représentait un danger potentiel. Au fait,

Guy est désespérément amoureux d'elle, depuis des années apparemment. Avez-vous la moindre idée des tourments qu'il endure quand il vous voit tous les deux ?

Max arbora une expression incrédule.

— Bonté divine ! Je ne me doutais vraiment pas de cela. Pauvre Guy ! Mais il n'a aucune raison de se tourmenter, je vous l'ai dit, Christina. Il n'y a rien et il n'y a jamais rien eu entre Francesca et moi…

— Vous n'en revenez pas, c'est cela ? Et pourtant, si vous aviez un peu oublié votre orgueil et votre tempérament latin, comme vous dites, et pris le temps de parler à cet homme que vous appelez votre ami, vous auriez su. La *signorina* Cantoni est extraordinairement séduisante et, croyez-moi, aucune femme n'a envie qu'elle s'intéresse à son mari.

— Elle est belle, je vous l'accorde, mais, pour le reste, Christina, vous êtes de loin la femme la plus séduisante que j'aie jamais rencontrée.

— Et vous parlez d'expérience, rétorqua-t-elle sans pouvoir s'en empêcher, se reprochant aussitôt de ne pas avoir accepté le compliment.

— C'est exact, répondit-il du tac au tac, sans même prendre la peine de nier la chose. Je ne suis pas un saint. Mais je n'ai eu de relations avec aucune autre femme depuis que nos fiançailles sont officielles.

— En ce cas, vous avez dû être sevré très tôt car, si je comprends bien, nous avons été fiancés alors que j'étais encore dans mon berceau ! dit-elle méchamment.

Elle savait qu'elle allait trop loin, mais quelque démon la poussait malgré elle.

— J'ai considéré ces fiançailles comme officielles, déclara Max sans relever le sarcasme, quand vous en avez été prévenue, en Angleterre, et que vous avez accepté de m'épouser.

— Je vois. Et combien de ces dames étaient présentes ce soir ?

— Aucune. Christina, cessez, voulez-vous ? Et ôtez ce masque de douleur de votre visage. Ce n'est ni le lieu ni l'heure pour une dispute. Votre jalousie est sans fondement et tout à fait indigne de vous. Elle est même de très mauvais goût. Pour le meilleur ou pour le pire, vous êtes mon épouse, et, puisque vous allez passer le reste de votre vie en Toscane, vous feriez mieux de vous y faire des amis plutôt que des ennemis.

Malgré le frisson glacé que sa voix de velours faisait passer en elle, Christina releva le menton.

— Je m'y emploierai, mais ne me demandez pas de cautionner votre aventure avec la *signorina* Cantoni.

— Si j'avais eu une aventure, comme vous dites, aucun des hommes présents ce soir ne songerait à m'en blâmer, puisque mon épouse a choisi de vivre dans une résidence séparée de la mienne. Vous auriez dû prêter plus d'attention aux engagements que nous avons pris à l'église, quand nous avons tous les deux affirmé la sainteté du mariage.

— Je les ai prononcés en connaissance de cause et en toute sincérité, mais comment puis-je vous faire confiance, Max ? Vous vous êtes arrangé pour que je ne puisse même pas vous entendre le faire.

Cette fois-ci, elle l'accusait directement.

— Mon travail m'accaparait trop pour que je puisse me rendre en Angleterre. Nous devons absolument nous faire confiance, Christina. Sans cela, le mariage n'a aucun sens.

— Il semble en effet que ce soit bien plus compliqué que je ne l'imaginais.

— Il n'est pas nécessaire qu'il en aille ainsi. Le mariage est ce que l'on en fait. Un homme et une femme doivent vivre ensemble et dormir ensemble. Apparemment, cette évidence n'en est pas une pour vous. Vous semblez attachée, pour poursuivre quelque obscur idéal féminin, à vous préserver de moi. Sachez cependant que je n'ai pas l'habitude qu'on me fasse lanterner de la sorte. Si mon bonheur vous importe, conformez-vous à votre serment. Je n'ai pas eu d'aventure avec Francesca mais, puisque vous semblez résolue, contre toute raison, à penser le contraire, je ne gaspillerai pas ma salive une seconde de plus à tenter de vous en convaincre.

Ils arrivaient à la *Casa del Sole*. Christina descendit de voiture et s'avança vers la porte sans attendre. Il la suivit de près et lui prit le bras avant qu'elle puisse ouvrir la porte, la plaquant contre celle-ci. Il voulait l'embrasser, mais elle s'y refusa, en dépit de l'émoi que ce contact lui inspirait. Quand elle trouva la clenche, elle poussa le battant et entra dans la maison.

Max lui emboîta le pas.

— Christina ! s'exclama-t-il, le front plissé, le regard dur. Que vous arrive-t-il, bonté divine ?

Il tremblait de colère. Au moment même où il pensait que tout se passait pour le mieux et qu'elle allait lui céder enfin, voilà qu'elle se rebiffait, et tout cela à cause de Francesca !

Christina détourna les yeux. Qu'il puisse penser qu'elle allait se rendre à la caresse de ses lèvres et de ses mains la mettait en rage. Finalement, depuis son installation à la *Casa del Sole*, elle vivait dans un monde irréel, un monde où ses rêves, croyait-elle, deviendraient réalité si elle savait se montrer persévérante, un monde dans lequel la patience de Max la poussait à s'illusionner un peu plus chaque jour. Comment pouvait-elle avoir été aussi stupide, aussi crédule ?

— Christina, je ne sais plus que penser. Pourquoi me repoussez-vous sans cesse ? Dois-je comprendre que mes avances ne sont pas les bienvenues ?

— En effet.

Le visage de Max sembla tout à coup se transformer en un masque de pierre, mais ses yeux la perçaient encore comme des poignards, cherchant des réponses, comme s'il n'arrivait pas à croire ce qu'il venait d'entendre.

— Fadaises ! Je ne vous crois pas.

Cette fois, leurs regards se croisèrent, aussi brûlants et pleins de rage l'un que l'autre. Elle voulut s'écarter de lui, mais il la rattrapa par l'épaule et la força à lui faire face. Dans la lumière pâle de la bougie laissée allumée par Molly, son visage sombre paraissait soudain sinistre, et ses sourcils lui faisaient comme une ligne noire en travers du front.

Christina recula instinctivement.

— Lâchez-moi ! Je vous en supplie, Max, lâchez-moi !

Trop tard. Il ne se contrôlait plus, trop enragé pour écouter ses supplications. Avant même qu'elle puisse comprendre ce qui lui arrivait, elle se retrouva prisonnière d'une étreinte d'acier, les lèvres scellées par un baiser furieux qui la plaquait impitoyablement contre le bois dur de la porte. Elle se débattit furieusement, mais Max la retenait fermement et, quoi qu'elle fasse, cela ne servait à rien.

Sa colère, qui jusque-là fortifiait sa résistance, s'affaiblit rapidement jusqu'à s'évanouir tandis que son corps s'abandonnait traîtreusement. Quelque chose en elle lui disait encore de prendre garde, mais cette voix faiblissante se noyait dans les battements sourds de son cœur et le plaisir bouleversant de se laisser aller dans les bras de Max. Elle sentit la main de celui-ci remonter lentement dans son dos pour venir emprisonner son cou. Consciente de ce qu'elle jouait avec le feu, elle se laissa embrasser, décidée à le lui permettre encore une fois seulement, afin de faire de nouveau l'expérience de sa bouche pressée contre la sienne et des sensations aussi dérangeantes que délicieuses qui faisaient chatoyer son corps. Ses bras, qui luttaient jusque-là pour le repousser en le frappant, l'enlacèrent pour le serrer follement. Un bref instant, oubliant ce qu'ils étaient en train de faire, ils s'autorisèrent à se réjouir de la violence de leurs désirs, à vivre, à ne penser qu'à eux-mêmes, enfin, sachant tous deux que rien ne pourrait être plus beau.

Et puis, d'un seul coup, il la repoussa. Tout tournait autour de Christina, tandis que le rire de Max résonnait à ses oreilles.

— Il est une chose que vous devez savoir à mon sujet, Christina. Quand j'ai décidé d'avoir quelque chose, il n'est pas aisé de m'en dissuader. Et je vous veux. Souvenez-vous-en la prochaine fois que vous voudrez résister à ma volonté. Je vous remercie pour votre coopération, ce soir.

Rouge de honte, le corps tremblant d'indignation, Christina ouvrit la porte.

— Allez-vous-en Max ! dit-elle d'une voix blanche.

Réprimant le désir qui le taraudait comme une meute de chiens affamés, Max passa devant elle sans un mot et s'enfonça dans la nuit. Elle fit claquer la porte derrière lui, si fort que le lourd panneau vibra sur ses gonds, puis, tombant à genoux, elle fondit en larmes, le cœur brisé. Quand Molly vint la saisir doucement par les épaules pour l'aider à se relever, elle se laissa faire, tel un pantin désarticulé.

Une fois dans sa chambre du *castello* Marchesi, Max ôta sa veste et son gilet et les jeta sur une chaise, puis dénoua sa cravate, déboutonna sa chemise et s'approcha de la fenêtre en fourrant nerveusement ses mains dans ses poches. Ses yeux semblaient plus froids qu'un ciel d'hiver, et une mince ligne blanche liserait sa bouche. Une fureur sans nom l'agitait.

Alors même qu'il pensait Christina enfin raisonnable et prête pour l'amour, elle s'était montrée plus imprévisible que jamais, aussi entêtée et enflammée qu'à l'époque de ses dix-sept ans. Qu'avait donc cette femme de si particulier pour qu'il ne puisse se l'ôter de l'esprit ?

En la voyant disparaître sur la terrasse avec Guy, hilare et aussi insouciante qu'une enfant, il se souvenait avoir éprouvé un pincement au cœur si violent qu'il aurait presque planté là Francesca pour s'élancer à sa poursuite. Que lui arrivait-il, bon sang ? Comment pouvait-il permettre qu'une femme l'affecte à ce point ? En la prenant dans ses bras tout à l'heure, il aurait pu jurer qu'elle l'encourageait, mais au lieu de cela elle s'était refusée à lui en le chassant comme un valet.

11

Toujours profondément affectée par sa dispute avec Max, Christina se réveilla avec une migraine affreuse le lendemain matin. La veille, elle s'était couchée en sanglotant et avait passé une partie de la nuit à se retourner dans son lit. Si elle cherchait à provoquer Max, elle pouvait se vanter d'avoir réussi ; mais, ne l'ayant jamais vu autant en colère, elle se détestait d'avoir agi de la sorte. Y avait-il une seule chance qu'il lui pardonne ?

Quand le jour marquant le début des vendanges arriva, Christina se rendit aux chais en suivant les rangées de vigne. Les treillis formaient comme un tunnel verdoyant dont la voûte ployait sous le poids des grappes.

Tout semblait prêt, tables de tri, échelles, cuves, et l'on s'apprêtait à donner à chaque ouvrier un panier et un petit crochet tranchant en forme de serpe. Certains s'emploieraient à couper les grappes, d'autres à porter les corbeilles pleines jusqu'aux tables de triage.

Certes, Pepi dirigeait la manœuvre, mais Max — qu'elle n'avait pas vu depuis le soir du bal — était présent lui aussi, s'assurant au milieu des ouvriers que ses recommandations étaient respectées.

Tout le monde avait hâte que la vendange soit terminée avant que l'automne n'arrive, car parfois, en septembre, le ciel se couvrait soudain, et le tonnerre grondait sur les sommets. Les viticulteurs priaient alors le ciel de leur épargner la grêle, qui pouvait détruire une récolte tout entière en quelques minutes. Pour l'heure, Christina se réjouissait de voir l'azur sans nuages. Avec un peu de chance, tout allait bien se passer.

Vers midi, après trois heures de travail intense au pied du coteau, la fatigue commença à se faire sentir ; c'est à ce moment opportun que Carmel et Molly apparurent, apportant sur leur petite carriole de grands paniers de nourriture et quelques flacons de vin à l'intention des vendangeurs. Les femmes et les jeunes filles dans leurs robes et leurs fichus colorés formaient une scène joyeuse et pittoresque. Les grands chapeaux de paille qu'elles portaient d'ordinaire dans les champs pour se protéger du soleil ne servaient à rien sous le treillis, aussi déambulaient-elles tête nue pour la plupart.

Quand tout le monde fut rassasié, on reprit le travail. Le pantalon relevé jusqu'au haut des cuisses, les fouleurs écrasaient avec leurs pieds fraîchement lavés, debout dans les cuves de bois, le raisin qu'on y jetait. A la *Casa del Sole*, on respectait la tradition scrupuleusement, et tout s'y faisait de la même manière depuis des siècles. Christina observa, fascinée, les jambes des hommes s'enfonçant dans la masse violette pour en extraire le jus qui tachait leur peau.

Le travail dura jusqu'au coucher du soleil. Quand le disque rougeoyant disparut à l'horizon, le moment était venu de dîner. Sous une pergola, on dressa sur des tréteaux de longues tables, que l'on recouvrit de nappes de coton blanc, et on alluma les lanternes tendues entre les arbres.

L'air du soir était chaud. Molly et Carmel avaient passé les derniers jours à préparer les repas pour les ouvriers, et la nourriture avait de quoi ravir les palais les plus délicats. Il y avait des raviolis, du pain frais, des viandes et des fromages à foison ; on buvait du vin, rouge et blanc, on dansait, riait et chantait des chansons populaires.

Christina trouvait cela merveilleux.

Ce fut son rire, s'élevant dans l'air parfumé par-dessus la rumeur des conversations et la musique, que Max perçut soudain, avec une acuité douloureuse. Christina dansait sous les lanternes, tournoyant sans fin aux accents d'une saltarelle et s'amusant follement. Il ne se souvenait pas de l'avoir vue si gaie. Le jeune homme qui lui donnait le bras la faisait virevolter sur l'herbe au rythme de la musique, si bien qu'on apercevait parfois ses chevilles, blanches comme la nacre, sous le froufrou de ses jupons tournoyants.

Quand elle vit Max, Christina interrompit brusquement sa danse, le souffle court, les yeux brillants, le cœur battant à tout rompre. Elle le regarda approcher, fascinée comme toujours par la beauté austère de son visage et l'autorité de sa démarche. L'excitation affolait son cœur qu'elle sentait tout un faisceau d'émotions se disputer en un combat furieux. Il lui avait terriblement manqué, et, à présent qu'il approchait, elle le trouvait plus beau et plus désirable que jamais. Elle ne voulait plus penser aux mauvaises raisons qu'il pouvait avoir eues de l'épouser, car elle l'aimait, tout simplement. Il fallait absolument qu'elle se persuade que son éventuelle relation amoureuse avec Francesca faisait désormais partie du passé, même si l'Italienne cherchait encore à lui faire croire le contraire.

Pendant un moment, Max resta muet. Il la reconnaissait à peine. Vêtue d'une simple robe dont la couleur hésitait entre le bleu et le vert, ses cheveux libres cascadant sur ses épaules, les joues rougies par la fatigue, ses grands yeux verts luisant de plaisir, elle était tout bonnement sublime. Ses pieds nus avaient la blancheur de l'ivoire le plus pur, et ses manches retroussées révélaient la peau soyeuse de ses bras. Son corsage dégrafé s'ouvrait bas, offrant au regard l'amorce d'un galbe affolant.

Max la contempla longuement d'un air songeur puis, en levant un sourcil, lui adressa ce sourire qu'elle aimait tant.

— Eh bien, Christina ? Suis-je le bienvenu ici, ou êtes-vous toujours en colère contre moi et allez-vous me jeter dehors ?

Sa voix profonde, cette voix qui n'appartenait qu'à lui, fit frissonner la jeune femme. Incapable de nourrir le moindre ressentiment à son égard en une telle occasion, elle sourit à son tour, fascinée par sa taille moulée dans un pantalon couleur crème et ses jambes prises dans de hautes bottes de cuir fauve. Ses bras musclés saillaient de sa chemise blanche aux manches relevées jusqu'au coude, et dans l'échancrure de son col ouvert on apercevait un triangle de peau nue.

— J'aurais bien du mal à le faire, puisque nous sommes à l'extérieur, répondit-elle. Vous êtes le bienvenu, bien sûr, et je vous présente mes excuses si je vous ai donné le sentiment que vous ne l'étiez pas. M'en voulez-vous beaucoup ?

— Cela dépendra de la façon dont vous vous ferez pardonner, répliqua-t-il, une lueur mutine dans l'œil.

— Aimeriez-vous manger quelque chose ? Molly et Carmel ont préparé assez de raviolis pour nourrir une armée.

— Je pensais à une autre forme de pénitence, dit-il avec un sourire espiègle.

— Je m'en doutais, commenta-t-elle en riant doucement. Mais il va falloir modérer vos ardeurs, Max.

— Pour le moment, sans doute. J'ai déjà mangé, mais je ne refuserais pas un verre de vin.

Il sembla hésiter un instant puis, en jetant un coup d'œil vers la table où festoyaient les vendangeurs, proposa :

— Voulez-vous que nous marchions un peu pour chercher un endroit plus calme ?

Ils avaient beau être entourés de gens — que la présence de l'illustre comte Marchesi ne semblait pas perturber le moins du monde —, Max n'avait d'yeux que pour elle.

— Eh bien, Christina ?

Elle ne résista pas quand il lui prit la main et l'entraîna loin de la table couverte de victuailles. Tandis qu'ils laissaient derrière eux la foule joyeuse des travailleurs, Christina se surprit à penser qu'un événement quasi miraculeux allait advenir dans les toutes prochaines minutes et qu'elle serait alors face à son destin.

Parfaitement lucide et en même temps décontractée par le vin qu'elle venait de déguster, Christina songeait secrètement qu'il n'était pas d'autre endroit au monde où elle aurait voulu se trouver à cet instant précis, et pourtant elle se sentait soudain terriblement vulnérable et un peu effrayée de se retrouver seule avec lui.

Quand ils se furent assez éloignés et que la rumeur de la fête se dissipa au loin, Max marqua le pas et l'enveloppa de son regard. Levant les yeux vers lui, elle resta immobile.

— Vous êtes très belle, ce soir, Christina, dit-il d'une voix étrangement rauque.

La jeune femme aimait s'entendre dire par lui de telles choses, elle en rougissait même, comme une adolescente.

— Belle, moi ? Comment est-ce possible, quand je suis

vêtue comme une paysanne et que j'ai l'air d'en être une ? Voyez, j'ai les mains toutes tachées de jus de raisin.

— On dirait que vous avez vendangé.

— Je l'ai fait, figurez-vous, un moment du moins. Jamais je n'aurais pu imaginer combien c'est dur.

— C'est une question d'habitude. Et combien de vin avez-vous bu ?

— Probablement plus que je n'aurais dû, admit-elle en souriant.

Elle soupira en s'appuyant contre un arbre, le regard perdu dans l'obscurité. Quelques taches de lumière traversaient l'espace devant elle, sans doute des lucioles voletant d'un olivier à l'autre. L'air embaumait, et Christina s'en emplissait les poumons comme on s'enivre. Tout autour d'eux, la nature résonnait du bruit des créatures nocturnes.

— Je me sens si différente de la jeune fille que j'étais que j'ai du mal à croire que je suis la même personne, reprit-elle. Il me faut parfois me pincer pour m'en assurer. Jamais je ne me suis sentie aussi vivante.

Max partageait ce jugement. Le rose qui colorait les joues de sa jeune épouse semblait ajouter du piquant à son regard.

— J'ai l'impression que vous vous êtes bien adaptée, en effet. Tanglewood vous manque-t-il ?

— Tanglewood est bien loin, répondit-elle avec un sourire triste. Il me manque, bien sûr, mais moins que je n'aurais cru.

— Décidément, vous ne cesserez jamais de m'étonner, dit Max de sa voix chaude et caressante. Je salue votre courage et votre audace, Christina. Vous êtes hardie en plus d'être belle, et plus insouciante que n'importe quelle autre femme de ma connaissance.

— La vie se charge parfois de se rappeler durement à

notre souvenir. Je ne suis pas différente des autres, de ce point de vue. Il se trouve simplement que certaines gens ont plus de force que d'autres pour affronter les épreuves de l'existence. En tout cas, j'ai fait de mon mieux.

— D'après ce que je sais de vous, Christina, je pense que c'est le côté un peu dramatique, irrationnel et passionné de l'Italie qui vous séduit ici, et qu'en fait les bouleversements tels que celui que vous avez connu lorsque votre petit monde bien ordonné a été chamboulé du jour au lendemain ne vous déplaisent pas, bien au contraire.

Christina le regarda fixement. Dieu qu'il la connaissait bien ! Elle le trouvait vraiment irrésistible.

— Oui, je cherchais sans doute tout cela confusément — mais aussi quelque chose d'autre.

Elle ferma les yeux, pour humer une bouffée d'air chaud fleurant le feu de bois. Des images assaillaient son esprit, toutes pleines du souvenir de cet homme aux mains fermes et dures et dont les caresses et les baisers enflammaient son corps. Elle ne savait plus très bien où elle était, ni avec qui.

— A quoi pensez-vous, Christina ? demanda Max en scrutant son visage d'un air perplexe.

— Pourquoi m'avez-vous amenée ici ? s'enquit-elle, ramenée à la réalité par cette question.

— Je voulais vous parler.

— De quoi donc ? Je croyais que nous nous étions dit tout ce que nous pouvions nous dire.

Elle repoussa de la main les mèches qui balayaient son front, en un geste que Max trouva proprement adorable.

— De nous, Christina.

— Je m'en doutais. Vous voulez savoir si j'ai l'intention de cesser bientôt de vivre à la *Casa del Sole*, c'est bien cela ?

— Oui, dit-il en hochant doucement la tête.

Elle ne pouvait s'empêcher de le regarder, comme si ses yeux n'en faisaient qu'à leur guise.

— Je compte déménager dans les prochains jours, quand la vendange sera terminée. Cela vous convient-il ?

— Parfaitement. Ce n'est pas trop tôt. Je commençais à penser que le seul moyen de vous en convaincre était de vous traîner dans mon lit.

— Vous devriez apprendre à être plus patient, Max. J'ai mis du temps à me décider parce que j'aime beaucoup cette maison et que la vie ici me convient.

— Vous convient-il aussi de me voir souffrir ? répliqua Max en l'attirant contre lui. Vous êtes cruelle, comtesse Marchesi. J'ai su dès le premier regard que vous seriez une femme difficile.

Christina éclata de rire.

— Maman me reprochait toujours ce trait de caractère. J'espère sincèrement que, comme le vin, je me bonifierai avec l'âge.

— Avez-vous l'intention d'être toujours rebelle avec moi ?

— Toujours, car je ne crois pas qu'il vous plairait que je change, affirma-t-elle en souriant d'un air serein puis en se dressant sur la pointe des pieds pour déposer un petit baiser aussi léger qu'aguicheur au coin des lèvres de son mari.

— Vous n'êtes pas fâché, j'espère ?

— Non, fit Max en riant. J'aime vous voir vous enhardir ainsi.

Il piqua son cou d'un baiser puis, d'une voix faussement menaçante, poursuivit :

— Mais prenez garde à ne pas laisser la situation vous échapper.

— Sans quoi ? murmura-t-elle en l'embrassant.

— Sans quoi je vous inventerai un châtiment, vous pouvez y compter, contre ses lèvres avant de lui rendre son baiser répondit-il.

Quand il releva la tête, Christina le regarda d'un œil vague, comme si elle se réveillait d'un rêve langoureux.

— Avez-vous déjà fait l'amour à la belle étoile, Max ?

L'herbe autour d'eux semblait douce et accueillante...

— Nous trouverons bientôt un moment et un lieu plus appropriés pour cela, Christina. Venez, allons rejoindre les autres.

Trop ébahie pour réagir, Christina suivit Max sans un mot. Perdus dans leurs pensées, ils ne virent ni l'un ni l'autre les deux cavaliers qui les observaient, tapis derrière un bosquet d'oliviers. Une haine inextinguible déformait les traits de Francesca Cantoni, noyant de son flot noir la lueur qui brillait autrefois dans ses yeux.

Les ouvriers commençaient à se disperser pour regagner leur lit. La journée du lendemain promettait d'être longue et fatigante.

Christina regagna sa chambre persuadée qu'elle allait s'endormir comme une masse, mais son esprit battait la campagne, refusant de céder au sommeil. Lasse de se retourner dans son lit, elle descendit sur la terrasse et s'avança dans l'oliveraie ténébreuse. La nuit était sereine, et elle resta un long moment immobile, savourant la paix de ce domaine béni. Soudain, une odeur de fumée frappa ses narines. Surprise et vaguement inquiète, elle se retourna vers la maison. Elle s'en trouvait bien plus éloignée qu'elle ne pensait. Incrédule, elle vit une colonne de fumée épaisse monter droit vers le ciel, au-dessus de la façade que léchaient de grandes flammes. Déjà des cris résonnaient de partout, et des gens couraient à toutes jambes en direction de la maison. Christina se joignit à eux, affolée à l'idée que Molly puisse encore se trouver à l'intérieur. L'incendie se propageait à une vitesse folle. Les flammes, de plus en plus hautes, étaient sans doute visibles à des lieues à la ronde.

Christina ne pensait plus à rien qu'à courir, mais, alors qu'il lui restait encore une certaine distance à couvrir, son attention fut attirée par le manège étrange d'un homme. Au lieu de se ruer vers la maison, il s'en éloignait, sans cesser de jeter des regards par-dessus son épaule, comme quelqu'un qui vient de commettre un méfait. Stupéfaite, Christina reconnut Bruno, le compagnon de Francesca lors de sa visite de l'autre jour.

L'urgence du moment lui fit bientôt oublier l'incident. Une chaîne humaine s'était formée entre le puits et la maison ; les seaux qu'on remplissait passaient frénétiquement d'une main à l'autre jusqu'à la ligne de front, depuis laquelle on les lançait sur les flammes qui dévoraient la façade.

Christina chercha désespérément Molly du regard et la trouva au milieu de la chaîne, le visage déformé par la peur, à côté de Pepi.

— Oh, Molly, Dieu soit loué tu es sauve ! s'exclama-t-elle, hors d'haleine, en toussant à cause de la fumée qui lui piquait les yeux et la gorge.

— C'est Pepi qui a donné l'alarme, expliqua la femme de chambre. Je vous ai cherchée, Christina. Où diable étiez-vous ?

— Je ne pouvais pas dormir, aussi suis-je allée me promener. Que s'est-il passé, Molly ? C'est affreux.

— Je n'en ai aucune idée, mais pour l'heure l'important

est de sauver ce qui peut l'être. J'ai eu la présence d'esprit de rassembler la plupart de vos affaires et des miennes avant de quitter la maison.

Christina se joignit aux ouvriers sans se poser de questions. Le chuintement de l'eau au contact des flammes la surprenait chaque fois.

Max allait se mettre au lit lorsqu'il fut prévenu de l'incendie. Après avoir encaissé le coup, livide, le cœur battant à tout rompre, il avait pris la route de la *Casa del Sole*, plus inquiet qu'à aucune autre occasion de sa vie. Il imaginait Christina — la femme qu'il aimait — au milieu des flammes.

Max et Guy arrivèrent sur les lieux à peu près au même moment, suivis de la petite troupe qu'ils avaient rassemblée chacun de leur côté.

— Guy ! Savez-vous où se trouve Christina ? cria Max par-dessus le fracas de l'incendie.

— Je ne l'ai pas vue, répondit Saunders. Je viens juste d'arriver. Bonté divine, d'où le feu est-il parti ?

— Comment voulez-vous que je le sache ? J'étais déjà rentré chez moi quand cela a commencé. Je dois trouver Christina et m'assurer de sa sécurité !

Il plissait les yeux pour essayer de voir, à travers l'épais rideau de fumée qui les entourait, la foule qui combattait les flammes.

— Je ne peux croire que…

Il en tremblait d'angoisse.

— Ne pensez pas à cela, Max, lui dit Guy en lui posant la main sur l'épaule. Elle est indemne, j'en suis sûr. Allons voir derrière la maison. C'est là que se trouve le puits.

*
* *

Christina n'avait de notion du temps que celui qu'il lui fallait pour passer un seau d'eau de son voisin de derrière à son voisin de devant ; il lui semblait vivre un cauchemar. Ses doigts graciles faits pour la broderie agrippaient les anses de métal comme on s'accroche à une branche au milieu d'un courant furieux.

Elle ne vit Max que quand il fut tout près d'elle et quitta presque aussitôt la chaîne.

— Max ! Dieu soit loué vous êtes ici, s'exclama-t-elle d'une voix où l'épuisement le disputait à la peur.

Quand elle essuya machinalement du poignet son front couvert de suie, Max crut qu'elle allait s'effondrer. Oubliant toute discrétion, il la prit dans ses bras et enfouit son visage dans sa chevelure en s'exhortant à se maîtriser. Pendant une bonne minute, ils se tinrent enlacés, retenant tant qu'ils pouvaient les larmes de soulagement qui leur montaient aux yeux, mesurant enfin le vide insupportable de leurs existences séparées.

— Christina, *cara*, dit-il d'une voix rauque et altérée par la fureur qui bouillait en lui. Dieu merci vous êtes sauve. J'ai cru que… Non ! Je ne veux plus y penser. Ne vous avisez plus jamais de me faire peur comme cela.

— Je vais bien, Max, répliqua-t-elle en se dégageant pour lui faire face. Comme vous pouvez le voir, il n'y a pas de blessés… Je dois retourner dans la chaîne. Il faut éteindre ce feu et sauver ce que nous pouvons.

Max savait déjà qu'il n'y avait plus rien à faire. Le grondement de l'incendie faisait trembler les vitres, et l'on entendait à l'intérieur le fracas des poutres s'effondrant sur les parquets dévorés par les flammes. Quand il fut évident pour tout le monde qu'on ne pourrait plus arrêter le feu, la foule recula, comme assommée, pour assister en silence aux derniers instants de la tragédie.

La *Casa del Sole*, qui telle une vigie fidèle surplombait les vignes et les oliviers depuis des siècles, n'était plus qu'un amas de ruines. Un silence hideux planait sur les lieux.

Debout sous le noyer aux branches brunies par le feu, Christina contemplait le désastre, anéantie. Cette désolation l'affectait plus que tout ce dont elle pouvait se souvenir. Le spectacle de cette demeure qui faisait la joie et la fierté de sa grand-mère réduite en cendres lui donnait la nausée. Son havre toscan n'existait plus, et il lui fallut prendre sur elle-même comme jamais pour ne pas éclater en sanglots et hurler de rage.

Impuissants, les ouvriers commencèrent à regagner leurs quartiers. Max s'approcha de Christina. Bien qu'elle ait supporté l'épreuve avec bravoure, elle avait l'air effondrée et regardait les ruines fumantes de la maison avec des yeux mouillés de larmes. Il sentit son cœur se serrer à ce spectacle désolant. Il aurait donné n'importe quoi pour effacer la tristesse de son visage adorable et redonner à sa silhouette un peu de son allure fière et joyeuse.

— Christina, murmura-t-il.

Elle se tourna vers lui et le regarda d'un air absent, le visage si pâle qu'il s'en effraya. La lueur qu'il aimait tant voir dans ses yeux semblait avoir disparu.

Elle revint à elle si abruptement qu'il en fut surpris. D'un coup, elle tourna le dos aux ruines et s'éloigna en s'essuyant le visage avec le dos de la main.

— N'ayez pas l'air si inquiet, Max, lança-t-elle. Je suis encore sous le choc, mais je suis saine et sauve. Il n'y avait rien à faire. Il était écrit que je ne vivrais pas ici très longtemps, voilà tout. Ce fut seulement un interlude dans ma vie, un peu comme une convalescence. Maintenant, j'y vois clair, et cet épisode est terminé pour de bon. Je suis désolée pour la perte de la maison.

Ce devait être terrible pour lui de voir une partie de son héritage partir en fumée de la sorte, songea-t-elle avec amertume.

Distraitement, Max s'essuya le front lui aussi, repoussant ses cheveux en arrière d'un geste nerveux comme s'il voulait chasser la terreur qui l'avait saisi en voyant la fumée et les flammes rougeoyantes engloutir la *Casa del Sole*.

— Que s'est-il passé ? Est-ce que quelqu'un sait quelque chose ?

Elle se tourna vers lui et planta son regard dans le sien.

— Moi, je sais, Max.

Elle lui raconta avoir vu Bruno, qui s'enfuyait, et lui fit part de sa certitude qu'il ne pouvait s'agir d'un accident.

Max accueillit la nouvelle en silence, le visage aussi dur et immobile qu'un bloc de granit, la mâchoire tellement serrée qu'il pouvait à peine parler.

— Vraiment ? dit-il d'un ton glacial.

— Ce Bruno est l'homme à tout faire de Francesca. Vous devez l'avoir déjà rencontré. Peut-être la *signorina* Cantoni pourra-t-elle nous expliquer la présence de cet homme à la *Casa del Sole* au moment même où l'incendie commençait.

Christina peinait à cacher la colère qui montait en elle à l'encontre de la femme qu'elle tenait pour responsable de la tragédie.

Cela semblait impossible, inconcevable — mais Max ne trouverait pas le repos tant qu'il n'aurait pas éclairci ce mystère d'une façon ou d'une autre. La fureur qu'il ressentait à la simple idée que Francesca ait pu, par dépit, mettre en danger la vie de Christina l'étouffait presque. La mâchoire contractée à se briser, il sentait son cœur se transformer peu à peu en une masse de pierre dure. Il se savait capable de tuer pour la femme qu'il aimait.

— Je ne peux même pas imaginer pourquoi Francesca aurait fait une chose pareille.

— Ah non ? Moi si, répondit Christina en le fusillant du regard.

Il l'observa un moment en silence puis déclara :

— Peu importe ce que vous pensez, je vous jure encore une fois que Francesca n'est pas et n'a jamais été ma maîtresse.

— Je vais peut-être vous surprendre, répondit la jeune femme en soupirant et en secouant la tête d'un air las, mais je vous crois. Néanmoins cela ne change rien au fait qu'elle avait envie de le devenir.

— Vous ne pouvez m'imputer la responsabilité de ce que désirent les autres.

— Elle a été capable d'ordonner qu'on mette le feu à cette maison alors que j'étais censée m'y trouver, endormie. Cela vous donne une idée de ce qu'elle est prête à faire pour se débarrasser de moi. Sa malveillance n'a pas de limites.

Christina se sentait vidée, anéantie. Elle ne pleurait pas, quand bien même cela l'aurait sûrement soulagée. Une telle faiblesse n'était pas de mise. Elle ne pouvait laisser une femme comme Francesca Cantoni remporter la victoire.

— La haine de cette harpie a bien failli avoir des conséquences tragiques, ajouta-t-elle.

Max lui prit la main, le visage sombre, hanté par le remords de n'avoir pu empêcher la destruction de la *Casa del Sole*.

— C'est ce qu'il me semble en effet.

— L'amour rend parfois les gens plus impitoyables que la haine elle-même. En son nom, certains ne reculeraient pas devant les pires crimes… Francesca doit vous aimer énormément. Dieu merci, Molly a senti la fumée tout de suite et a pu quitter la maison avant qu'il ne soit trop tard…

Max lui lâcha la main et se détourna d'elle pour tâcher de rassembler ses esprits. Quand il lui fit face de nouveau, il ne semblait pas décidé à se montrer clément.

— Nous aurons du mal à prouver nos accusations. N'en parlons pas pour l'instant. Nous aurons tout le temps demain pour décider de la marche à suivre.

— Mais…

— Demain, Christina, coupa-t-il d'une voix ferme.

Trop épuisée pour protester, la jeune femme opina.

— En attendant, il vous faut venir avec moi, ajouta-t-il d'une voix autoritaire.

— Oui, je sais. Je n'ai pas le choix de toute façon. Je crois que Molly a réussi à sauver quelques-unes de nos affaires.

Elle serait bientôt heureuse d'apprendre que parmi les choses sauvées des flammes par la femme de chambre se trouvaient la petite boîte contenant les trésors de sa mère et l'ours offert par Max, sans compter le portrait de Lydia, mis à l'abri par le fidèle Pepi, qui connaissait l'importance qu'elle attachait à ce tableau.

— Peut-être aurez-vous l'obligeance de les faire mettre dans votre voiture. Molly vous montrera où elles se trouvent.

Max acquiesça sans un mot.

Après les événements dramatiques de la nuit, Christina avait hâte de se retrouver seule, au calme, pour réfléchir et décider de la conduite à tenir.

*
* *

Au réveil, sa première pensée consciente fut pour Max et la deuxième pour la *Casa del Sole*. Ouvrant les yeux, elle balaya la pièce du regard. Où diable se trouvait-elle ? Il régnait un calme étonnant dans la chambre, et le silence lui sembla merveilleusement apaisant pour ses nerfs à vif. Il fallait avancer, désormais, et ne pas regarder en arrière. Vivre l'instant présent, malgré la douleur que cela pouvait lui causer. Elle se rappelait sa joie d'être en Toscane, les premiers temps. Cela semblait si loin déjà que le souvenir de ce bonheur s'évanouissait dans son esprit. Elle avait l'impression de scruter les ténèbres…

Même quand elle pensait à Max elle n'avait pas les idées claires. Comme si son esprit était sous l'effet d'un envoûtement. Pourrait-elle jamais retrouver la joie de vivre, à présent qu'elle connaissait les affres de l'amour ?

Quand elle se fut habillée, elle rendit visite à sa grand-mère. La douairière pleurait bien évidemment la perte de son ancienne demeure, même si elle se réjouissait de savoir que l'incendie n'avait coûté la vie à personne. Elle connaissait également les accusations de Christina portées contre Bruno, Max lui ayant fait un récit complet des événements de la nuit, certain que, de toute façon, la vieille dame ne se satisferait de rien d'autre que de la pure vérité. Elle n'ignorait pas non plus que de sérieux soupçons pesaient sur Francesca.

Si ces accusations finissaient par s'avérer, elle s'assurerait personnellement de ce que le *signor* Cantoni en soit dûment informé, assura-t-elle à sa petite-fille.

Levé aux premières lueurs de l'aube, Max, d'une humeur massacrante, chevaucha jusqu'à la *Casa del*

Sole. Il contempla les ruines noires un long moment, en pensant à Christina. Depuis leur retour chez lui, il n'avait pu lui arracher le moindre mot. L'incendie devait l'avoir terriblement affectée.

Pour la première fois de sa vie d'adulte, il se retrouvait confronté à une situation qu'il ne maîtrisait pas, et il commençait sérieusement à penser que son mariage avec Christina était une erreur. Elle était trop jeune, et il n'aurait jamais dû la forcer à l'épouser. Mais il l'aimait, bonté divine ! Il s'en défendait parfois en souriant cyniquement, quand il y pensait, mais l'évidence s'imposait malgré tout : il aimait cette femme et voulait la rendre heureuse. A vingt-huit ans, après de nombreuses aventures, il était tombé amoureux d'une oie blanche scandaleusement impertinente et emportée qui le défiait sans vergogne à la moindre occasion et avait le don de le mettre en rage.

Et voilà qu'à présent il fallait considérer sérieusement la possibilité de la laisser partir.

Il n'avait jamais envisagé qu'elle l'aime un jour, mais il ne pouvait nier avoir dès le début très mal pris sa décision de vivre séparée de lui. Quelle frustration n'avait-il pas ressentie, chaque fois qu'il avait dû la quitter pour aller dormir seul dans son lit, fou de désir et de colère !

Il lui semblait l'avoir entendue se dire prête à devenir sa femme avant l'incendie, non point sans doute parce qu'elle l'aimait, il le savait, mais plutôt parce que cela faisait partie de ses devoirs d'épouse. Ses devoirs ! Ce seul mot le faisait fulminer. De toute façon, elle ne lui rendrait jamais les sentiments qu'il éprouvait pour elle et, à présent que la *Casa del Sole* n'était plus qu'un souvenir, les chances qu'elle reste en Italie semblaient minces. Mais il n'avait pas envie qu'elle s'en aille ! Il préférait la voir au *castello*

Marchesi et ne jamais partager son lit avec elle plutôt que de vivre sans elle.

Frappant sa botte de sa cravache, il donna un coup de pied rageur dans une motte de terre. Quelle ironie ! Avoir vécu une vie telle que la sienne et connu autant de femmes pour finalement se laisser surprendre par un tendron, c'était à pleurer de rire !

Quand Christina arriva à la *Casa del Sole*, elle trouva les vendangeurs occupés à couper le raisin comme si de rien n'était. Tous la saluèrent d'un air grave tandis qu'elle passait devant eux pour aller contempler les ruines, les épaules voûtées, le regard triste, accablée par la perte de cette maison qu'elle aimait tant.

— Christina…

Elle se retourna et manqua de s'évanouir de soulagement en reconnaissant Max. Il avait les poings serrés, comme s'il contrôlait avec peine sa colère, et elle s'effraya de le voir si tendu.

Luttant contre les larmes qui menaçaient de la suffoquer, elle s'efforça d'esquisser un sourire.

— Dieu du ciel, Max ! Est-il indispensable que vous me fassiez sursauter de la sorte ? N'auriez-vous pu signaler votre présence un peu plus bruyamment ?

— Je suis venu constater les dégâts, dit-il en balayant les ruines du regard, sans relever la provocation, repoussant du bout de sa botte le moignon calciné d'une poutre. Quel désastre. C'est une perte inestimable.

Christina eut le cœur serré. Elle savait à quel point il tenait à cette propriété.

— Je suis vraiment navrée, Max.

— Navrée ?

— Oui, pour la *Casa del Sole*. Vous devez être anéanti. Sachez que je mesure combien cette perte doit vous affecter. Cette maison constituait une partie importante de mon héritage, et vous devez sans doute penser que notre mariage n'est pas, finalement, un si bon investissement que cela.

Max fronça le sourcil.

— Un investissement ? Qu'est-ce qui vous fait dire une telle chose ?

— C'est le sentiment que j'ai quand je pense à notre mariage. Je sais très bien que, sans cet héritage, vous ne m'auriez pas épousée.

Il n'en croyait pas ses oreilles.

— Est-ce vraiment l'impression que je vous ai donnée ? Je l'ignorais, Christina. Cela avait si peu d'importance pour moi, à l'époque.

— Pour vous peut-être, mais pas pour moi, répliqua-t-elle, trop ulcérée pour se dire qu'il ne servait à rien de remâcher le passé — simplement, il fallait qu'il sache ce qu'elle ressentait. Ignoriez-vous vraiment ce que je pouvais éprouver à vous entendre parler de mariage en usant d'un vocabulaire de notaire, Max ?

Il y eut un lourd silence.

— Vous sembliez vous préoccuper plus de cela, ajouta-t-elle en désignant de la main les ruines qui s'étendaient devant eux, que de moi-même. Pouvez-vous imaginer à quel point ce pouvait être insultant et humiliant pour moi ? Et, si vous l'aviez su, auriez-vous changé d'attitude ?

Max eût juré qu'une main d'acier lui broyait le cœur. Il éprouva le besoin de prendre Christina dans ses bras pour la réconforter, mais n'osa pas.

— En fait, j'éprouve pour vous des sentiments très forts, se défendit-il. Mais, si vous aviez eu le choix à l'époque, qu'auriez-vous fait ? Auriez-vous accepté de m'épouser ?

Il attendit la réponse durant ce qui lui sembla un moment interminable et, quand elle prit la parole, il eut l'impression que son cœur s'arrêtait de battre.

— Non, Max, je ne crois pas.

— Je vois. En tout cas, je vous assure qu'il n'a jamais été dans mes intentions de vous blesser en quoi que ce soit.

— Mais alors, quel but poursuiviez-vous en m'épousant, Max ?

— Je voulais tomber amoureux de vous, Christina. Depuis notre rencontre en Angleterre, je ressens pour vous une attirance si forte qu'elle me semble parfois relever de la folie pure.

— Une folie temporaire, j'espère, répondit Christina en souriant sombrement. Ne cherchez pas à soigner les blessures de mon amour-propre, Max. Ce n'est vraiment pas la peine.

Elle ne pouvait plus supporter qu'il lui fasse des compliments.

— Bon sang, Christina ! Je mesure le mal que je vous ai fait, mais, quand je vous dirai ce que j'ai décidé, peut-être un peu de votre fierté vous sera-t-elle rendue.

Il lui tourna le dos et s'éloigna de quelques pas, la tête baissée.

— Cela me chagrine de devoir le dire, Christina, mais je m'y vois contraint si je veux être juste envers vous. Si c'est ce que vous voulez, je vous libérerai. Notre mariage n'a pas encore été consommé, ce qui constitue un motif suffisant pour en obtenir l'annulation. Ainsi, nous mettrons fin à une situation qui à l'évidence ne vous est pas agréable, et vous pourrez rentrer dans votre pays auprès de vos parents.

Eberluée, Christina leva les yeux vers Max, fixant d'un regard incrédule son dos voûté et sa tête penchée vers le sol — comme si un poids intolérable pesait sur ses épaules.

Elle devait avoir mal entendu. Il ne pouvait pas parler d'annulation et de retour en Angleterre. Non, oh non ! Comment pouvait-il dire une chose pareille ? Penser qu'il pouvait la renvoyer chez elle lui causait une souffrance plus aiguë que n'importe quelle douleur physique.

— Pardonnez-moi, lança-t-elle en se précipitant vers son cheval pour s'élancer au galop vers le *castello* Marchesi.

12

Un torrent d'émotions contradictoires submergeait Christina. L'incrédulité, le désespoir et un sentiment de solitude horrible lui déchiraient le cœur et l'âme. Elle ne pouvait supporter l'idée de quitter le *castello* Marchesi. Comment l'aurait-elle pu, d'ailleurs ? Elle aimait tant Max !

Et pourtant, au fond d'elle, elle savait qu'il n'avait pas envie qu'elle s'en aille.

Elle passa le reste de la journée à arpenter sa chambre, rejetant les unes après les autres toutes les offres de réconfort de Molly, jusqu'à ce que, n'en pouvant mais, elle traverse le palier du premier pour rejoindre les appartements de Max.

Debout près de la fenêtre ouverte, il contemplait la nuit en bras de chemise, la cravate défaite, un verre de brandy à la main. La lumière des bougies dansait sur son visage, accentuant encore la beauté de ses traits en un jeu d'ombre et de clarté qui reflétait le trouble de son âme.

Christina s'arrêta sur le seuil, plus très sûre de ce qu'elle voulait faire, ne doutant pas néanmoins que Max avait remarqué sa présence.

— Approchez, Christina, dit-il simplement d'une voix calme et rauque.

Elle s'exécuta. Autant affronter l'inévitable. Le souffle court, elle le vit poser son verre de brandy et lui tendre la main.

— Je suis heureux que vous soyez venue. Si vous ne l'aviez fait, je serais allé vous trouver. Je suis très ému de savoir que vous pensez les choses que vous m'avez dites tout à l'heure. Elles me torturent depuis lors. Comment avez-vous pu supporter ma cruauté et ne pas me châtier comme je le méritais ? Il est exact que je voulais joindre en un seul les deux domaines, mais, quand j'ai compris que la *Casa del Sole* était en train de brûler et que peut-être vous vous trouviez à l'intérieur, tout le reste m'a paru sans importance. Je n'ai jamais éprouvé une telle peur, ni connu si profondément le sentiment que je risquais de perdre quelque chose d'essentiel. Sans vous ma vie n'aurait plus eu de sens, Christina.

— Max… Etes-vous en train de me dire que vous ne voulez pas que je m'en aille, finalement ?

— Oh, ma vie ! chuchota-t-il, ému par les larmes qu'il voyait briller dans les yeux de la jeune femme. Bien sûr. Je n'ai jamais voulu que vous partiez. Je veux que vous restiez ici plus que tout au monde mais, après ce qui est arrivé, je pensais que vous méritiez de pouvoir décider vous-même de la suite des événements.

— Vraiment ? murmura-t-elle en plongeant son regard dans le sien. Vous ne voulez pas que je rentre en Angleterre ?

— Ecoutez-moi, Christina, répondit-il en plaçant un doigt sur ses lèvres pour lui intimer le silence. Je suis bourrelé de remords à l'idée de vous avoir fait penser que vous pouviez être moins importante pour moi que ce domaine. Je me suis montré cruel et horriblement maladroit et je mesure à quel point vous avez dû être blessée, mais je vous supplie de m'écouter. Je vous jure que Francesca n'a jamais été ma maîtresse et que, après vous avoir retrouvée en Angleterre, j'ai su avec certitude qu'il ne pourrait plus jamais y avoir d'autre femme que vous dans ma vie. J'ai cru que vous ressentiez aussi le lien invisible qui nous unissait.

— Je vous ai aimé dès le premier jour, Max, avoua Christina sans honte, mais que vous puissiez un jour m'aimer vous aussi me semblait n'être qu'un rêve de petite fille.

— Bonté divine, Christina, bien sûr que je vous aime. Je vous adore, même. Je ne pourrais supporter de vous perdre. Je vous aime plus que ma propre vie et, quand j'ai vu le feu dans la maison et que j'ai pensé à ce qui pouvait vous être arrivé, j'ai voulu mourir avec vous. Ce n'est pas à la maison que je pensais, mais à vous, rien qu'à vous.

Elle se sentait une boule dans la gorge et l'esprit chaviré par les choses incroyables qu'il venait de lui dire.

— Seigneur, vous êtes si adorable ! s'exclama-t-il d'une voix étrange en lui prenant la main pour l'attirer contre lui.

La lumière des bougies se reflétait dans ses yeux verts ; il la trouvait plus désirable que jamais.

— Vous êtes tout ce que je désire, ajouta-t-il.

— Vous aussi, Max. C'est pourquoi, très humblement, je m'abandonne à votre bon plaisir. Faites de moi ce que vous voulez.

— Pardon ? s'étonna Max, avec un sourire un peu cynique. L'humilité n'est pas une de vos qualités principales, Christina. Vous êtes diablement impulsive d'habitude.

Christina secoua la tête. Est-ce qu'il se moquait d'elle ?

— Vous savez la force de mes sentiments pour vous, Max. Quand je suis avec vous, j'ai l'impression d'être entièrement à votre merci.

— Allons donc ! Une femme qui est passée à travers les épreuves que vous avez subies n'est à la merci de personne.

Il parlait d'une voix douce, si tendre, si profonde et si chaude qu'elle ne pouvait lui résister. Il se tenait si près d'elle à présent qu'elle sentait la chaleur de son corps, et une langueur l'envahissait, magique, affolante. Le désir de Max s'infusait en elle comme un alcool, si fort qu'elle en avait la tête qui tournait, et, quand il la prit dans ses bras et approcha ses lèvres, elle lui abandonna sa bouche en gémissant.

— Oh Max… ! dit-elle, ébahie au contact de son corps puissant plaqué contre le sien.

Jamais elle n'aurait cru possible d'aimer un homme aussi fort.

De sentir ses mains s'aventurer sur son cou, son dos, ses seins, en même temps qu'il l'embrassait de plus en plus fougueusement, la faisait ronronner comme une chatte. Elle s'enivrait de l'odeur de son eau de toilette, de ce parfum de havane qui flottait sur ses vêtements, de cette touche de brandy sur son haleine. La bouche de Max se faisait de plus en plus exigeante à chaque baiser, projetant dans son corps des vagues de plaisir qui l'emportaient comme un esquif au gré des flots. Elle rendait caresse pour caresse avec autant de ferveur et de passion que lui.

Max plongea la main dans l'épaisseur de ses cheveux noirs en grondant de désir, l'étouffant de baisers. Plus le temps passait, plus il avait du mal à garder le contrôle de lui-même.

— Vous allez me rendre fou, Christina, murmura-t-il.

Elle ne répondit rien, leurs bouches s'étant déjà jetées

de nouveau l'une sur l'autre, la plongeant dans un océan de plaisir.

— Désirez-moi, *carissima*, autant que je vous désire, dit-il en s'arrachant à elle l'espace d'une seconde.

— Oui Max, je vous veux, répondit-elle, le souffle court, tétanisée par la caresse de sa langue, qu'il forçait entre ses lèvres. Je vous aime, Max. Je vous aime tant !

Il se figea, ému par ces paroles, comme si elles venaient de pincer en lui quelque corde secrète. Levant la tête, il la dévisagea intensément. Il la savait déjà belle, intelligente, sensible et pleine d'esprit, mais il la découvrait aussi d'une naïveté inouïe et d'autant plus touchante. Il ne connaissait pas une seule femme dans son entourage qui aurait pris le risque de dire à un homme qu'elle l'aimait, et cette ingénuité le bouleversait si fort qu'il en avait la gorge nouée. Il enfouit son visage au creux de l'épaule de sa bien-aimée pour savourer son bonheur.

Du bout du doigt, il lui caressa le menton, cherchant son regard, savourant la pureté de ses traits !

— Je vous ai déjà dit que je savais exactement ce que je voulais. C'est vous que je veux, Christina. Comme un fou.

Comme hypnotisée, elle demeura silencieuse. Pour la première fois, elle avait envie de s'abandonner corps et âme à cet Italien dont elle avait si longtemps refusé de tomber amoureuse.

— Je vous aime, Christina Thornton, depuis longtemps. De toutes les femmes que j'ai rencontrées dans ma vie, aucune ne vous arrive à la cheville, et je vais vous le prouver à l'instant.

Sans prévenir, il l'attira de nouveau dans ses bras. Elle eut un mouvement de recul instinctif, mais il tint bon et emprisonna ses lèvres avec une ardeur qui la paralysa et enflamma ses sens comme jamais. Elle l'étreignit à son tour, se lova entre ses bras et se pressa éperdument contre lui, comme si elle venait enfin de trouver sa vraie place.

En fermant les yeux, tous les sens en éveil, elle suivit par la pensée le dessin tumultueux de leurs corps imbriqués, sentant chaque muscle du corps de son époux.

Max se régalait de la saveur sucrée de sa bouche. De la main, il lui enserrait le cou, perdant ses doigts dans la masse sombre de sa chevelure, et quand, des lèvres, il se saisit du lobe de son oreille pour le mordiller doucement, il la sentit défaillir.

Ils tombèrent tous deux à genoux, comme si leurs forces les quittaient d'un coup, Christina lui retenant la tête alors qu'il portait les lèvres à ses seins. Il dégrafa rapidement son corsage pour en révéler l'opulente rondeur et s'attarda sur leur pointe dressée, qu'il agaça ensuite de la langue. Un gémissement sourd échappa à Christina quand il l'allongea ensuite par terre et s'agenouilla au-dessus d'elle, cherchant de nouveau ses lèvres tandis que, de sa main libre, il entreprenait d'arracher leurs vêtements.

Quand ils furent nus, il la prit dans ses bras et s'avança vers le lit, s'allongeant auprès d'elle dès qu'il l'eut délicatement posée sur le drap immaculé. Elle s'agrippait à lui comme à une bouée, emportée par les vagues de désir qui l'assaillaient, menaçant de l'engloutir. Quand la main de Max se posa sur la chair nue de sa cheville, elle se mit à trembler ; elle obéit presque aussitôt, néanmoins, à l'ordre muet qu'il lui donnait par sa caresse, s'offrant à lui un peu plus en remontant lentement la jambe. Il devait l'aimer beaucoup, songea-t-elle au fond de son cœur, pour la traiter avec autant d'égards.

Secoué de désir, le corps de Max réclamait satisfaction. Il se serait réjoui — et satisfait sans doute — de la soumission pleine et entière de Christina, mais de la voir aussi passionnée et impatiente que lui le comblait de bonheur et lui donnait la force d'attendre encore un peu.

Elle avait envie de lui avec une violence qui la choquait elle-même. De se voir se tordre de désir en gémissant dans ses bras, le corps tendu tel un arc se lançant à sa rencontre, la faisait presque rougir. Oui, elle l'aimait, et avec une fièvre qui ne semblait pas près de s'éteindre. Elle ne voulait plus réfléchir aux conséquences de ses actes et, quand elle se rendit compte qu'il n'y aurait plus de retour possible en arrière — alors qu'il venait de prendre position entre ses jambes —, elle prit conscience qu'il n'y aurait jamais de meilleur endroit pour devenir enfin sa femme — la femme de Max, comte Marchesi — que ce lit planté au cœur du château de ses ancêtres, sous la voûte sombre du ciel toscan.

Il la prit sans douceur, mais avec toute la fougue qu'elle attendait de lui. Elle l'enserra de ses jambes pour l'attirer plus profondément en elle, accueillant la douleur aussi fulgurante que fugace qu'elle éprouva au premier coup de reins avec surprise, alors que la bouche de Max venait encore prendre ses lèvres pour un baiser langoureux. La chaleur indicible qui rayonnait au creux de son ventre l'emmenait déjà vers les contrées insoupçonnées du plaisir, la portant plus haut à chaque degré, jusqu'à l'absolu…

Max savait que plus rien ne serait jamais comme avant. A mesure qu'il affolait les sens de Christina, elle répondait de plus en plus sauvagement, de plus en plus ardemment, semblant perdre toute raison et toute mesure. Leurs corps, leurs lèvres se soudaient en une fusion sauvage qui les consumait tout entiers… et les laissa épuisés.

Après l'extase, ils restèrent longuement étendus côte à côte, comblés, silencieux, leur cœur reprenant doucement un rythme régulier. Max gisait le visage blotti dans les cheveux de sa femme, abasourdi par la plénitude qu'il venait d'éprouver. Ayant connu de nombreuses amantes, il s'imaginait avoir épuisé toutes les surprises de l'amour. Comme il se trompait !

Pour Christina, il était le premier, assurément, et cette certitude le remplissait de joie. Elle lui appartenait, désormais. Il venait d'imprimer sa marque sur elle, une marque qui jamais ne s'effacerait.

Christina soupira en se lovant contre le corps brûlant et ferme de son époux. Pour l'heure, elle éprouvait, elle aussi, un sentiment de plénitude parfaite.

Max observait sur le visage de sa femme le reflet des émotions qui bouleversaient son cœur, et qu'elle ne pouvait cacher, comme à son habitude. Il exultait de ce qu'elle l'ait accueilli en elle avec autant de passion et lui caressa la joue du bout du doigt en un geste plein de tendresse.

— C'était merveilleux, Christina. Cette première fois restera dans notre souvenir pour toujours.

Il avait raison. Jamais ils n'oublieraient cette première étreinte, même si leurs regards mêlés se promettaient de recommencer des milliers de fois.

Par une belle journée d'octobre, Christina et Max se retrouvèrent dans la charmante petite église où l'on avait célébré jadis les noces de Lydia et de Roberto. Leurs familles et leurs amis se pressaient dans les travées, et notamment lord et lady Thornton ainsi que leur fils, Peter, la comtesse douairière et Molly ; tous assistaient à la cérémonie d'un œil attendri.

Guy se trouvait là également et s'efforçait de ne pas trop faire grise mine malgré le départ de Francesca, qu'il voulait quoi qu'il lui en coûte effacer de sa mémoire, ayant été informé par Max du méfait de la jeune femme. Elle vivait désormais en Sicile, sous la garde vigilante de parents ombrageux, après que son père l'y eut exilée, suite à son entrevue avec la comtesse douairière. Celle-ci, quoique responsable de cette disgrâce légitime, semblait quant à elle avoir définitivement écarté le sujet.

Le chantier de la *Casa del Sole* — que Max avait résolu de reconstruire presque à l'identique — allait bon train. Molly, très attachée à cette maison, semblait désireuse d'y vivre dans les communs et de l'entretenir, d'autant que Pepi ne manquerait pas très bientôt de lui demander sa main et qu'il faudrait bien au jeune couple un endroit pour se loger.

Christina plaça sa main dans celle de son mari pour recevoir la bénédiction du prêtre.

Incapable de croire qu'un tel bonheur puisse lui être échu, Max baissa les yeux sur la ravissante jeune femme qui se tenait à son côté dans une robe de soie grège somptueuse, tenant à la main le missel de Lydia. On eût dit qu'il regardait un ange, et l'amour brillait dans l'azur de ses yeux comme une poussière d'étoiles.

Il la revoyait dans son berceau…

Au bord de l'étang de Tanglewood, en jupons et riant aux éclats…

Arrivant au *castello* Marchesi pour y causer immédiatement du grabuge avec Francesca…

Allongée sur leur lit, follement provocante, irrésistible, au point qu'il sentait son pouls s'accélérer rien que d'y penser…

Et, à présent, elle était sa femme, et de la voir le visage tourné vers lui, confiante et heureuse, lui donnait tant de joie qu'il avait presque peur que son cœur n'explose.

Quand elle lui tendit les bras, il en eut la gorge serrée. Pourrait-il jamais lui rendre le bonheur qu'elle lui offrait ?

— Je vous aime tant, Christina ! dit-il d'une voix rendue rauque par l'émotion. Toutes les mariées du monde devraient avoir l'air aussi heureuses que vous le jour de leurs noces.

— Mais ce n'est pas le…

— Pour moi, ça l'est, absolument. C'est ainsi que les choses auraient dû se passer, et je regrette que ce n'ait pas été le cas.

— Oh Max ! Quelle chance j'ai eue de vous rencontrer !

— La première fois, vous n'étiez qu'un nourrisson de trois jours. Qui aurait dit que nous en arriverions là dix-huit ans après ?

Un sourire radieux illumina le visage de Christina lorsqu'elle répondit :

— Personne !

A paraître le 1er février 2010

LA PRINCESSE IRLANDAISE, ***de Joanne Rock - n°465***

Irlande, 1169. Princesse d'un clan irlandais, Sorcha a été dupée par un galant qui lui a fait croire au mariage afin de la posséder. Enceinte, bannie par les siens, elle s'est refugiée dans la forêt où elle mène désormais, avec son fils, une existence tranquille. Jusqu'au jour où un certain Hugh Fitz Henry, mercenaire de son état, se présente à sa porte et lui propose un échange : sa protection, contre le gîte et le couvert. Un marché apparemment convenable, qui suscite pourtant la méfiance de Sorcha. Certes, vivre dans l'isolement est périlleux, mais habiter sous le même toit qu'un aventurier aussi séduisant l'est peut-être davantage...

LE CHOIX D'UNE HÉRITIÈRE, ***de Helen Dickson - n°466***

Londres, 1820. Malgré la fortune que lui a léguée son père, Eve Brody incarne tout ce que l'aristocratie londonienne méprise : elle est américaine et, surtout, veuve depuis trop longtemps. Elle a donc résolu d'épouser Lucas Stainton, un homme certes ruiné et d'un tempérament coléreux, mais noble. Un lord qui lui offrira un foyer pour sa fille et, plus encore, la position sociale à laquelle elle-même aspire. Un arrangement parfait, pour Eve. Parfait vraiment ? C'est compter sans la scandaleuse condition que lui impose soudain Lord Stainton : il ne l'épousera que si elle accepte de partager sa couche et de lui donner un fils !

LA FUGITIVE DES COLONIES, ***de DeLoras Scott - n°467***

Angleterre et Arizona, 1875. Mariée de force au cruel duc de Gravenworth, Ann Huntington se croit libérée lorsque ce dernier est abattu au cours d'une partie de chasse. Mais elle va vite déchanter — car l'assassin, un cousin jaloux qui convoite le titre de duc, entend bien aussi la mettre dans son lit ! Sous la menace, Ann n'a d'autre choix que de fuir, loin, en Amérique. Or, à peine arrivée dans ces contrées sauvages où elle pensait être à l'abri, voilà qu'elle tombe entre les mains d'El Diablo, un bandit de grand chemin au charme dangereux...

COMTESSE MALGRÉ ELLE, ***d'Annie Burrows - n°468***

Paris et Londres, Régence. Discrète, Héloïse Bergeron a toujours vécu dans l'ombre de sa jeune sœur Félicie — une situation qui l'arrange bien, en définitive, car elle lui permet de cultiver son jardin secret loin des mondanités. Félicie dont, au contraire, la beauté irradie, est la fiancée très enviée de Charles Fawley, l'austère comte de Walton. Hélas, la veille des noces, Félicie s'enfuit ! Pour sauver sa famille de la disgrâce et réparer l'outrage causé au comte, Héloïse sort de sa réserve et prend la décision que lui dicte le devoir : celle de remplacer sa cadette devant l'autel, et de se lier à un homme pour qui elle ne sera probablement jamais qu'une piètre consolation…

GENTLEMAN OU DÉBAUCHÉ ?, ***de Margaret Mc Phee - n°469***

Londres, 1814. Madeline Langley est au supplice : sa mère s'est mis en tête de la marier au baron Farquharson, un noble puissant qui lui répugne et qui, un soir, tente de la prendre de force. Par chance, surgi de nulle part, un séduisant inconnu la sauve in extremis. Un brun ténébreux dans les bras duquel, pour la première fois, Madeline se sent femme. Hélas, elle le découvre bientôt, son ange gardien n'est autre que Lucien Tregellas, dit le Maléfique, dont on clame partout qu'il est le pire des débauchés ! La raison voudrait que Madeline fuie aussitôt son sulfureux sauveur. Une consigne que son cœur refuse inexplicablement d'entendre…

L'ÉTRANGER DU NOUVEAU MONDE, ***d'Elizabeth Lane - n°470***

Angleterre et Etats-Unis, 1580. Rowena a toujours considéré avec indulgence les lubies de son vieux savant de père. Pourtant, lorsque celui-ci revient du Nouveau Monde avec un captif — un homme de sang indien aussi beau que rebelle —, elle ne peut cacher son indignation. Comment son père ose-t-il traiter ainsi cet homme ? Révoltée, irrésistiblement attirée par l'étranger sans oser se l'avouer, Rowena décide de le défendre envers et contre tous. Mais pour son guerrier indien, dont la tribu a été massacrée par les colons, elle n'est de toutes façons qu'une ennemie de plus. Qu'importe ! Déterminée, Rowena s'obstine...

A paraître le 1er janvier 2010

Best-Sellers n° 406 • suspense

Dans l'ombre du bayou - Lisa Jackson

Lorsque Eve Renner accepte en pleine nuit le mystérieux rendez-vous fixé par Roy, son ami d'enfance, elle n'imagine pas qu'elle met le pied dans un véritable guet-apens. Car elle découvre son ami poignardé, le chiffre 212 tracé sur un mur en lettres de sang. Pis encore : Cole, son fiancé, se trouve sur les lieux du crime et tente de la tuer elle aussi. Trois mois se sont écoulés depuis, et Eve se remet difficilement de la trahison de Cole, mais aussi de ses blessures : devenue amnésique, elle ne parvient pas à comprendre ce qui a pu se passer lors de cette nuit de cauchemar. Jusqu'à ce qu'un mystérieux courrier l'incite à chercher dans ses souvenirs…

Best-Sellers n°407 • paranormal

Les griffes de la nuit - Rachel Vincent

En apparence, Faythe Sanders ressemble à n'importe quelle étudiante américaine. Qui pourrait croire qu'elle est tout autre et qu'à certains moments, elle se transforme en panthère noire ? Mais Faythe rêve de vivre comme tout le monde et elle refuse de se plier aux exigences de ses parents et de sa caste de félins. Pourtant, son destin est d'être une féline et d'assurer la descendance de sa lignée comme toutes les femelles de son âge. Mais peut-elle aspirer à la liberté sans renoncer à ce qu'elle est profondément ?

Best-Sellers n°408 • suspense

Passé obscur - Suzanne Forster

Au sommet de la gloire, Lane Chandler, fondatrice de *The Private Concierge*, une société de services très prisée par les célébrités de Los Angeles, est soudainement éclaboussée par le scandale : l'un de ses clients est retrouvé mort dans des circonstances suspectes. Prête à tout pour sauver sa réputation et celle de son entreprise, Lane fait face à ceux qui la montrent du doigt. En particulier Rick Bayless, un ancien officier de la police obstiné et charismatique qui connaît son passé sombre et honteux. Un passé qui la poursuit impitoyablement et qu'elle aurait préféré oublier.

BestSellers

Best-Sellers n°409 • suspense

L'île des ténèbres - Heather Graham

Caer Cavannaugh, une jeune infirmière, quitte son Irlande natale pour raccompagner à Rhode Island Sean O'Riley, un riche armateur frappé d'une mystérieuse maladie lors de ses vacances. La tâche se révèle plus difficile que prévu quand elle découvre la tension malsaine qui règne dans la luxueuse maison familiale où vit l'entourage de son patient. Et lorsque s'ajoute à ce climat de menace insidieuse une étrange disparition, Caer, avec la complicité du détective privé Zach Flynn, va devoir se fier à ses dons de prémonition pour protéger la vie de Sean.

Best-Sellers n°410 • roman

La maison de la baie - Sherryl Woods

Par une belle journée de printemps, Abby O'Brien reçoit un appel paniqué de Jess, sa sœur cadette : l'auberge qu'elle a presque achevé de restaurer et qui doit ouvrir ses portes quelques semaines plus tard est menacée de saisie. De retour à Chesapeake Shores pour venir en aide à sa sœur, Abby retrouve Trace Riley, son premier amour. L'homme à qui elle avait dû renoncer dix ans auparavant en fuyant sa douloureuse histoire familiale.

Best-Sellers n°411 • roman

L'écho de la rivière - Emilie Richards

Artiste peintre mariée à un avocat et mère d'une petite fille, Julia Warwick est un pur produit de l'aristocratie de Ridge's Race. Cette femme à qui tout semble sourire voit pourtant son monde s'écrouler lorsqu'elle perd la vue de manière inexpliquée. Les médecins ayant conclu à une cécité psychosomatique, Julia entreprend de fouiller son passé à la recherche d'un traumatisme qu'elle aurait pu enfouir au plus profond de sa mémoire. Ce faisant, elle ouvre peu à peu les yeux sur son mari, sa famille, et surtout sur elle-même. Faisant bientôt émerger, avec l'aide de Christian Carver, son amour de jeunesse, des secrets que beaucoup ont intérêt à ne jamais voir divulgués.

Best-Sellers n°412 • historique

L'alliance scandaleuse - Brenda Joyce

Derbyshire, 1838

A l'âge où toutes les jeunes femmes songent à fonder une famille, Ariella de Warenne ne rêve que de voyages, d'indépendance. Le mariage ne figure pas dans ses projets… et l'amour peut attendre. Du moins le croit-elle, jusqu'au jour où elle rencontre Emilian St Xavier, richissime vicomte de Woodland. Un homme ténébreux dont la bonne société anglaise se méfie en raison de ses origines bohémiennes et de ses mœurs dissolues. Qui est cet Emilian et pourquoi l'attire-t-il autant ? Fascinée, Ariella est déterminée à satisfaire sa curiosité. Au risque de traîner sa réputation et son nom dans la boue…

Composé et édité par les
éditions Harlequin
Achevé d'imprimer en novembre 2009

CPI
Bussière

à Saint-Amand-Montrond (Cher)
Dépôt légal : décembre 2009
N° d'imprimeur : 91295 — N° d'éditeur : 14614

Imprimé en France